Fakir Baykurt

DIE RACHE DER SCHLANGEN

ARARAT

Fakir Baykurt
Die Rache der Schlangen

Roman

Aus dem Türkischen von Horst Wilfrid Brands

ARARAT VERLAG

«Die Rache der Schlangen» ist der erste Band
einer Romantrilogie:

Band I: Die Rache der Schlangen
Band II: Mutter Irazca und ihre Kinder
Band III: Das Epos von Kara Ahmet

Die beiden ersten Teile der Trilogie wurden 1964 im Horst Erdmann Verlag in einem Band unter dem Titel «Die Rache der Schlangen» in deutscher Übertragung von Horst Wilfrid Brands veröffentlicht.

Für die vorliegende Neu- und gleichzeitig erste Gesamtausgabe hat Horst Wilfrid Brands die Teile I und II neu bearbeitet.

CIP-Kurztitelaufnahme der Deutschen Bibliothek

Baykurt, Fakir:
Die Rache der Schlangen / Fakir Baykurt. [Für d. vorliegende Neu- u. gleichzeitig erste Gesamtausg. hat Horst Wilfrid Brands d. Teile I u. II neu bearb.]. — Berlin: Ararat-Verlag, 1981.
Einheitssacht.: Yılanların öcü ‹dt.›
Forts. bildet: Baykurt, Fakir: Mutter Irazca und ihre Kinder.
ISBN 3-921889-05-7

Satz: Fotosatz Heinz Aschenbroich, Stuttgart
Druck: J.F. Steinkopf Druck u. Buch GmbH, Stuttgart
ISBN 3-921889-05-7

Die Rache der Schlangen

Aussaat

Schwerfällig, mit knirschendem Geräusch, bewegte sich der zweirädrige, von einem dürren Ochsen und einer schmächtigen Kuh gezogene Karren auf die Felder der Gemarkung Sazlıyer zu. Toman, der kleine gelbbraune Hund, lief lautlos neben dem Karren her, die Schnauze am Boden und immer wieder stehenbleibend, um an einer Distelstaude das Bein zu heben.

Die Bauern von Karataş hatten seit einer Woche die Gemüseaussaat vorangebracht. Jetzt fingen sie an, morgens noch früher aufzustehen und abends noch später zurückzukehren.

Bayram war mit seiner Frau und seinem Sohn seit zwei Tagen nur zum Feld und zurück unterwegs. Der Knabe kam allmählich in das Alter, um sich auf dem Feld nützlich machen zu können. Sie hatten den Boden aufgelockert, die Bewässerungsgräben in Ordnung gebracht, die Löcher für die Saat gemacht. Kartoffeln und Bohnen hatten sie schon gelegt; nun kam das übrige an die Reihe.

Das Feld lag in geringer Entfernung vom Dorf Karataş, gleich hinter der Çakır-Brücke zur Linken. Es konnte vom Mühlbach aus leicht bewässert werden. Es maß drei Evlek; davon hatten sie eines mit Bohnen, das zweite mit Kartoffeln angesät; nun blieb ihnen noch knapp ein Evlek für das übrige Gemüse. Das war nicht viel. Aber der Boden hier war gut. Man konnte überall graben soviel man wollte, und es kam nicht der kleinste Stein zum Vorschein. Es hatte tiefreichende Erde. Es war ertragreich. Die Sturzbäche der Schneeschmelze, die sich in der Frühjahrszeit von den Bergen östlich Karataş ergossen, ließen ihre Steine und ihr Geröll weiter oben zurück; sie bedeckten alles ringsumher ein, zwei Mal mit einem feinen Schlamm, so daß der Boden noch fruchtbarer wurde. Alle Felder der Leute von Karataş waren klein; nur drei, vier Bauern besaßen mehr als zwei Dönüm, die übrigen mußten mit einem halben Dönüm oder noch weniger zurechtkommen. Und es gab auch welche, die gar nichts besaßen. Karataş war ein sehr armes Dorf.

Die kleinen Wasserläufe, die Karataş und die Nachbardörfer durchflossen, vereinigten sich hier auf den Feldern und bewässerten die Bohnen- und Maisäcker und die Obstgärten reichlich, bevor sie sich in einen See, winzig wie eine Schüssel, ergossen. Wenn der Sommer kam, war von dem See nichts mehr übrig; er sehnte sich nach einem Tropfen Wasser. Die Leute stritten sich um das bißchen Wasser und ließen es gar nicht erst so weit fließen.

Wenn Bayrams Feld auch klein war, so lag es mit zwei, drei anderen zusammen genau in dem Winkel, der durch die Vereinigung der kleinen Wasserläufe mit dem Mühlbach entstand. Bayram hatte es nicht nötig, den ganzen Sommer hindurch vor dem Dorfältesten krähengleich «Wasser, Wasser» zu schreien wie die meisten anderen; das Bewässern war für ihn kein Problem. Wenn er an sein Feld dachte, dann sagte er sich: «Das Schicksal hat es gut mit mir gemeint. Ich habe ein gutes Stück Land erwischt. Mein Gespann, Ochse und Kuh, ist zwar schlecht, aber das Feld ist gut, die Frau ist gut . . .» So sagte er gern vor sich hin und lächelte dabei in sich hinein.

Es war noch früh am Morgen. Die ersten Sonnenstrahlen breiteten sich aus. Bayram saß vorn auf dem Ochsenkarren, neben seinem Sohn. Den Stachelstock zum Antreiben der Tiere hatte er dem Kleinen überlassen. «Dieses Jahr haben wir die Saatkartoffeln von der besten Sorte genommen», sprach er, «und reichlich. Wenn es gut ausschlägt, dann kaufe ich zum Ochsen einen jungen Stier dazu, für dich, Ahmet. Du kannst ihn dann pflegen.»

Er wandte sich zu seiner Frau, die hinten auf dem Karren saß: «Weißt du, Haçça, die Kuh lasse ich dir. Zieh ein Kalb auf, sammle Milch, mach Butter und Joghurt, da rede ich dir nicht hinein . . .»

Die Frau hielt ein mit Saatgut gefülltes Sieb im Schoß. Sie lächelte: «Wenn nur nicht zur Erntezeit die Gießbäche kommen und alles wegschwemmen.»

«Das können sie nicht», sagte Bayram. «Ich habe alle Wehre verstärkt. Wenn wir mit der Aussaat fertig sind, schaffen wir noch ein wenig Erde heran, dann kann nichts passieren. Sind wir nicht im vorigen Jahr ganz gut davongekommen, verglichen mit den anderen?»

«Ja ...», sagte Haçça. «Wenn nicht die Sturzbäche, dann kommt uns vielleicht etwas anderes in die Quere. Aber der Himmel soll uns davor bewahren. Kaufen wir ruhig ein Stierkalb. Inzwischen wächst auch unsere Färse heran. Wenn wir das erste Milchkalb von ihr haben, dann können wir auch sie, mit der Kuh zusammen, melken.»

Der kleine Ahmet stieß abwechselnd den Ochsen und die Kuh mit dem Stachelstock: «Und ich will meine Stiefel. Im vorigen Jahr sollte ich sie schon kriegen und du hast mir keine gekauft. Dieses Jahr will ich sie aber endlich haben.»

Bayram nahm seinem Sohn den Stachelstock aus der Hand: «Ja, ich wollte sie dir voriges Jahr kaufen, aber dann habe ich gedacht, es ist besser, wir warten noch ein Jahr damit.»

«Warum denn?» Ahmet freute sich, daß der Vater auf seinen Wunsch eingegangen war.

«Weil du sonst zu schnell wieder herausgewachsen wärst. Dann wären die Stiefel zu nichts nütze gewesen. Du solltest noch ein Jahr warten und erst größer werden.»

«Jetzt bin ich aber größer geworden», sagte Ahmet. Er gab sich Mühe, die Schultern zu recken.

«Na schön — und du meinst, du wirst jetzt nicht mehr wachsen?»

Ahmet überlegte. Wollte er nicht noch viel größer werden, so groß wie Hasan, des blonden Ellez' Sohn? Und wollte er nicht alle Handgelenke ausrenken, die er packte, der Kräftigste und Geschickteste sein, wenn es den steinernen Mörser zu bedienen galt, bei den Wettspielen der Hochzeitsfeste den Preis gewinnen, im Takt der Trommel der feurigste Sepetçoğlu-Tänzer sein, lauter als alle anderen «Hey!» schreien, wenn die Braut vorgeführt wurde ...?

«Nun? Du willst also bleiben wie du bist?» fragte der Vater.

«Nein», murmelte er. «Aber wenn ich Stiefel bekomme, dann bleibe ich schon noch ein bißchen so . . .»

Bayram streichelte seinem Sohn über den Kopf: «Sieh nur zu, daß du größer wirst, Junge! Im Herbst kaufe ich dir Stiefel, auch eine Mütze und eine durchbrochene Weste. Wenn du dich damit im Dorf sehen läßt, dann werden alle Mädchen nach dir schauen. Und wir haben Freunden und Feinden etwas vorzuführen. Das muß man . . .»

Ahmet nahm dem Vater den Stachelstock aus der Hand und trieb vergnügt die Kuh damit an. Der zweirädrige Karren rollte schneller.

«Diesmal möchte dein Sohn auch ein Taschenmesser haben», sagte Haçça. «Mit einem beinernen Griff und einer Kette daran. Und ich will ihm ein Halstuch besticken. Wenn er das auch noch trägt, dann wird er bestimmt ein richtiger Schürzenjäger!»

Ahmet lachte mit der Unbefangenheit seiner sechs Jahre. Seine gesunden, schneeweißen Zähne blitzten: «Wirklich? Kaufst du sie mir?»

«Aber sicher! Wenn ich es dir versprochen habe . . .»

Ahmet klemmte die Hände zwischen die Beine und kicherte glücklich in sich hinein. Bayram strich ihm wieder über den Kopf: «Und in die Schule lassen wir dich auch einschreiben, in Ortaköy. Mit Stiefeln an den Füßen, das Messer im Gürtel, eine schöne Mütze, schöne Bücher, eine schöne Jacke . . .»

«Du staffierst deinen Sohn ja ganz hübsch heraus, Mann!» In Haçças Stimme klang ein wenig Spott mit. «Die ihn sehen, werden dann fragen: ‹Wessen Junge ist das eigentlich, der so daherkommt?› »

Bayram wandte sich zurück: «Du kriegst eine bestickte Schärpe aus Kaschmirstoff!»

Haçça schluckte: «Bleibt denn für so etwas noch Geld übrig?»

«Na klar», sagte Bayram, «und einen geblümten Kattunstoff . . .»

«Ich will gar keinen Kattun. Wenn du mir vier Meter Tuch und ein Stück einfachen bunten Zwirnstoff kaufst, dann bin ich schon zufrieden.»

Bayram erhob die Stimme wie die Politiker, wenn sie in ihren Wahlreden Geschenke aus der großen Wundertüte verteilen:

«Jetzt reicht's mit den bunten Flicken, die du bis heut getragen hast. Von jetzt an kaufe ich dir geblümte Stoffe, teure Stoffe! Jetzt wird ein Ende gemacht mit der Bettelwirtschaft . . .»

Sie überquerten die Brücke. Der Mühlbach glich einem stehenden Wasser, so träge floß er dahin. Hunderte von Fröschen sprangen aufgeschreckt ins Wasser, als der Karren mit lautem Gepolter über die Brückenbohlen rollte. Drüben zwischen den Binsen flog ein Storch hoch.

Bayram sprang ab und führte das Gespann am Halfter in den Schatten einer Weide, die am Eingangstor zum Feld stand. Er hob Ahmet vom Karren und hieß auch Haçça absteigen.

Die junge Frau kletterte, das Sieb im Arm, vorsichtig herunter. Sie legte das Sieb vor dem aus Ästen zusammengenagelten Tor nieder und machte sich daran, die großen Satteltaschen und den Proviantsack herunterzuheben. Zuletzt trug sie den Tonkrug und den metallenen Trinkbecher ans Tor.

Bayram hatte inzwischen die Kuh und den Ochsen abgeschirrt. Er trieb die Tiere auf die Binsenbüsche zu: «Die übergebe ich dir, Feldwebel Ahmet! Bleib hier und gib auf sie acht, damit sie nicht im Sumpf einsinken . . .»

Die Binsenwiesen waren für die Wasserbüffel, die Kälber und die Eselfüllen die bevorzugten Weidegründe. Zwischen den kniehohen, stachlig-harten Binsen, die anscheinend zu nichts nütze waren, wuchs ein zartes, wohlschmeckendes Gras, das die Tiere zu schätzen wußten. Aber auch die Binsen waren für etwas zu brauchen; man legte sie zwischen die Dachsparren, bevor das Dach mit Lehm verschmiert wurde. Wer ein Haus baute, kam hierher, grub die Büsche ganz aus und fuhr ganze Karrenladungen voll Binsen ab. Die Binsen wurden trotzdem nicht weniger; sie füllten die ganze weitgestreckte Niederung und erneuerten sich Jahr für Jahr.

Das Mittelstück der binsenbewachsenen Wiesen war ein gefährlicher Sumpf. Geriet hier einmal ein Stück Vieh hinein, so mußte es elend zugrundegehen. Bayram schärfte es seinem Sohn noch einmal ein: «Paß mir nur ja auf, Junge, laß unsere Tiere nicht in den Sumpf geraten!»

Ahmet trieb den Ochsen und die Kuh weiter. In seinem Kopf überschlugen sich die Gedanken: ein Messer an einem Kettchen, mit beinernem Griff, ein Paar Gummistiefel, eine Mütze, ein leuchtend-buntes Tuch um den Hals, die Schule, eine Jacke ... Bald würde er ein ganz anderer Ahmet sein, größer werden, hübsche Kleider tragen. Die Mädchen ... Bei den Hochzeitsfesten würde er aus voller Kehle «Hey!» schreien. Mit dem Steinmörser würde er den Weizen für die Grütze zerstampfen. Auf dem Dorfplatz würde er Sepetçoğlu tanzen wie die großen Jungen. Die Mädchen würden die Augen nach ihm verdrehen. Auch die Mädchen würden größer werden. Und er würde einer Schlanken nachstellen, deren Haar wie das seiner Mutter duftete ...

Warmes Wasser aus der Dusche

Bayram zog den aus Holzbirnbaumästen notdürftig zusammengefügten Torverschlag auf. Das teils bestellte, teils für die Aussaat vorbereitete Land lag im Licht des jungen Morgens da wie ein schönes Mädchen, das nicht aus seinem süßen Schlummer gerissen werden will.

Es war ein liebevoll gepflegtes Stück Land, von einem Heckenzaun umgeben und mit einem Boden, der so lange bearbeitet worden war, bis er die Feinheit von Grieß hatte. Hier konnte man kein Unkraut entdecken. Nur an den krummen Grenzlinien wuchsen da und dort hohe, großblumige Kornraden.

«Die Hecke kann noch ein paar Stachelzweige vom Holzbirnbaum gebrauchen, Haçça», sagte Bayram.

«Und ein ordentliches Tor. Mit einem richtigen Griff daran. Damit uns niemand auf unser Feld läuft. Dann müssen wir Baumsetzlinge pflanzen. Und Blumen in die Ecken.»

Die junge Frau war von aufrechtem Wuchs, aber zart gebaut. Sie blickte auf ihren Mann:

«Dieses Jahr haben wir nichts mehr abzubezahlen, wie?»

Bayram wandte sich um: «Nein. Damit ist endlich Schluß.»

«Dann laß uns im Herbst sofort das Stierkalb kaufen. Dann können wir die Kuh melken, damit wir ein bißchen Fett zwischen die Rippen kriegen. Und wenn wir noch vier Schafe zu den anderen dazukaufen, dann haben wir genug.»

«Ja», sagte Bayram.

«Der Junge ist so blaß. Es ist so wenig Leben in ihm . . .»

«Wir wollen ihm ordentlich zu essen geben. Wir wollen die Kuh melken, noch vier Schafe dazukaufen und auch die melken, Butter und Käse machen . . .»

«Und keinen Dirhem davon verkaufen.»

«Nein, diesmal soll es den Kindern und uns zugute kommen.»

Haçça ließ sich neben dem Weidenbaum nieder und nahm das Sieb in den Schoß, um die Samen der Salatgurken und Kürbisgurken auseinanderzusondern. Vor zwei Tagen hatten sie die Körner angefeuchtet und in Tücher eingeschlagen.

Dann griffen beide ihre Hacken und gingen auf die Löcher zu, die sie am Tag zuvor gegraben und außenherum mit Jauche übergossen hatten.

«Du machst die andere Reihe, ich mache diese hier», sagte Haçça. «Dann kommen wir von beiden Enden gleichmäßig voran.»

Sie begannen zu arbeiten.

Haçça verteilte den Dung mit der Hacke und legte Samenkörner. Bayram hatte seine Hacke beim ersten Loch vergessen. Er arbeitete mit den Händen, verteilte den Dung, zerkleinerte übriggebliebene große Erdbrocken, drückte kleine Vertiefungen ins Erdreich, ließ drei oder vier Samenkörner darin zurück und breitete mit den Händen wieder Erde darüber. Seine Hände waren mager, aber ebenmäßig geformt. Bei den Bewegungen traten die violetten Adern an den Handgelenken hervor. Er verlor sich ganz an seine Arbeit. Langsam begann ihm der Schweiß auf der Stirn und auf der Brust zu rinnen.

«Bayram!» rief Haçça. Er blickte auf.

«Bayram, du sollst mir im Herbst keine Schärpe kaufen. Ich will auch keinen geblümten Stoff. Kauf etwas anderes . . .»

«Was denn, Mädel?»

«Kauf einen Bottich. Einen großen Bottich. So groß, daß ein Mensch hineinpaßt und daß man viel, viel Wasser hineinschütten kann . . .»

Bayram sah seine Frau aufmerksam an. Haçças Lippen zitterten. Eine zarte Röte war ihr ins Gesicht gestiegen. Ihre Augen glänzten:

«Im Winter können wir uns alle darin waschen, mit warmem Wasser. Und die Wäsche will ich auch darin waschen. Mit Aschenwasser . . . Das machen wir alles drinnen im Haus . . . Alles wird blitzsauber sein . . .»

«Beim Militär, da gab es sogar Duschen», sagte Bayram. «Die Offiziere haben sich darunter gewaschen.»

«Duschen, Bayram?»

«Das ist etwas, wo man sich wäscht. Ungefähr so wie ein Bad. Aber das kennst du auch nicht — wie soll ich dir das erklären? Also, paß auf, Mädel: Da sind zwei Wasserhähne. Darüber ist ein Rohr, mit einem Mundstück daran, genau wie bei einer Gießkanne. Da kommt das Wasser heraus. Wenn du den einen Hahn drehst, ist es warm, wenn du den anderen drehst, ist es kalt. Du brauchst dich nur darunterzustellen. Es hört überhaupt nicht auf. Es läuft ganz von selbst. Als wenn es von Allah käme — so ein Wunderding ist das. Einmal war ich mit dem Revierreinigen an der Reihe, zusammen mit Hasan Tuna, dem Sohn von Ali aus Acıpayam. Da haben wir darin gefegt und aufgewischt. Auf einmal kommt uns der Gedanke: Jetzt waschen wir uns hier! Hasan Tuna bleibt an der Tür stehen, ich ziehe mich wie der Blitz aus und gehe unter das Rohr. Zuerst habe ich mich vielleicht verbrannt, sage ich dir! Dann habe ich gemerkt, daß ich den kalten Hahn nicht aufgedreht habe. Aber dann ist das Wasser angenehm geworden. Jetzt war keine Seife da! ‹Lauf, Landsmann›, schrie ich dem Hasan zu, ‹hol Seife!›

Der Junge rennt, bringt schließlich ein Stück Seife herbei, aus einem von den Spinden ... Aber was für eine Seife — ein einziger Duft, sage ich dir! Ich bearbeite mir den Kopf, die Brust und den Bauch und alles mit Schaum, als wäre ich von Sinnen ...

‹Los, Mann, komm ’raus jetzt!› ruft Hasan Tuna.

‹Wart noch ein bißchen, Junge›, antworte ich.

‹Mann, der Leutnant kommt!› ruft er.

‹Quatsch keinen Unsinn!› antworte ich.

‹Mann, ich sage dir doch, er kommt!›

Bei Allah, Haççа — wenn man unter so einer Dusche steht, dann ist einem weiß Gott nicht danach, damit aufzuhören ... Also dann bin ich wieder raus, habe das Hemd übergezogen, ohne mich abzutrocknen. Aber das war nicht richtig. Wenn einer sich unter der Dusche abgewaschen hat, dann muß er sich schön trockenreiben. Er muß frische Wäsche anziehen. Und hinterher ein bißchen schlafen ... Nun, dann ist Hasan Tuna auch hineingegangen und ich bin diesmal an der Tür geblieben und habe aufgepaßt, ich stehe und warte und warte — meinst du, der Kerl wäre wieder herausgekommen?

‹Mensch, Acıpayamlı! Der Leutnant kommt!› rufe ich. Der Hundesohn hört nicht mal hin. Er seift sich ab wie närrisch . . .»

«Wird das Wasser überhaupt nicht alle?» fragte Haçça.

«Aber woher, Mädel! Ist doch Militärwasser!»

«Und wer macht es heiß?»

«Das Wasser ist eben heiß.»

«Aber wer macht es denn heiß?»

«Es kommt von oben geflossen . . .»

«Und wer gießt es da herunter?»

«Es fließt ganz von selber.»

«Allah, Allah . . .! Ist denn auf dem Dach ein Kessel, daß es von selber fließt?»

«Nicht auf dem Dach . . . Der aus Acıpayam hat gesagt, ‹da unten ist ein Kessel, darin kocht das Wasser›. So hat er gesagt.»

«Aber wenn es unten kocht, wie kann es dann oben herauskommen?»

«Es kommt halt oben heraus. Es ist doch Militärwasser, das hat eben Kraft! Es steht unter Druck. Es schießt richtig heraus. Sie bewässern auch die Gärten damit, was glaubst du, wie: Sie nehmen einfach ein Rohr aus Gummi, machen das Ende an der Wasserleitung fest und halten es in die Luft — da schießt ein Wasserstrahl heraus, so hoch wie eine Zypresse! Dann fällt es zur Erde, genau wie Regen.»

«Mann, jetzt geh mir aber mit deinen Geschichten . . .!»

«Was heißt da Geschichten, Mädel? Beim Militär gibt es eben die tollsten Sachen. Die Offiziere haben sogar Wasser in den Häusern. In den Häusern! Da war ein Junge aus Urfa, der war Offiziersbursche, der hat mir das erzählt. Der Hauptmann hätte sich jeden Morgen gewaschen, hat er gesagt, mit seiner Frau. Er hätte so einen Trog im Haus gehabt, aus weißem, schneeweißem Stein. Da hätte er sich hineingesetzt und sich noch und noch abgewaschen, dann wäre er wieder herausgestiegen. Wie oft er sich gewaschen hat? Bis er es leid war. Kann der Mensch überhaupt genug davon kriegen, vom Waschen?»

«War der Hauptmann dick?» fragte Haçça in aller Unschuld.

«Und ob! Fleischig war er, und rot wie eine Rübe. Seine Frau auch. Einmal haben wir sie gesehen. Ihr Gesicht war so rot wie ... ja, so rot wie das innere Fleisch der Lippen. Es war rot und weiß zugleich.»

«Und ganz ohne Schmutz?»

«Von Schmutz keine Spur.»

«Und ihre Hände waren nicht schwielig?»

«Aber wieso sollten sie schwielig sein, Mädel? Immer das warme Wasser und die viele Seife ...»

«Sie waren nicht rissig?»

«Nichts von alldem ...»

Haçça stand fassungslos: «Wer ist der Mächtigste auf der Welt? Der Hauptmann?»

«Ach wo, da gibt es Mächtigere! Was ist schon ein Hauptmann? Da ist noch der Oberst — der ist so klein, daß er mir nur bis zur Hüfte reicht. Seine Frau sieht auch rot und weiß aus. Aber die Paschas, die sind so groß, daß sie kaum durch die Türen gehen ... So sind große Männer, verstehst du ...»

«Bayram, weißt du was? Wenn wir den jungen Stier gekauft haben, dann wollen wir noch vier Schafe kaufen und sonst nichts mehr. Zwei Jahre sparen wir noch Geld zusammen, dann gehst du nach Burdur und besorgst uns auch so eine Dusche.»

«Na schön, aber ob das Geld dafür reicht?»

«Es reicht schon, wenn wir zwei Jahre überhaupt nichts kaufen. Wenn Ahmet seine Stiefel bekommt, ist es genug. Und von der Butter können wir ja auch ein bißchen was verkaufen ...»

«Und wie willst du diesen großen Trog und den Kessel von Burdur bis hierher bringen?»

«Auf dem Esel geht das wohl nicht?»

«Natürlich nicht.»

«Dann nimmst du den Ochsenkarren ...»

«Weib! Du hängst deine Gedanken an Dinge, aus denen

nichts werden kann! Dein Pferd hat keine Hufeisen, und du läßt es auf dem Pflaster laufen! Eine Dusche, das ist nichts für Dorfleute. So was machen sie nur fürs Militär. Für die Hauptleute, die Obersten, die Paschas ... Nehmen wir mal an, du hast den Kessel und den Waschtrog — wo willst du dann das Wasser hernehmen? Kannst du es auftreiben? Na, sag nur ...»

«Wir graben einen Brunnen vor dem Haus.»

«Da lachen sie uns ja aus, dummes Weib! Brunnenwasser kommt nicht aus dem Boden gespritzt ...!»

«Na ja», sagte Haçça bekümmert, «wir wollen einen Bottich kaufen. Ich hole jeden Morgen das Wasser von hier. Ich stelle die Kanne aufs Feuer und lasse es schön warm werden. Eine Kanne Wasser für jeden, das reicht. Zuerst gießt du das Wasser über dich, dann bin ich an der Reihe. Wenn es auch nicht so ein Ding ist wie das vom Militär — es ist doch besser als gar nichts. Und die Wäsche kann ich auch darin waschen. Wenn wir sie ordentlich mit Aschenwasser bearbeiten, dann werden auch wir von Mal zu Mal sauberer, und schließlich haben wir gar keinen Schmutz mehr am Körper.»

«Meinst du wirklich?» sagte Bayram. «Schließlich sind wir Bauern ...»

«Wirklich! Wenn ich Seife in einen Strumpf tue und mich mit aller Kraft abreibe, dann bleibt keine Spur von dem Dreck zurück.»

«Gib dir keine Mühe — soviel du dich auch abreibst, das, was die Dusche fertigbringt, das schaffst du nie. Der Bauerndreck ist nicht so leicht wegzukriegen. Und wenn du ihn wirklich einmal ganz weg hättest, dann kommt wieder neuer. Der Schweiß, der Staub, die Erde ... Aber die dort, die schwitzen nicht, die brauchen nicht in der Erde und im Staub herumzuwühlen. Was weißt du schon von denen? Wenn die sich gerade erst gewaschen haben, dann waschen sie sich schon wieder — sie kommen gar nicht dazu, schmutzig zu werden ...»

Die Schlangen

«Vater ...! Vater ...!»

Ahmet kam atemlos gelaufen. Bayram und Haçça richteten sich auf.

«Was gibt's?» rief Bayram. «Was ist los mit dir?»

«Vater, Schlangen, Da sind Schlangen!» stammelte das Kind.

Bayram faßte ihn: «Was? Wo sind sie?»

«Zwischen den Binsen ... Zwei Stück hab ich gesehen ... Sie sind vor mir herausgekommen und davongekrochen. Ganz lang waren sie ...»

«Wohin sind sie gekrochen?»

«In die Binsenbüsche, da, wo der Ochse war ...»

Bayram lief, die Hacke in der Hand, zu seinem Ochsen, brachte ihn mit dem Hackenstiel zum Laufen. Dann trieb er die Kuh weiter, bis beide Tiere den gefährlichen Bereich der dichten Binsen verlassen hatten.

«He, Ahmet!»

Das Kind hatte sich zu seiner Mutter geflüchtet. Es zitterte am ganzen Körper. Haçça bemühte sich, es zu beruhigen. Sie gab ihm Wasser zu trinken.

«Ahmet, he, Ahmet!»

Ahmet drehte sich nach seinem Vater um.

«In welche Binsen sind die Schlangen gekrochen, Junge?»

Ahmet zeigte mit der Hand die Richtung: «Da hinein, in die Büsche hinter dir ...»

Bayram spähte in dem Gebüsch umher, durchwühlte es mit der Hacke. Die Stacheln der Binsen rissen ihm die Hände blutig.

«Willst du sie totschlagen?» fragte Haçça.

«Iwooo! Ich will sie nur zum Abendessen rufen.»

«Was haben dir die Schlangen denn getan?»

«Weißt du nicht, daß zwischen uns und dem Volk der Schlangen Krieg ist? Hat dir meine Mutter noch nichts davon erzählt? Die schurkischen Kreaturen sind seit eh und je unsere Feinde. Sie fallen den Ochsen und die Kuh an, sobald sich eine Gelegenheit bietet . . .»

«Dann soll der Junge sie dort auf der Wiese hüten.»

«Dort kommen sie auch hin. Wenn die Schlangenbrut jemandem übel will, dann scheut sie selbst den Weg nach İzmir nicht. Die Schlangen sind voller Rachedurst gegen uns.»

Er blieb stehen, rief Ahmet: «Komm her, du Hasenfuß! Wo gibt's denn so was, daß ein Mann sich vor einer Schlange fürchtet? Komm, hüte die Tiere da drüben auf der Ebene . . . Siehst du, sie haben sich verkrochen, die Drecksbiester. Wenn du sie siehst, dann ruf mich sofort. Aber du mußt keine Angst haben — nimm einen Stein und triff sie, dann lauf, so schnell du kannst. Einholen können sie dich nie.» Er zwinkerte seiner Frau zu: «Dann wollen wir mal wieder . . .»

Die beiden kehrten an die Arbeit zurück.

«Hier wollen wir Kresse und Lattich säen», sagte Haçça. Sie öffnete das Säckchen, das sie in der Hand hielt, und streute die Saatkörner aus. Dann verteilte sie das Erdreich und sprengte aus der Kanne etwas Wasser darüber.

Bayram erzählte, ohne seine Arbeit zu unterbrechen, die Geschichte von den Schlangen, die mit seiner Sippe verfeindet waren. Es hörte sich an, als läse er aus einem alten Buch vor:

«Im Tannenwald von Güroluk lebte ein Schlangenkönig, ein Einzelgänger. Er sorgte dafür, daß sich kein Mensch dorthin traute. Er ließ keinen an die Tannen heran, ja nicht einmal an die Krokusse. Er war der Wächter der Berge und der König aller Schlangen dort. Sein Volk war in der Umgebung verteilt, er regierte es seit jeher. Mein Vater, weißt du, der ging nicht die Wege, die jedermann ging. Eines Tages machte er sich in das verbotene Gebiet auf, um Holz für Pflugbalken zu schlagen. Der Schlangenkönig lag zusammengeringelt am Fuß einer kleinen Tanne. ‹Die Schlange, die dir nichts zuleide tut, soll tausend Jahre leben›, heißt es immer — aber mein Vater wollte den starken Mann herauskehren. ‹Das ist also das Untier, vor dem alle Welt zittert›, sagte er und nahm sein Beil! Es machte ihm gar nichts aus, daß die Schlange sechs Klafter lang und armdick war, daß sie Augen hatte, größer als ein goldenes Lirastück. Er hat sie einfach in Stücke gehauen. ‹Er hat sie im Schlaf überfallen›, sagten die, die ihm nicht wohlwollten. Aber es blieb nichts davon hängen. Alle waren sprachlos, daß er solch eine Schlange getötet hatte. Sein Ruhm verbreitete sich bis zu den Dörfern hinter den Bergen. Aber danach hat er fast zwanzig Tage krank gelegen. Damals war er noch jung. Er hatte meine Mutter noch nicht geheiratet . . .»

Haçça hatte aufmerksam zugehört.

«Meine Mutter erzählt die Geschichte oft», sagte Bayram.

«Hast du wirklich noch nie davon gehört?»

«Nein.»

«Also, dann höre: Seit jenem Tag sind alle Schlangen vom Güroluk-Wald unsere Todfeinde.

Alle drei, vier Jahre einmal überfallen sie uns. Im unteren Dorf hatte ich einen Onkel Bayram, nach dem ich auch genannt bin. Der hatte eine Tochter mit Namen Hanife. Einmal gingen sie zum Roggenmähen aufs Feld — das Mädchen war damals acht Jahre alt — und Hanife wurde von den Schlangen getötet, als sie unter einem Holzbirnbaum schlief. Und meine Mutter erzählt, daß einer Tante von mir, die sich nach Ortaköy verheiratet hatte, eine dünne Schlange in den Hals gekrochen ist. Sie konnten sie nicht mehr herausholen und um die Tante war es geschehen. Und noch und noch solche Geschichten . . . Zehn, fünfzehn Jahre wird es her sein, da hatten wir einen jungen Stier. Wir hatten ihn mit viel Liebe großgezogen; er war das Kalb unserer eigenen Kuh. Ein gelber Jungstier war es. Er war gerade vier Jahre alt geworden und gut im Fleisch, wir wollten anfangen, ihn im Joch laufen zu lassen, als die Schlangen uns auch ihn nahmen. Wunderst du dich nach all dem noch, daß ich es ihnen heimzahlen will? Sie trachten nach unserem Verderben, wir nach dem ihren. Es ist, als hätten die Schlangen sich einmal versammelt und einen Beschluß gefaßt. Sie sind nicht eher zufrieden, als bis sie uns mit Stumpf und Stiel ausgerottet haben . . .»

Haçças Augen waren vor Entsetzen geweitet. Plötzlich fragte sie:

«Wie können die Schlangen etwas beschließen, wenn sie keine Sprache haben?»

«Ha, was denkst du», sagte Bayram, «die Schlangensprache ist sogar noch viel klarer als die Menschensprache. Jedes Geschöpf auf der Welt hat seine Sprache, so heißt es. Aber sie ist immer nur für seinesgleichen bestimmt. Und die Gattung der Schlangen hat viel Verstand, Haçça. Nur das Denken ist bei ihnen schwach entwickelt. Wenn das nicht so wäre, dann würden sie uns wohl alle gen Himmel fahren lassen. Bei den Tieren ist das so. Beytullah Hoca sagt es auch immer in der Moschee. Das eine Tier hat viel Verstand mitbekommen, aber kein Denken. Beim anderen ist es genau umgekehrt. Aber wenn sie beides in gleichem Maß hätten, dann würden die Menschen nicht mit ihnen fertig. Wir würden dem Esel keinen Tragsattel auflegen können, der Ochse würde sich nicht paarweise anspannen lassen und wir würden die Kuh nicht melken können. Beytullah Hoca sagt: ‹Allahs Gerechtigkeit sei gepriesen. Durch sie leben die Menschen frei auf dieser Welt.› Und Beytullah Hoca muß es schließlich wissen.»

Haçça empfand ein unbestimmtes Angstgefühl. Bedrückt ging sie zum Sieb, nahm noch ein Stoffsäckchen mit Sämereien.

«Da habe ich Basilikum drin», sagte sie. «Das wollen wir hier herum ausstreuen, damit es schön duftet.»

Bayram spähte nach seinem Sohn aus. Ochse und Kuh weideten abseits. Ahmet strich um ein Binsengebüsch herum. In jeder Hand trug er einen großen Stein.

«Heee, Ahmet! ... Lassen sich die Schlangen blicken, Bursche?»

Das Kind schüttelte den Kopf.

«Also haben sie sich nicht blicken lassen!» sagte Bayram. «Siehst du, sie sind kurz aufgetaucht und sofort wieder verschwunden.»

«In dem großen Sack ist noch Hanfsamen, Bayram», sagte

Haçça. «Den haben wir gestern zu säen vergessen. Und ich habe den Hanfgeruch so gern. Ich hätte so viel Freude daran, wenn ich immer vier Stöcke davon im Haus haben könnte, das ganze Jahr über . . .»

«Dann säe ihn dir doch in einem Topf an! Und hier wollen wir ihn an den Rändern aussäen, dann haben wir ihn nicht umsonst mitgebracht.»

Als sie den Sack öffneten, war Haçça so ängstlich, als könnte ein Knäuel von Schlangen daraus zum Vorschein kommen. Bayram bemerkte es. Er faßte sie sanft am Handgelenk: «Was gibt es da zu fürchten, Mädel? So lang sind die Schlangen auch wieder nicht. So leicht können sie nicht in den Sack hinein.»

«Seit acht, neun Jahren gehöre ich nun auch zu eurer Familie. Ob die Schlangen wohl auch mich zu ihren Feinden rechnen?»

«Ich habe dir doch gesagt, daß sie nicht denken können. Sie werden uns nichts anhaben.»

«Bayram, sprich mir nie wieder von solchen Schlangengeschichten, hörst du? Ich kann sonst vor lauter Angst nicht mehr schlafen. Deine Mutter hat irgendwann in den letzten Jahren auch einmal damit angefangen. Ich hatte monatelang Angst. Ich habe dir nichts davon gesagt, aber beim leisesten Rascheln unter dem Dach war ich wie von Sinnen. Immer dachte ich, sie kriechen zwischen den Dachsparren herum und kommen gleich herunter. Und jetzt stockt mir auch wieder das Herz vor Angst.»

«Aber warum denn nur? Die Schlangen treiben sich immer unten herum. Sie schlüpfen unter den Estrich oder ins Fundament. In das Obergeschoß oder in den Dachstuhl können sie gar nicht kommen.»

«Warum nicht?»

«Nun, weil sie eben nicht klug genug sind. Ich habe in meinem ganzen Leben noch keine Schlange auf dem Baum oder unter dem Dach gesehen. Sie kriechen nur unten herum.»

«Um so besser. Ich habe das Haus an allen Ecken und Enden zugeschmiert. Jetzt ist kein Loch mehr da. Im Herbst werde ich auch zwischen den Dachsparren alles zustopfen und mit Lehm verschmieren. Dann mache ich noch eine Verzierung aus weißem Ton.»

«Ja, das tu nur», sagte Bayram. «Das verschönert das Haus. Es sieht dann aus wie die Häuser in der Stadt. Dort decken sie die Häuser mit Ziegeln, und darunter ist die Wand schneeweiß . . .»

«Das mache ich bei uns auch noch.»

Sie zogen dort, wo der Hanf am Rande der Bohnen und Kartoffeln wachsen sollte, zwei kleine Linien und begannen die Körner auszustreuen.

«Wir dürfen aber nicht zu dicht säen», sagte Bayram. «Sonst bekommen die Bohnen und Kartoffeln keine Luft.»

«Unser Feld ist auch gar zu klein», seufzte Haçça. «Man weiß einfach nicht, was und wohin man pflanzen soll. Wenn es wenigstens ein bißchen größer wäre . . .»

«Kommt noch», sagte Bayram. «Nur Geduld. Es geht nicht alles auf einmal.»

«Hätten wir denn nicht auch Fünf- oder Sechstausend aufnehmen können wie andere Leute? Für die Dreitausend haben wir nun ganze drei Evlek, die sich bewässern lassen, und fast fünfundvierzig Dönüm unfruchtbares Land . . .»

«Frau, wir wollen froh sein, daß wir nicht mehr alles mit einem anderen teilen müssen! Wie ginge es uns denn, wenn wir weiter dem Aga die Hälfte von dem geben müßten, was wir auf diesen drei Evlek ernten?»

«So war es auch kein Zuckerlecken.»

«Gewiß nicht. Schließlich haben wir die Schuld von dreitausend Lira in sieben Jahren abgetragen. Jetzt müßten wir erst einmal Atem holen . . .»

«Das können wir, wenn das Stierkalb und die Schafe gekauft sind, und wenn wir den Badetrog und den Kessel haben. Und ein kleines Zimmer fehlt uns auch noch. Wir hausen mit so vielen Menschen in einem einzigen Raum. Entweder müssen wir uns noch ein Zimmer ausbauen, oder den anderen Raum von all dem Gerümpel freimachen und deine Mutter darin unterbringen. Oder wir selbst ziehen da hinein. Vor lauter Schulden haben wir auch noch das halbe Bettzeug verkauft — das müßten wir auch wieder zusammenkriegen . . .»

«Kommt alles noch», sagte Bayram. «Nur zwei, drei Jahre Geduld braucht es. Wenn es sich glücklich fügt, kaufen wir sogar noch ein Stückchen guten Boden. Aber dazu müssen wir natürlich Geld haben. Mit Geld ist nichts unmöglich. Weißt du, was sie neulich vor der Kaffeeschenke erzählt haben? Necip Aga hat doch seine Landwirtschaft an die Pächter verkauft. Fünfhunderttausend Lira soll er dafür bekommen haben. Damit sei er schnurstracks nach Istanbul gegangen, an den Bosporus, und habe dort ein großes Haus bauen lassen. Sieben Stock hoch. Vier Familien soll er in jedem Stock als Mieter haben und jeden Monat ein Heidengeld einnehmen. Jetzt sagen sie, daß er ein großes Hotel bauen will. Wenn er immer mehr Geld zusammengebracht hat, kauft er ganz Istanbul auf. So sagen sie. Zehn Lastautos soll er schon haben. ‹Wenn ich das Hotel gebaut habe, kaufe ich auch noch einen Eisenbahnzug›, soll er gesagt haben. So einen Zug müßtest du mal sehen! Da sind lauter Zimmer drin, ganz wie in den feinen Häusern. Zwanzig oder auch hundert Leute sitzen in so einem Zug, und dabei fahren sie, ohne daß sie müde werden. Ja, der Necip Aga, der hat es weit gebracht. Sein Sohn war doch so ein kränkliches Kerlchen, so ein Däumling, der sich sogar vor einem Frosch gefürchtet hat. Nun, er hat ihn nach Europa auf die Schule geschickt, und jetzt heißt es, daß er die Tochter von einem Fabrikbesitzer heiraten wird. Weißt du, was das bedeutet, eine Fabrik? Dort machen sie alles mit Maschinen, hunderttausend Schuhe am Tag und was nicht alles. Denk nur mal, wenn Necip Aga sich mit so einem zusammentut — dann ist so viel Geld auf einem Haufen, daß kein anderer mitkommt. Er soll gesagt haben, daß er seinen Sohn als Abgeordneten nach Ankara schicken und sogar zum obersten Minister machen will. ‹Alle Leute werden ihn dann im Radio sprechen hören›, soll er gesagt haben. Siehst du, das geht alles nur mit Geld. Und wenn du Geld hast, dann kannst du auch Ackerland kaufen.»

«Der Necip Aga, der muß Verstand haben, aber er muß auch denken können», meinte Haçça.

«Er hat viel Geld, darauf kommt es an. Wenn einer viel Geld hat, dann fehlt es auch nicht am Verstand und am Denken. Wer kein Geld hat, was nützt dem all sein Verstand und sein Denken? Nimm einmal mich — was glaubst du, was ich für ein Stück Land hätte, was für einen Obstgarten ich angelegt hätte mit dem nötigen Geld! Aber laß mich erst mal welches haben, dann kommt das alles noch. Ein schönes Haus baue ich, einen Baumeister aus der Kreisstadt hole ich dazu. Ein Haus mit Dusche — und Stiefel für den Jungen! Und Schuhe für mich. Und Schuhe für dich, aber was für welche! Schau, unser Muhtar, der hat Geld. Deshalb ist bei dem Kerl auch der Verstand da, und das Denken. Er kommt immer zurecht. Wirf ihn herunter von wo du willst, immer wieder fällt er auf alle viere, wie eine Katze. Unser Hauptmann beim Militär, der hatte auch Verstand. Und reden konnte der! Es machte ihm nicht mal was aus, sogar dem Pascha herauszugeben! So etwas bringt nur einer fertig, der Geld hat. Geld macht Mut. Geld macht beredsam. Ja, Haçça, erst das Geld macht einen Menschen aus einem . . .»

Haçça wurde plötzlich schwindlig. Sie mußte sich auf den Boden niederkauern. Bayram sah sie den Kopf in die Hände stützen.

«Was ist denn schon wieder? Ich habe dir doch gesagt, vergiß die Schlangen!»

«Es sind nicht die Schlangen», sagte Haçça. Langsam hob sie den Kopf. In Bayrams tiefschwarzen Augen unter den dichten Brauen lag Besorgnis. Sie nahm seine Hand, führte sie an ihren Leib: «Das ist es, Bayram.»

Bayram lächelte:

«Seit wann, Mädel?»

«Seit drei Monaten.»

«Das ist schön», sagte Bayram.

«Was soll daran schön sein? Noch ein Kind?»

«Hör zu, Haçça, ich will dir etwas sagen. Beim Militär, da halten sie jeden Tag bei Sonnenuntergang Appell ab. Die Trompete bläst, und die Soldaten treten an.»

Haçça fiel ihm ins Wort: «Was heißt das, Appell?»

«Das ist, wenn sich die Soldaten versammeln. Jetzt hör zu: In unserer Kompanie war ein Ungläubiger, aus Istanbul. Hayim hieß er. Ein verwöhntes, furchtsames Bürschchen. Die Appelle waren ihm zuwider wie nur was. Sobald die Trompete zu hören war, wurde er bleich, der arme Kerl. Er schlug die Hände vors Gesicht und fing an zu plärren: ‹Oh, schon wieder Appell!› Er plärrte und die ganze Kompanie lachte. Siehst du, Haçça, du machst es genau wie der: ‹Oh, schon wieder ein Kind!› Als ob das wer weiß was wäre!»

«Ich will aber nicht!» schrie Haçça. «Das ist das vierte! Was sollen zwei arme Teufel wie wir heutzutage mit vier Kindern?»

«Wir Bauern brauchen Kinder», sagte Bayram. «Du kannst das nicht verstehen, aber morgen können sie einander eine Stütze sein. Auf dem Lande ist der verloren, der allein auf sich gestellt ist. Ohne Rückhalt kannst du dich nicht auf dieser Welt bewegen. Laß es vier sein, laß es fünf sein — desto besser . . .»

«Desto besser . . .! Und fünfundvierzig Dönüm unfruchtbares Land! Damit sie Baumwollpflücker bei den Beys von Aydın werden . . .!»

Bayram sagte nichts mehr. Er hielt die Hand seiner Frau, blickte ihr unverwandt in das Gesicht, auf dem der Schweiß perlte. Er streichelte ihren Hals und ihre Haare:

«Gräm dich nicht. Dies soll das letzte sein.» Er wollte ihr Gesicht unendlich lang küssen, im grellen Licht des Tages . . . Aber er schluckte nur.

Haçça richtete sich langsam auf: «Wenn das mit dem Kind nicht wäre, Bayram, wie wollte ich dich liebhaben . . . Wenn wir beide in einem Zimmer wären, mit Licht, mit warmem Wasser, mit frischer Bettwäsche . . . Wenn wir uns waschen könnten, so wie du es erzählt hast, mit guter Seife. Wenn wir vier Hanfpflanzen neben das Bett stellen würden. Dann müßten wir uns wieder waschen. Ich kann vom Wasser nicht genug bekommen, Bayram. Am liebsten würde ich mich immer waschen, bevor ich ins Bett gehe. Ohne Wasser ist mir das alles wie Weizenpilav ohne Salz, ohne Butter . . . Ach, ich liebe das Wasser, Bayram!»

Bayram sah seine Frau verdutzt an. Es wurde ihm trocken im Mund. Als er sich dazu aufraffen wollte, etwas zu sagen, hörte er Ahmet schreien:

«Vater, Vater! Ich hab sie!»

Bayram rannte.

Ahmet hatte eine buntgemusterte, nicht ganz einen Fuß lange Schlange erschlagen.

Sultancas Hausschlange

Als sie ins Dorf kamen, stieg Haçça ab, um den Leuten keinen Grund zum Reden zu geben. Es ziemte sich nicht, daß Mann und Frau gemeinsam auf dem Ochsenkarren durch das Dorf fuhren.

Ahmet saß neben seinem Vater. Er erzählte immer noch davon, wie er die Schlange getötet hatte.

Haçça ging fünf Schritte hinter dem Karren. Als sie mitten im Dorf angelangt waren, kam Beytullah Hoca aus seinem Haus und schlug, auf seinen Stock gestützt, den Weg zur Moschee ein. Haçça blieb einen Augenblick stehen, um ein Gespräch mit ihm zu vermeiden. Sie konnte mit seinen Reden nicht viel anfangen. Sie verstand nicht, weshalb er unablässig «Gott sei es gedankt» sagte, obwohl er sich kaum mehr auf den Beinen halten konnte, eine mürrische Frau und einen ungehorsamen Sohn hatte und kaum je Geld zu sehen bekam.

Das Haus, das dem Schwarzen Bayram von seinem Vater hinterlassen worden war, stand genau im Mittelpunkt des Dorfes. Der Gebetsruf war innen zu hören, so kraftlos Beytullah Hocas Stimme auch war. Im Untergeschoß waren die Rinder- und Schafställe und der Strohschober; darüber lebte die Familie in einem Raum. Ein zweites Zimmer diente zur Aufbewahrung von Mehl, Korn und Saatgut, Schüsseln und Backtrögen. Eine morsche Treppe führte nach oben. Bayrams Mutter Irazca fiel Jahr für Jahr mindestens einmal diese Treppe hinunter, lag dann wochenlang zu Bett und lamentierte laut über ihre Hüfte. Bayram hatte sich immer wieder vorgenommen, zwei Stämme aus dem Wald zu holen und die Unglückstreppe vom Zimmermann Battal erneuern zu lassen, aber jedesmal war eine wichtigere Arbeit dazwischengekommen. Dieses Jahr würde er wohl damit Ernst machen müssen, noch bevor es ans Pflügen ging. Außerdem wollte Ahmet die Stelle im Waldstück von Güroluk einmal sehen, wo sein Großvater den Schlangenkönig getötet hatte.

Bayram brachte den Karren im Hof zum Stehen. Seine Mutter saß mit dem kleinen Osman und der kleinen Şerife am oberen Treppenabsatz.

«Wie geht's, Mutter?» rief Bayram hinauf.

«Wie soll's deiner alten Mutter schon gehen?» erwiderte Irazca brummig. «Ihr steigt einfach auf den Karren und fahrt aufs Feld, und ich kann hierbleiben und mich in der Hitze mit eurer Brut und den Mücken herumplacken! Da fragst du noch?»

«Laß nur, Mutter — mit den Mücken werde ich fertig. Ich werde eine Spritze zusammenbauen, und Çerçi Mahmut wird uns ein Mittel verkaufen. Wenn du willst, nehmen wir dich auch mit aufs Feld. Sei nur nicht so mißgelaunt!»

«Nichts da!» zeterte Irazca, «solange diese elende Treppe so bleibt, bringen mich keine zehn Pferde mehr hier hinunter. Bei Gott, das schwöre ich dir! Nicht einmal auf den Abtritt . . .»

«Ist gut, Mutter», sagte Bayram. «Die Feldarbeit ist so gut wie fertig. Morgen hole ich Dornenzweige und flicke den Heckenzaun. Wenn das gemacht ist, dann kann ich übermorgen an die Bewässerungsgräben gehen und die Wehre ausbessern. Und dann fahre ich mit Ahmet in den Güroluk-Wald . . .»

Haçça nahm die Säcke und Geräte vom Karren und trug sie nach oben. Die Kleinen drängten sich jauchzend an sie und ließen sich von der Mutter liebkosen.

Nachdem Bayram die Tiere ausgeschirrt und das Hoftor geschlossen hatte, saß die ganze Familie oben beisammen. Irazca ließ sich von der Arbeit berichten und achtete kritisch darauf, ob ihre Anweisungen für die Aussaat beachtet worden waren. Als die Rede auf den Hanf kam, runzelte sie die Stirn :

«Hoffentlich habt ihr wenigstens genügend Luft gelassen. Wenn ihr zu dicht gesät habt, dann komme ich und reiße alles wieder aus, sobald das Zeug aus der Erde ist.»

«Ich habe immer wieder gesagt, wir müssen Zwischenraum lassen, aber deine Schwiegertochter wollte nicht hören. Weißt du, sie hat es mit dem Hanfgeruch. Am liebsten würde sie auf jedes Fleckchen Boden Hanf säen.»

Haçça errötete bis an die Ohren.

«Und davon wirst du wohl satt, wenn du Hanf riechst, wie? Das Unkraut nimmt nur den Bohnen und Kartoffeln die Luft weg.»

«Sei ohne Sorge, Mütterchen. So dicht haben wir nicht gesät.»

«Na, lassen wir jetzt den Hanf», sagte Irazca. «Ich habe das Essen aufgesetzt. Ahmet wird hungrig sein.» Sie wollte aufstehen.

Haçça befreite sich von den Kindern und sprang auf:

«Laß nur Mutter, ich gehe schon.»

Das war die beste von den vielen guten Eigenschaften, die Irazca an ihrer Schwiegertochter liebte: Man brauchte ihr nichts zu sagen; sie fühlte stets von selbst, was nottat. Bayram war von der gleichen Art. Auch er hatte diese Einfühlungsgabe.

«Der Räuberhauptmann hier hat ein gutes Essen verdient», sagte Bayram und legte Ahmet die Hand auf den Kopf. «Was gibt es denn?»

«Weizengrütze. Es war gerade noch genug dafür im Haus. Wenn er eine gute Tat vollbracht hat, dann will ich auch noch ein Stück Butter dazugeben. Was hat er denn gemacht?»

«Eine Schlange hat er getötet, in den Binsen.»

«Was?!» rief die alte Frau erfreut, «na, da schau her! Erzähle, wie das zugegangen ist!»

Der kleine Ahmet schämte sich ein bißchen, als sein Vater stolz berichtete. Dabei war es ihm sehr lieb, daß die Großmutter von seiner Tat erfuhr.

Irazca zog den Knaben zu sich heran, streichelte ihm den Rücken:

«Mein Widder, mein Löwe ... Er schlägt nach seinem Großvater aus, das ist sicher. Das Gras wächst über seiner Wurzel. Der Wolf tut das, was er bei seinem Rudel gesehen hat. Mein Löwe, mein kleiner Held ...»

«Die andere Schlange mache ich morgen tot, Großmutter», sagte Ahmet.

«Haçça, Mädel!» rief Irazca, «schau mal in den kleinen Steintopf! Wenn noch Butter drin ist, dann gib einen ordentlichen Löffel voll in die Weizengrütze. Und nimm die Eier aus dem Salzsack, koche sie dazu! O je, wenn der Hauptmann Ahmet jeden Tag so eine Schlange tötet, dann ist es um unsere Butter und um unsere Eier geschehen.»

Sie begannen wieder, von Schlangen zu sprechen. Irazca trug in aller Ausführlichkeit die Geschichten vom Schlangenkönig im Tannenwald von Güroluk vor, von Anfang bis heute.

«Schwester, Schwester!»

Sie saßen beim Essen. Haçça ließ den Löffel fallen: «Still, es ruft jemand!»

«Schwester!»

«Das ist die Tante», sagte Bayram. «Tante Sultan.» Er stand auf und lief, um das Hoftor zu öffnen.

«Junge, Bayram, seid ihr denn gestorben? Ich rufe schon seit dem Morgen!»

«Wie geht's, Tante?» sagte Bayram. «Was gibt es? Wir waren gerade beim Essen, wir haben dich nicht gehört. Unser Räuberhauptmann, der Ahmet, hat heute eine Schlange getötet, und meine Mutter hat angefangen, von meinem Vater und dem Schlangenkönig in Güroluk zu erzählen und von all den Schurkereien, die das Schlangenvolk uns seit damals angetan hat.»

«Möge Allah ihnen ihre Strafe geben!» rief Sultanca. «Was mußte mein Schwager auch diesen Schlangenkönig töten? Jetzt überfallen sie uns schon mitten im Dorf. Allah muß wohl auf ihrer Seite sein, sonst hätte er längst mit ihnen abgerechnet.»

«Komm mit nach oben, Tante», sagte Bayram. «Iß einen Happen mit uns und erzähle.»

Sie gingen hinauf. «Gebt mir einen Schluck Wasser», stöhnte Sultanca. «Das Herz klopft mir bis zum Hals.»

Haçça ging eine Schale Wasser holen.

«Stell dir vor, Schwester: Ich komme vom Heuholen nach Hause, mache Feuer, setze mir ein bißchen Weizengrütze auf, hole das Tischtuch aus der Lade unten an der Wand, da sehe ich etwas Langes liegen ... Ach, denke ich, der Strick, den ich nicht gefunden habe, als ich das Heu holen ging — den will ich nun an eine Stelle hängen, wo ich ihn das nächste Mal finde ... aufheben und wieder fortschleudern ist eins, sage ich dir: eine eiskalte Schlange! ‹Mutter!› schreie ich und renne aus dem Haus, drehe mich dabei ständig um, als wäre sie hinter mir her. So bin ich bis hierher gelaufen. Die Grütze ist sicher schon verbrannt. Dabei habe ich die Pfanne erst im Herbst neu verzinnen lassen ...»

«Also greifen die Schlangen wieder an», sagte Irazca. «Das machen sie alle vier, fünf Jahre einmal. Ob sie diesmal etwas ausrichten?»

«Setz dich, Tante, ich gehe mal nachsehen», sagte Bayram.

Ahmet stand mit seinem Vater auf: «Ich komme mit dir.»

«Recht so. Du bist jetzt unser oberster Schlangenfänger. Wenn du nur das Wort Schlange hörst, dann läufst du schon los.»

Bayram griff eine Hacke, steckte Streichhölzer ein. Vater und Sohn gingen. Sultancas Haus lag am anderen Ende des Dorfes. Noch vor fünf Jahren hatte in diesem Haus eine glückliche Familie gelebt. Dann war Irazcas Schwager Hakkı gestorben, die Töchter hatten weggeheiratet, die Söhne hatten ihre Frauen ins Haus gebracht. Damit war es um Sultancas Frieden geschehen gewesen. Die Schwiegertöchter waren zänkisch und machten den Söhnen das Leben zur Hölle. Schließlich war es die alte Frau, die den Streit auszubaden hatte. Sultanca mußte sich in einer Hütte im Hof mit einem Raum zu ebener Erde verkriechen. Die anderen gönnten ihr keinen Gruß mehr. «Der Tag geht zur Neige», sagte sie und wartete in ihren armseligen vier Wänden auf das Ende.

Bayram öffnete das Hoftor, trat in den Wohnraum seiner Tante. Ahmet lief hinter seinem Vater her. Die kleine Kerze auf dem Kaminsims blakte. Das Feuer im Herd war erloschen. Die Weizengrütze wurde schon wieder kalt; sie war trocken zusammengekocht, aber die Pfanne hatte keinen Schaden genommen.

«Nimm die Kerze», sagte Bayram zu seinem Sohn. Sie schauten in alle Ecken, aber sie konnten nichts Schlangenähnliches entdecken. Sie hoben die Schlafdecke hoch, stöberten im Bettzeug herum, sahen in Körben und in der Wäsche nach. Sie vergaßen weder das Nebenkämmerchen, in dem die Wassereimer standen, noch die geschnitzten Laden. Auch zwischen das Brennholz und zwischen die Dachsparren leuchteten sie vergebens.

«Sie kann doch nicht weggeflogen sein», sagte Bayram. «Sie muß sich in eines von den Löchern da verkrochen haben.» Er zerkleinerte mit der Hacke die Steine, die Ahmet mitgebracht hatte, und verstopfte die Löcher damit. Dann holte er Erde vom Hof, vermischte sie am Herd mit Wasser und schmierte den Schlamm sorgsam in die Lücken zwischen den Steinbrocken. Ahmet suchte alle Winkel ab, ob irgendwo noch ein Loch übriggeblieben wäre.

«Da kannst du lange suchen, Feldwebel», lächelte Bayram, «dein Vater versteht sich aufs Löcherverstopfen, er läßt schon keines aus.»

«Es ist keins mehr da», sagte Ahmet.

«Schau nur richtig nach, mein Löwe.»

«Es ist wirklich keins mehr da.»

«Dann schau mal nach oben! Hast du das Kaminloch nicht gesehen?»

Der Kleine schämte sich.

«Du mußt immer richtig die Augen aufmachen. Wer das große Loch nicht sieht, dem entgeht auch das kleine, auf das es ankommt.»

«Willst du den Kamin auch zustopfen?»

«Dieses Loch ist zu groß, das kann ich nicht zumachen. Und die Schlange kommt auch nicht von da oben. Die ist unten. Komm, wir wollen gehen.»

Als sie an der Ecke der Moschee vorüberkamen, öffnete Beytullah Hoca gerade die Tür zum Nachtgebet. Das Dorf lag in tiefer Dunkelheit. Auf den Straßen war kein Laut zu hören. Die meisten Dörfler legten sich, wenn sie von der Arbeit zurück waren, gleich nach dem Abendbrot schlafen. Nur ein paar Männer hielten wohl noch einen kleinen Schwatz bei einem Glas Tee in Nuris Schenke. Die wenigsten brachten es über sich, bis zum Nachtgebet wach zu bleiben.

Kurz vor seinem Haus begegnete Bayram seinem Nachbarn Ağali. Die Häuser der beiden lagen mit den Rückseiten zueinander, ihre Türen wiesen in entgegengesetzte Richtungen. So war ihre Nachbarschaft nicht allzu eng. Ağali war Bayram und seiner Mutter nach dem Tode seines Vaters in vielem beigestanden, das vergaß Bayram ihm nie.

«Merhaba, Bayram», sagte Ağali. «Man sieht dich ja gar nicht mehr, wo steckst du denn?»

«Die Arbeit, Onkel Ali. Ich bin dauernd unterwegs.»

«Hörst du dich mal so um, was es Neues gibt im Dorf?»

«Ich kümmere mich nicht viel darum, Onkel Ali. Gibt es was Besonderes?»

«Bayram, ich hab dir was zu sagen. Eigentlich wollte ich in die Moschee, aber wenn es dir recht ist, dann gehen wir ein bißchen abseits und bereden die Sache.»

Bayram beugte sich zu Ahmet hinab: «Geh nach Hause, sag deiner Großtante, sie soll sich keine Sorgen machen. Die Pfanne ist nicht angebrannt. Die Schlupflöcher haben wir zugestopft. Sie soll heute nacht bei uns schlafen. Morgen überlegen wir weiter. Das sag ihr, und nun ab dafür.»

Ağali und Bayram hockten sich nebeneinander am Fuße der Hauswand nieder.

«Bayram, weißt du, daß der Muhtar das Land vor deinem Haus an einen vom Gemeinderat verkauft hat?»

«Nee! Wer hat es gekauft?»

«Genau wie dein guter Vater, der hat auch immer ‹nee!› gesagt, wenn er über etwas verblüfft war ... Ist es denn möglich, daß du nichts von der Sache weißt? Haceli hat den Bauplatz gekauft. Das zweite Ratsmitglied.»

«Der vom Tollen Memmed?»

«Eben der.»

«Und wann ist das gewesen?»

«Es mag zwei Tage her sein.»

«Der Haceli will wohl ein Haus dahin bauen?»

«Gewiß will er das.»

«Aber er hat doch schon eins im Unterdorf?»

«Na, und? Er will eben höher hinaus. Erst hat er für sechstausend Lira Ackerland gekauft, dann hat er sich in den Gemeinderat wählen lassen. So ist es eben bei uns — kaum hat so ein Dreckskerl ein Amt ergattert, schon kennt seine Raffgier keine Grenzen. Wenn er erst ein Haus mitten im Dorf hat, ist er todsicher in drei Jahren Muhtar.»

Bayram nahm ein Stückchen Holz in die Hand und stocherte in der Erde herum.

Beytullah Hoca stimmte den Gebetsruf an. Sein «Allahüekber» war wie immer kaum zu verstehen. Einige Männer gingen mit in der Finsternis unsicher schlurfenden Schritten in Richtung der Moschee.

«Alle Reichen sind scharf auf Bauplätze in der Mitte des Dorfes», sagte Ağali. «Als ich im Gemeinderat war, sind wer weiß wie viele angekommen: ‹Verschafft uns einen Bauplatz, wir geben auch noch was extra in die Gemeindekasse›. Aber damals hat der Muhtar Hakkı ebenso ‹nein› gesagt wie wir Ratsmitglieder. Und warum? Weil der Dorfplatz sonst zu klein geworden wäre. Für die jetzigen gilt das wohl nicht mehr. Sie haben also angefangen, jedem Bauland zu geben, der welches will. Was sie sich dabei denken, das verstehe ich weiß Gott nicht ... Haceli sagt: ‹Ich will ein Haus da hinstellen, mitten ins Dorf, daß es Karataş zur Ehre gereicht. Mit Ziegeln gedeckt, mit verzierter Front und zweistöckig. Und einen mächtigen Ochsenschädel lasse ich vorn einmauern ...› Jedenfalls wird er dir dein Haus ganz zubauen. Er läßt schon Lehmziegel schneiden. Er holt sich einen Maurermeister aus Ortaköy und dann fängt er an.»

«Was soll man jetzt tun, Onkel Ali?»

«Dagegen muß man angehen. Einspruch erheben, alles zusammenschreien, ihn einfach nicht bauen lassen! Du mußt die

Schweinerei überall anbringen, bei der Gendarmerie, beim Kaymakam, beim Gouverneur ...»

Bayram hörte schweigend zu. Konnte man das tun, was Ağali da sagte? Der Gouverneur würde die Beschwerde an den Landrat weitergeben, der Landrat an den Wachtmeister der Gendarmeriestation, der Wachtmeister an den Muhtar, und der stand auf Hacelis Seite. Und wo würde dabei die Arbeit bleiben? Er wollte den Zaun mit Zweigen flicken, die Wehre ausbessern, die Treppe in Ordnung bringen. Konnte er sich da noch in endlose Händel einlassen? Er besaß nicht einmal ein Pferd. Sollte er zu Fuß endlose Wege marschieren? Nein, ohne Geld war nichts zu erreichen, man mußte schon allerhand davon unter dem Leibgurt tragen ...

«Denke nur mal richtig nach, Schwarzer Bayram: Das Gesetz gibt keinem das Recht, einem andern ein Haus vor die Nase zu bauen. Wenn Haceli das tut, dann nimmt er dir die ganze Aussicht weg. Aber mal abgesehen davon — denke nur an den Abtritt, der dann vor deinem Haus steht, du wirst dein Leben lang seinen Gestank in der Nase haben. Und im Untergeschoß hat er den Stall. Wohin wird er wohl den Mist werfen? Den wirft man überall hinter das Haus. Also wirst du Hacelis Misthaufen vor deinem Haus haben. Kannst du das hinnehmen?»

Bayram erhob sich: «Ich danke dir, Onkel Ali. Ich habe deine Worte gehört und werde sie beherzigen. Irgend was werde ich mir schon überlegen.»

Ağali eilte zur Moschee. Im Laufen drehte er sich noch einmal um und rief: «Laß dich nicht unterkriegen!»

Wenige Schritte vor seiner Haustür stolperte Bayram über ein Hindernis. Er tastete im Dunkeln danach. Es war ein Holzpflock. Sicher hatte Haceli damit eine Ecke des Bauplatzes bezeichnet. Er riß das Stück Holz aus der Erde und warf es weit weg, in die Richtung der Moschee.

Als er ins Haus kam, saßen seine Mutter, seine Tante und seine Frau noch im trüben Kerzenlicht beisammen.

«Was ist denn, Bayram?» fragte Irazca. «Du machst ja ein

Gesicht wie drei Tage Regenwetter. Verdrießt es dich, daß du die Schlange nicht erwischt hast?»

«Ja, die ist verschwunden. Wir haben alles durchsucht und alle Löcher mit Steinen verstopft und zugeschmiert. Nur das Kaminloch ist noch offen, und von oben kommen keine Schlangen. Oder glaubst du, Tante?»

«Ich weiß nicht», sagte Sultanca. «Die Verfluchten finden immer wieder ihren Weg, mag auch alles zugestopft sein.»

Irazca beruhigte sie: «So ängstlich mußt du nun auch nicht sein, Schwester. Weißt du, es gibt Hausschlangen und Feldschlangen. Die Hausschlange geht nicht so schnell an den Menschen. Ein Haus ohne Schlange hat es noch nie gegeben. Aber es wäre ganz gut, wenn wir einen Weg fänden, mit ihnen Frieden zu schließen, damit der Kampf zu einem Ende käme.»

Sultanca brach auf. Sie ließ sich nicht zurückhalten. «Jeder schläft zu Hause am besten», sagte sie. «Wohl ist mir nicht dabei, aber ich gehe. Macht's gut.»

Haçça breitete die Matratzen und das geflickte Bettzeug nebeneinander aus. Das Lager ihrer Schwiegermutter richtete sie an der hinteren Wand, das Ahmets in der Mitte des Raumes und ihres, das sie mit Bayram teilte, bei der Tür. Irazca nahm die beiden Kleinen zu sich ins Bett und blies die Kerze aus.

«Worüber hast du mit Ağali geredet?» fragte sie.

«Ach, worüber schon, Mutter, so allerhand Kleinkram.»

«Unsinn! Deshalb hat er dich nicht angesprochen, wenn er gerade zur Moschee unterwegs war. Es war bestimmt etwas Wichtiges.»

«Ja», gab Bayram zu. «Er sagt, daß der Haceli vom Tollen Memmed vor unserem Haus bauen will. Er hat das Land vom Gemeinderat gekauft.»

«Von wem hat er es gekauft, sagst du?»

«Vom Gemeinderat.»

Irazca richtete sich im Bett auf: «So, so. Heute nachmittag waren seine Brüder da, zu vieren. Sie haben den Platz abgeschritten und abgeschätzt, dann sind sie wieder gegangen. Ich habe Fatmaca herübergerufen und sie gefragt, was das soll. ‹Ich weiß von nichts›, hat sie gesagt. Also haben sie das in aller Heimlichkeit gemacht. Weißt du was — seit drei Tagen zuckt mein rechtes Augenlid: jetzt ist mir klar, was das bedeuten sollte! Und was wird nun? Sag mir, Kara Bayram, was wird nun?»

«Ağali meint, es sei gegen das Gesetz, ein Haus vor ein anderes zu bauen und anderen Leuten die Aussicht wegzunehmen.»

Irazca begann zu schreien: «Das sage ich dir, wenn die sich vor unserem Haus entleeren, dann scheiße ich ihnen allen in die Mäuler! Seht euch vor, das gibt einen Kampf! Für wen hält sich dieses Spatzenhirn, der Sohn vom Tollen Memmed? Der will auf einmal etwas sein, weil er im Gemeinderat sitzt, dabei ist er noch genau der gleiche Esel, der er vorher war! Ein Mensch, der mitten im Dorf bauen will, muß innen nicht ganz richtig sein. Hat Karataş denn keine Ehre? Nein, ich dulde es nicht! Wenn er das tut, dann richte ich ihn zugrunde! Ehrloser als einen Hund mache ich ihn. Er mag im Gemeinderat sitzen, aber ich bin Irazca!»

Ahmet erwachte von dem Geschrei, fuhr hoch, schlief wieder ein. Irazca schrie weiter ihren Zorn hinaus, dann horchte sie, hörte die anderen ruhig atmen und streckte sich wieder aus. Aber sie fand während der ganzen Nacht kaum Schlaf. Ihr Inneres war zu sehr aufgewühlt. Sie wurde nicht mit der Sache fertig.

Haçça schlief fest, dafür sorgte die Erschöpfung von der Tagesarbeit. Im Traum lag sie mit Bayram unter schneeweißen, seifeduftenden Bettüchern. Neben dem Bett standen vier grüne Hanfzweige.

Die Herausforderung

Eine halbe Stunde war vergangen, seit Haceli, zweites Mitglied des Gemeinderates von Karataş, aufgestanden war und sich im Stall Gesicht und Hände gewaschen hatte. Fatma, seine Frau, schlief noch immer. Er versetzte ihr den zweiten Fußtritt. Ihr fülliges Gesäß zuckte unter der Decke.

«Steh auf, Mädel! Es ist heller Tag. Steh auf, es geht los.»

Fatma dehnte sich träge. Ihre langen Locken ringelten sich auf der Decke. Ihre fleischigen Lippen waren leicht geöffnet und ließen die weißen Zähne sehen. Beim nächsten Fußtritt fuhr sie zusammen, aber sie bekam die Augen immer noch nicht auf.

Jetzt wurde Haceli zornig: «Willst du endlich aufstehen, Miststück!»

Fatma schälte sich aus der Decke, schlüpfte in ihre Hose und stand auf. Sie zog das Leibchen über das weite Hemd und knöpfte es über den vollen, vorspringenden Brüsten zu.

«Ich hole jetzt die Leute zusammen», sagte Haceli. «Sie sollen mit dem Ausschachten anfangen und die Steine anfahren. Du sorgst für das Essen und machst alles so, wie ich es dir gestern abend eingeschärft habe.»

Als er gegangen war, legte Fatma sich wieder hin. Das Haus war feucht, von Schimmelgeruch erfüllt. Eine schlimme Schwere drückte ihr auf Kopf und Augen. Sie war ein anderer Mensch gewesen, bevor sie in dieses Haus gekommen war. Beim ersten Morgengrauen war sie aus dem Bett gesprungen. Sie hatte sich leicht wie ein Vogel gefühlt; keine Arbeit war ihr zu schwer gewesen. Jetzt lag es ihr wie Bleigewichte auf den Lidern. Wenn sie sich morgens endlich erhob, schmerzten alle Stellen ihres Körpers. Im Winter drang das Wasser ins Haus. Ganz schlimm war es, wenn der Frühling herannahte und das Tauwetter kam. In diesem Haus wohnte Haceli mit seinen drei Brüdern. Es war eng genug; er würde nun der erste sein, der sich von all dem befreien konnte. Er hatte dem ältesten Bruder seinen Anteil verkauft. Mit einem Teil des Geldes wollte er die Steine und Dachziegel bezahlen. Den Bauplatz würde er im Herbst bezahlen, bis dahin sollte er die Summe für den Hausanteil von seinem Bruder erhalten. Der Muhtar würde sich so lange gedulden. Wie sagte das Sprichwort? «Wenn du aus der Misere herauskommen willst, dann stütze dich auf den Berg oder auf den Herrn.» Haceli stützte sich auf den Vorsteher. Er war ein guter Mann, der Muhtar. Er hatte Haceli nicht im Stich gelassen.

Zum Ausheben des Fundaments hatte er nur zwei Mann auftreiben können. Seine Brüder wollten noch kommen und helfen.

Der Arbeitstag hatte begonnen. Die Türen öffneten sich wieder, die Dorfstraße belebte sich nach und nach.

Irazca war seit geraumer Zeit wach, obwohl sie erst gegen Morgen eingeschlafen war. Eigentlich wollte sie nicht vor Bayram und Haçça aufstehen, die noch fest schliefen. Sie wußte, daß es noch nicht sehr spät war, aber sie empfand einigen Grimm darüber, daß die beiden nicht aufwachen wollten. Plötzlich richtete sie sich auf, warf die Decke ab und stieg aus dem Bett. Die jungen Leute schliefen weiter. Bayrams Arm hing über Haçças Schulter. Irazca brachte ihr Haar in Ordnung und ging hinunter.

Auf dem Platz vor dem Haus war Haceli mit seinen Brüdern und den Arbeitern zugange. Sie schlugen Pflöcke ein, spannten Schnüre ... Mehmet, der einzige im Dorf, der etwas von der Bauarbeit verstand, gab seine knappen Anweisungen.

Haceli sah Irazca auf sich zukommen. Er wandte den Kopf nicht von seiner Arbeit. Wenige Schritte vor den Männern blieb Irazca stehen, stemmte die Hände in die Hüften und schaute schweigend auf die Pflöcke, die Mehmet Taşkelle eingeschlagen hatte und die Schnüre, die gespannt worden waren. Haceli begann unruhig zu werden. Sollte er etwas sagen, die alte Frau begrüßen? Er ging auf sie zu, sah sie an. In ihrem Gesicht regte sich nichts.

«Hoşgeldin, Tante, wie geht's denn?» sagte Haceli.

Irazca antwortete nicht.

«Wir werden Nachbarn, Tante», versuchte es Haceli noch einmal. «Ja, wir bauen hier. Ihr werdet es sicher an der nachbarlichen Hilfe nicht fehlen lassen! ‹Dem, der ein Haus baut und dem, der Hochzeit macht, hilft man.› Nun kommen wir endlich aus dem Dreckloch im Unterdorf heraus ...»

Die alte Frau schwieg.

Dem Haceli dämmerte es: Sie will nicht, daß wir vor ihrem Haus bauen. Sie will uns nicht zu Nachbarn haben. Sicher hat einer sie gegen uns aufgehetzt.

Irazca stand immer noch unbeweglich da, die Hände in den Hüften.

«Wir sind soweit, Haceli!» rief Mehmet herüber. «Wir können mit dem Ausheben anfangen. Willst du kein Blut auf den Grund tropfen lassen?»

«Ich weiß, es muß Opferblut ins Fundament fließen, aber ich habe nichts vorbereitet. Ich schlachte ein Tier, wenn der Dachbalken draufkommt. Oder wenn wir einziehen.»

«Na schön, dann tu den ersten Schlag. Möge es zum Segen gereichen! Aber du hättest doch wenigstens einem Hahn den Hals abschneiden sollen, meine ich ...»

«Nicht da, mein Freund! Es ist mir lieber, wenn sie sagen ‹er hat nichts geschlachtet, er tut es später›, als wenn es hieße ‹Haceli hat auf dem Baugrund nur das Blut von einem schäbigen Hahn vergossen›.» Er packte die Hacke, ging ein paar Schritte, sprach das Bismillah und stellte sich breitbeinig hin.

Irazca war ihm nachgegangen, pflanzte sich vor ihm auf. Haceli verlor die Farbe:

«Was willst du denn nur?» stotterte er.

Irazca sprach immer noch kein Wort.

«Mach, daß du fortkommst, halte mich nicht von der Arbeit ab! Was willst du hier? Hast wohl den Verstand verloren, was?»

«Mach du erst mal, daß du fortkommst!» schrie Irazca plötzlich los. «Das wäre besser für dich! Du Taugenichts, bist du hier in den wilden Bergen oder in einem Dorf? Schau dich doch mal um! Gibt es hier einen, der ein Haus vor ein anderes Haus hinbaut? Tollhäusler! Solange ich noch am Leben bin, wirst du hier kein Haus bauen! So, jetzt weißt du Bescheid. Wenn du nur einen Funken Verstand hättest, dann wärst du nicht auf die Idee gekommen, hier ein Haus zu bauen, mit deiner Schlampe von Frau. Hier, mitten im Dorf, wird jeder auf dein Haus schauen, da wirst du schön dastehen! Willst du mit dieser Frau Ehre für Karataş einlegen?»

Nun war es an Haceli, zu schweigen.

«Es ist deine Sache, wenn du es da unten nicht aushältst. Was kann ich denn dafür? Was kann mein Sohn dafür? Warum sollen wir deine Schlampe ertragen?»

«Aber was hat dir denn meine Frau getan, Tante?»

«Sie wird ihr Abwaschwasser in unseren Hof gießen, sie wird in den Stall scheißen und uns ihren Dreck vor die Nase werfen. Und ich will blind werden, wenn ich euch nicht das Haus anzünde und alles in die Luft gehen lasse! Meine Tage sind gezählt. Ich habe noch so lange zu leben wie ein Schaf, oder auch nicht. Aber ich werde nicht sterben, bevor ich mit meinen Feinden aufgeräumt habe. Und nun schlag zu mit deiner Hacke. Möge es dir zum Segen gereichen.»

Sie drehte sich um und ging.

Haceli blickte unschlüssig auf seine Brüder und auf den Bauführer Mehmet. Der machte ein unbeteiligtes Gesicht. Die Brüder schwiegen.

«Nun sagt doch etwas!»

Nach einer Weile brach der älteste Bruder das Schweigen:

«Los, schwing schon deine Hacke! Willst du dich durch so ein Weibergeschwätz von deinem Plan abbringen lassen?»

Haceli zögerte noch immer.

«Gib her», sagte sein Bruder. Er tat den ersten Schlag mit der Hacke. Ein anderer von den Brüdern begann die Erde wegzuschaufeln. Gleich darauf waren alle an der Arbeit.

Als Irazca nach Hause kam, schlief Bayram noch. Haçça erwachte vom Knarren der Tür. Sie stand hastig auf, weckte Bayram, ordnete ihre Haare und bedeckte ihre Brust.

«Mach schnell Feuer, Mädel!» sagte Irazca. «Bayram muß heute Äste für den Zaun holen . . .»

Bayrams Schlaf war verflogen.

«Das lassen wir für heute, wenn es dir recht ist, Mutter. Wenn wir uns nicht diesen Schweinekerl Haceli vornehmen, dann werden wir es später bereuen.»

«Du gehst Äste holen!» dröhnte Irazca. «Der Zaun wird auf der Stelle in Ordnung gebracht. Um den Haceli werde ich mich schon kümmern.»

«Vor dir hat Haceli keine Angst, Mutter», versuchte Bayram einzuwenden.

«Glaubst du, vor dir vielleicht? Und mit diesen Hunderudeln von Brüdern und anderer Sippschaft wirst du schon gar nicht fertig. Tu, was ich dir sage, fahre Stacheläste heran.»

Bayram fügte sich.

Als die Suppe fertig war, weckte Irazca den kleinen Ahmet:

«Du gehst jetzt los und sagst diesem Schurken: ‹He, Onkel Haceli, meine Großmutter sagt, du sollst es dir gut überlegen.› »

Ahmet war stolz auf den Auftrag.

«Was sollst du sagen?»

Der Knabe wiederholte den Satz fehlerfrei.

«Gut so, nun geh . . .»

Irazca gab Bayram ihre Anweisungen für den Tag:

«Die Holzbirnbäume im Bahşiş-Feld haben die besten Stacheln. Die mußt du ausästen. Zwei schöne Fuhren davon sind genug für unser Land. Gib acht, daß du die Baumrinde nicht herunterreißt, vielleicht gibt es im Frühjahr gute Pfropfreiser.»

«Wir holen zwei Fuhren», sagte Bayram. «Aber es wäre besser, wenn wir heute hierblieben, Mutter.»

«Du fährst, Bayram!» schrie Irazca. «Bis jetzt gibt es hier nichts für dich zu tun. Wenn ich dich brauche, lasse ich es dich schon wissen.»

Bayram und Haçça schirrten den Karren an, verstauten den Strick, den Rechen, das Beil und das Buschmesser und fuhren los. Diesmal saßen sie beide auf dem Karren, Toman, der Hund, lief wieder neben ihnen her.

Haceli und seine Helfer gruben. Ahmet richtete gerade seine Botschaft aus.

Als Haceli die beiden auf dem Karren sah, stellte er sich ihnen in den Weg. Bayram hielt an.

«Sag mal, Bayram», fragte Haceli, «warum schickst du deine Mutter und das Kind vor? Bist du nicht Manns genug, selbst mit mir zu sprechen?»

«Ich habe meine Mutter nicht geschickt», gab Bayram zur Antwort. «Bei Gott, ich weiß nicht einmal, daß sie bei dir war. Das Kind hat sie selbst geschickt.»

«Bist du denn nicht der Herr im Haus? Warum kommst du nicht selbst?»

«Heute spricht meine Mutter. Ein andermal werde auch ich den Mund auftun, warte es nur ab. Dann wirst du schon sehen, ob ich ein Mann bin oder nicht.» Er fuhr weiter.

Haceli rief ihm nach:

«Bayram, sollen wir uns beide unglücklich machen? Ich habe einen Haufen Geld für den Boden bezahlt. Wenn du dich geschädigt fühlst, kannst du ja klagen, aber behandle mich nicht wie einen Todfeind.»

«Meinetwegen. Wenn du einen Haufen Geld bezahlt hast, dann grabe eben weiter.»

Hacelis Brüder gingen, nachdem sie etwa eine halbe Stunde mitgeholfen hatten. «Mit deinen Arbeitern wirst du bis zum Abend mit dem Ausheben fertig sein», sagten sie. «Wir wollen uns mal um unsere eigene Arbeit kümmern.»

Bald darauf verabschiedete sich auch Mehmet. Wenn es ans Hochziehen der Mauern ging, wollte er wieder zur Stelle sein. Er gab Haceli noch gute Ratschläge: «Hier muß das Fundament tief sein, weil der Weg nahe am Haus vorbeiführt. Der Bau sinkt sonst ein, bei den vielen Ochsenkarren. Schließlich kommen auch Lastwagen mit Erz vorbei. Grabe nur recht tief, du willst ja ein großes Haus bauen.»

Die Umgebung lag klar, wie aus dem Meer aufgetaucht, unter der jungen Frühlingssonne. Die Luft erwärmte sich, die Zweige der Bäume erwachten zu neuem Leben. Das Dorf war menschenleer; Männer, Frauen und Kinder waren auf die Felder gezogen, die Rinder und Fohlen waren auf die Weiden getrieben worden.

Haceli arbeitete mit Feuereifer.

Da erschien Bayrams Ahmet wieder:

«Onkel Haceli, meine Großmutter sagt . . .»

«Zum Teufel mit deiner Großmutter!» brüllte Haceli. «Zur Hölle mit deiner Mutter und mit deinem Vater . . . willst du wohl verschwinden, du Hundesohn!» Er hob einen Stein auf, aber Ahmet hatte sich schon aus dem Staub gemacht. Haceli zielte auf das Hoftor, hinter dem sich der Knabe versteckt haben mußte, als er Irazca die Treppe herunterkommen sah. Die Frau ging langsam auf ihn zu, die Hände in den Hüften. Haceli preßte den Stein in seiner Hand.

Irazca schritt an ihm vorbei, blieb in der Mitte des halb ausgehobenen Bauplatzes stehen. Sie sah sich gründlich um, ohne Haceli zu beachten.

Haceli ließ seinen Stein verstohlen zu Boden fallen.

«Und wenn du ihn nun geworfen hättest?» fragte Irazca plötzlich.

Haceli schwieg.

«Was schweigst du? Wenn du mir den Schädel gespalten und mich getötet hättest?»

Sie wandte sich zu den Arbeitern:

«Legt Hacke und Schaufel hin! Hört auf zu graben! Haceli, ich habe dir vorhin gesagt, daß ich vielleicht noch drei Jahre zu leben habe. Du hast noch ziemlich viel mehr vor dir. Töte mich nur. Den Friedhof für mich, das Gefängnis für dich. Mein Sohn sitzt derweil zufrieden in seinem Haus. Wenn ihm der Sinn danach steht, dann nimmt er deine schöne Fatma in sein Bett und hat seinen Spaß mit ihr. Oder einer von deinen eigenen Brüdern nimmt sie sich. Ob so oder so — du wirst mit Schimpf und Schande bedeckt sein, und deine Nachkommen auch . . .»

«Tante Iraz ... Hörst du, ich sage Tante Iraz zu dir. Warum kommst du eigentlich immer zu mir und nicht dein Sohn? Ist der kein Mann?»

«Er kommt nicht. Ich komme. Wenn ich mal tot bin, dann soll er noch da sein. Wenn er stürbe, dann kämest du ins Gefängnis, aber ich kann mit deiner Frau nichts anfangen. Wenn du mich tötest und ins Gefängnis mußt, dann nimmt mein Bayram deine Frau. Verstehst du jetzt, warum mein Sohn nicht kommt?»

Sie trat dicht an Haceli heran:

«Ich wollte dir ins Gesicht spucken, aber ich warte noch ab, ob du nicht auch so gehst.»

Die Arbeiter hatten aufgehört zu arbeiten. Haceli wurde abwechselnd rot und blaß. Immer wieder durchfuhr es ihn, die alte Frau mit einem Faustschlag niederzustrecken, aber er brachte die Hand nicht hoch. Er dachte an das Ackerland für sechstausend Lira, die schönen Felder, an die qualvollen Jahre der Verschuldung. Ein Haus mit weißverputzten Wänden, vielen Fenstern und hellen Zimmern wollte er bauen. Blitzendes Kaffeegeschirr wollte er auf die Wandbretter stellen. Ein rotbraunes Pferd im Stall, ein Jagdgewehr ... Plötzlich war dies alles weggewischt: Ein grauer Esel, mit einem Bündel von altem Bettzeug bepackt, zockelte die Straße entlang. Hinter ihm schlich ein müder, entkräfteter Haceli, schlich die endlosen Wege der Gefangenschaft ...

«Freunde, wir wollen frühstücken gehen!» rief er den Arbeitern zu.

Das Haus des Gemeindevorstehers lag im Oberdorf, gleich neben dem hohen Pfahl, der für die Storchennester aufgerichtet war. Die Frau des Vorstehers war gerade dabei, die Birnbäume, Zypressen und Brustbeerenbäume mit eiskaltem Brunnenwasser zu besprengen. Sie hatten einen eigenen Brunnen vor dem Haus.

Mustafa, der Ortswächter, striegelte den Schimmel des Vorstehers.

«Ist der Muhtar zu Hause?» fragte Haceli.

«Ja», sagte der Wächter, «aber er schläft. Er ist gestern abend spät schlafen gegangen.»

«Wir müssen ihn wecken, Mustafa, ich habe etwas Dringendes.»

«Dann geh und weck ihn selbst. Ich will nichts damit zu tun haben.»

Haceli stieg die Stufen hinauf.

Das zweistöckige Lehmhaus des Vorstehers hatte ein schönes, holzgedieltes Zimmer mit einer Balkendecke. Der Vorsteher hatte von Necip Aga, der seinen ganzen Besitz zu Geld gemacht hatte und nach Istanbul gegangen war, für zehntausend Lira Land gekauft. Er hatte zugegriffen, obwohl er seine Schafe und seine zwei Pferde hatte verkaufen müssen. Nach langem Darben stand er jetzt gut da. Die Schuld war abgezahlt, der Ertrag wuchs.

Haceli klopfte ein paarmal, bis der Muhtar antwortete.

«Ach, du bist es, Haceli? Komm nur her.» Der Muhtar richtete sich im Bett auf. «In ein paar Tagen kommt der Kaymakam, Haceli. Ich habe eine schlechte Nachricht für dich. Wir müssen dir das Geld für den Bauplatz sofort abverlangen.»

«Ich habe auch eine schlechte Nachricht für dich», sagte Haceli. «Ich kann das Fundament nicht ausheben. Diese elende Iraz von Koca Sali kommt andauernd und stellt sich meiner Arbeit in den Weg. ‹Erst mußt du mich totschlagen, dann kommst du ins Gefängnis und mein Sohn kann frei leben›, sagt sie. Glaub nur, Muhtar, das ist eine bitterböse Sache.»

«Und wo war Kara Bayram, sagt der nichts?»

«Er ist auf die Felder gefahren. Ich habe ihn gefragt, warum er seine Mutter vorschickt. ‹Ich weiß, wann ich zu sprechen habe, jetzt spricht meine Mutter›, hat er geantwortet. Ich habe zwei Arbeiter gemietet, Muhtar, und jedem drei Lira bezahlt. Jetzt ist schon Mittag, und wir haben noch nichts tun können. Die elende Irazca läßt uns nicht arbeiten. ‹Solange ich lebe, lasse ich kein anderes Haus vor meines bauen, geh zur Hölle und bau dort›, sagt sie. ‹Dein Weib ist eine Schlampe, morgen schüttet sie ihr schmutziges Spülwasser in meinen Hof›, sagt sie. Und was nicht noch alles . . .»

«Laß dein Fundament nur ausheben», sagte der Muhtar. «Ich lasse Bayram heute abend zu mir rufen. Du kommst auch. Ich wollte sowieso eine allgemeine Versammlung abhalten. Wir müssen uns für den Herrn Kaymakam vorbereiten. Und da ist noch die Sache mit dem Denkmal, da müssen wir auch zu einem Beschluß kommen . . .»

«Was soll ich jetzt tun, Muhtar?»

«Ich habe dir doch gesagt, geh und laß graben, Mann!»

«Und wenn das schreckliche Weib kommt?»

«Laß sie nur kommen. Und wenn sie sich danebenlegt, grab weiter.»

«Eyvallah», sagte Haceli. «Dankeschön.»

Der Vorsteher zog die Decke wieder über sich.

Sterben oder töten

Kara Bayram und seine Frau hatten ihren Heckenzaun mit den Dornenzweigen geflickt, nachdem sie zweimal zu den Holzbirnbäumen gefahren waren. Inzwischen war es Spätnachmittag geworden. Bei der Einfahrt ins Dorf duldete Bayram nicht, daß Haçça vom Karren abstieg.

Haceli war an seinem Bauplatz, maß die Tiefe der Grube aus, gab den Arbeitern Befehle. Als er Bayram und seine Frau heranfahren sah, kam er nach oben und begann hin- und herzustolzieren.

Bayram war erbost auf seine Mutter, als er sah, daß das Fundament fertig ausgehoben war. Er stieg ab.

«Selâm», sagte er.

Haceli blickte mißtrauisch:

«Aleyküm selâm.»

«Maşallah, Haceli Efendi, du hast ja das Fundament schon ausgehoben!»

«Ja, es ist so gut wie fertig», sagte Haceli. Dann fügte er hinzu: «Dank eurem Wohlwollen.»

«Haceli Efendi», sagte Bayram, «sieh dich mal um, Bruder: Wieviel Nachbarn habe ich wohl, hier im Inneren des Dorfes?»

Haceli schaute verdutzt um sich: «So an die zwanzig Häuser werden es sein.»

«Gut. Und unter diesen zwanzig soll gerade ich der Dumme sein, dem man ein Haus vor die Nase baut?»

«Der Gemeinderat hat es beschlossen», sagte Haceli. «Ich habe siebenhundert Lira in die Gemeindekasse gezahlt.»

«Und du willst mir erzählen, du hättest keinen besseren Platz finden können? Nein, du hast dir gesagt, ‹die anderen wehren sich, aber der Bayram, der kann nichts dagegen machen›.»

«Da irrst du dich. Der Rat hat mir diesen Platz angewiesen. Wenn sie mir einen anderen gezeigt hätten, dann hätte ich einen anderen genommen.»

«Das ist es eben, der Gemeinderat denkt genau wie du. ‹Bayram ist ein armer Teufel, er muß still sein, wenn er nicht still ist, bringen wir ihn zum Schweigen!› Die sind doch alle deinesgleichen und tanzen nach deiner Pfeife . . .»

«Hör mal, Bayram: Wenn du glaubst, daß dir Unrecht geschieht, dann kannst du ja Beschwerde führen. Geh doch zum Kaymakam, zu den Gendarmen und überall hin. Aber treibe nicht diese englische Politik. Laß deine Mutter aus dem Spiel. Komm selbst, wenn du etwas ernstliches mit mir bereden willst . . .»

«Keine Sorge, ich werde schon noch kommen. Grab jetzt nur fertig. Wir werden uns auch überlegen, was wir tun. Glaub nur nicht, daß wir einfach zusehen. Du willst dich aufspielen, weil du Ratsmitglied geworden bist, aber warte nur ab, so leicht ist es nicht, sich auf unseren Köpfen aufzuspielen.»

Bayram lenkte den Karren in seinen Hof.

Als sie das Zugvieh untergebracht hatten und nach oben kamen, sprach Irazca kein Wort.

Schweigend holte Haçça Kanne und Schüssel. Sie wusch erst Bayram, dann sich selbst Hände und Füße.

Die alte Frau saß immer noch stumm und reglos da. Bayram hockte sich neben sie: «Was ist denn, Mutter? Worüber grübelst du denn so?»

«Ach, nichts weiter . . . Deine Tochter ist gar nicht mehr von draußen wegzubringen. Ständig schaut sie Haceli und seinen Arbeitern zu. Aber dein Sohn Osman, das wird einmal ein ganz Schlauer. Seit dem Morgen sage ich ihm: ‹Schau mal da, Osman, der verrückte Haceli baut einen Stall vor euer Haus, er wird seinen Dreck in euren Hof werfen — geh, Bub, jag ihn fort!› Und dann lacht er jedesmal.»

Bayram nahm seinen Jüngsten in die Arme. Sofort begann das kleine Mädchen ungeduldig zu strampeln.

«Die darf auch nicht zu kurz kommen», sagte Irazca, «das wird mal eine ganz Eifersüchtige . . .»

Haçça stand auf und ging in die Stube. Die Tagesarbeit hatte sie vollkommen erschöpft. Die Gemarkung, wo sie die Äste geholt hatten, war sehr weit entfernt. Das Schneiden und Aufladen war schwere Arbeit gewesen, das Abladen und das Ausstopfen der Hecke nicht minder. Aber was half es? Bis zum Abend hatte man sich abzurackern, bis zum Morgen ruhte man sich recht und schlecht aus.

«Was hast du denn mit Haceli noch angefangen, Mutter?» fragte Bayram.

«Was hätte ich schon anfangen sollen? Angst habe ich ihm eingejagt. ‹Töte mich nur›, habe ich zu ihm gesagt, ‹wenn du dann im Gefängnis sitzt, soll mein Sohn deine Frau nehmen!› Vor seine Füße habe ich mich geworfen, aber er hat sich nicht getraut. ‹Dann will ich dich töten und in den Kerker gehen, und mein Sohn nimmt dein Weib erst recht für sich!› Da ist er aschfahl geworden. Die Wahl ist nicht leicht, entweder zu sterben oder zu töten. Beides bedeutet den Tod. Gefangenschaft bedeutet den Abschied von der Welt. Erst recht im Dorf!»

«Aber er hat nicht aufgehört zu graben. Also war er doch nicht richtig eingeschüchtert?»

«Er hat Angst gehabt», sagte Irazca, «er will sich nur nichts anmerken lassen. Und selbst wenn er keine Angst gehabt hätte, durcheinandergeraten ist er auf jeden Fall. Das ist auch schon was wert. Jedenfalls lasse ich ihm keine Ruhe mehr.»

«Aber was soll denn dabei herauskommen? Eben habe ich ihn auf der Straße getroffen. Ich habe ihm allerhand ins Gesicht gesagt, aber er hat mit keinem bösen Wort geantwortet. Sonst hätte es vielleicht ein Unglück gegeben.»

«Du! Sprich mir nur nicht von Nachgeben! Ich nehme mich seiner an. Solange ich das kann, brauchst du dir keine Gedanken darum zu machen.»

«Wenn es erst zu spät ist, dann nützen mir die Gedanken auch nichts mehr. Wir müssen uns sofort an den Muhtar wenden, zu den Gendarmen gehen und zum Kaymakam. Das sind die Stellen, an die man sich wenden muß. Dann haben wir wenigstens etwas unternommen.»

Irazca fuhr hoch:

«Fasele nicht! Die sind doch alle auf seiner Seite! Laß ihn doch hingehen und uns verklagen, weil wir ihn nicht bauen lassen, obwohl er für das Land bezahlt hat. Dann geben wir zur Antwort: ‹Warum hat man ihm denn gerade den Platz vor unserem Haus verkauft und nicht den vor irgendeinem anderen?› Er geht bestimmt zum Muhtar und klagt, wenn nicht heute, dann morgen. Der Muhtar läßt dich rufen. Du sagst ‹ich weiß von nichts, meine Mutter weiß darüber Bescheid›. Wenn sie wollen, sollen sie mich rufen. Dann springe ich ihnen allen mit dem nackten Hintern ins Gesicht . . .»

Ahmet saß dabei und ließ sich kein Wort entgehen.

«Und jetzt gehst du zu deiner Tante und schaust nach ihr, ob sie die Schlange wiedergesehen hat. Ahmet nimmst du mit. Wenn ihr auch die Löcher zugestopft habt, sie kommt bestimmt wieder zum Vorschein. Wenn ihr sie erwischt und totschlagt, dann müßt ihr unbedingt auch die andere finden. Die Schlangen treiben sich immer nur paarweise herum und die zweite nimmt Rache, wenn du sie nicht umbringen kannst. Auf dem Feld muß auch noch eine sterben. Ahmet hat eine getötet, die andere von dem Paar ist übriggeblieben. Aber seid auf der Hut . . .»

«Mach dir darum keine Sorge, Mutter», sagte Bayram. «Wenn es sonst nichts ist . . .»

Er nahm seinen Sohn mit und ging seine Tante besuchen.

Der müde Mustafa

Der Gemeindewächter Mustafa kletterte auf das flache Dach von Onkel Badis Haus, um eine Bekanntmachung auszurufen. Wenn er etwas ausrief, so war es fast überall im Dorf zu hören. «Nachbaaarrn ...!» begann er, wie jedesmal. Dann schrie er, daß sich die erwachsenen, urteilsfähigen Männer — einer aus jedem Haus — nach dem Nachtgebet in Nuris Kaffeeschenke zur Versammlung einfinden sollten. «Sagt nur nicht, ihr hättet es nicht gehört!» schloß Mustafa.

Dem Gemeindewächter zitterten die Knie vor Erschöpfung. Erst hatte er das Pferd des Vorstehers versorgt. Dann mußte er für seinen Herrn und dessen Verwandte, für die Ratsmitglieder und deren Anhang streunendes Vieh einfangen und ins Dorf zurückbringen. Dann hatte ihn der Muhtar zu Fuß nach Yakacık geschickt. Der Muhtar von Yakacık hatte Schriftstücke von der Kreisverwaltung. Er war es gewesen, der dem Muhtar von Karataş den Wink gegeben hatte, der Kaymakam werde in wenigen Tagen zur Inspektionsfahrt in die Dörfer aufbrechen. Der war schon ein ganz Gewitzter, der Muhtar von Yakacık. Wenn ihm eine Versammlung nicht paßte, dann sagte er, er sei krank und legte sich ins Bett. Vier Stunden Fußweg hin und zurück! Gab es auf der ganzen Welt einen anstrengenderen Beruf als den des Gemeindewächters? Selbst Rinderhirt zu sein, war weniger mühevoll. Dabei brauchte man nur fünfzig Dönüm Land, um vom Elend befreit zu sein. Fünfzig Dönüm, zwei oder wenigstens einer davon mußte sich bewässern lassen. Einen Ochsen brauchte man, eine Kuh, vier Schafe, zehn Hühner und einen Esel. Dann kämen Lämmer dazu, auch einmal ein Kalb oder ein Eselsfohlen. Man verkaufte zwei Sack Bohnen oder Weizen und man war über das Schlimmste weg. Man brauchte sich nicht vom Muhtar drangsalieren und von den Ratsmitgliedern beschimpfen zu lassen. Man brauchte nicht mehr ohne Hemd am Leib und ohne Fellsandalen an den Füßen herumzulaufen ...

Mustafa dachte daran, wie viele Männer es im Dorf gab, die müßig herumliefen. Sie pflügten und sie säten nicht, wenn es Zeit dafür war. Sie ließen ihre schönen Stücke Land verkommen. Sie verbrachten ihre Tage und Abende in der Schenke und überließen den Ochsen und den Esel ihrer Frau. Wenn sie dann nichts zu beißen hatten, geschah ihnen nur recht. Es taugte nichts, wenn Frauen sich ums Vieh kümmerten. Wozu brauchte es sonst Männer auf der Welt zu geben? Irazcas Bayram war von anderem Schlag. Er bearbeitete sein Land gut, und seine Schulden hatte er auch abbezahlt. In drei Jahren würde er ganz gut dastehen. Aber der arme Kerl hatte nur drei Evlek, die sich bewässern ließen! Mustafa seufzte. Hätte er selbst wenigstens drei Evlek! Bayram hatte sogar einen Ochsenkarren. Ja, der Schwarze Bayram war ein tüchtiger Mann. Ein Mann nach Mustafas Geschmack. Nun sollte ihm von Haceli, dem zweiten Ratsmitglied, das Haus zugebaut werden. Ob er das schlucken würde?

«He, Bayraaam!»

Ob er nicht zu Hause war? Es half nichts, er mußte mit seinen schmerzenden Knien bis zur Haustür gehen.

Bayrams Frau erschien:

«Bitte, Gevatter Mustafa?»

Bayrams Frau war schön, und sie hatte gute Manieren. Und gute Eigenschaften. Wer solch eine Frau besaß, der konnte eigentlich nicht ganz arm sein. Wie sie sich verändert hatte, seit es ihnen ein wenig besser ging . . .!

«Ist Bayram nicht zu Hause, Haçça?»

«Er ist zu seiner Tante gegangen, Gevatter.»

«Wenn er zurückkommt, dann sag ihm, er soll heute abend in die Schenke kommen. Der Muhtar will ihn sprechen. Aber vergiß es nicht, es ist sehr wichtig . . .»

«Gut, Gevatter Mustafa.»

Ja, Ayşes Tochter Haçça ... Ihr Gesicht war runder geworden. Eine Frau, die einen rechten Mann hat, zeigt ein lachendes Gesicht. Taugt der Mann nichts, dann bringst du die Frau auch mit Honig-Baklava nicht zum Lächeln. Ach, Honig-Baklava ... Wenn man in zehn Tagen fünfundzwanzig Stück Vieh einfangen würde, für jedes zurückgebrachte Tier zwei Eier ... Das ergab fünfzig Eier, das Stück zu zehn Kuruş ... Man könnte sich für eineinhalb Lira Feigen kaufen — wenn ein Feigenhändler hier vorbeikäme ... Oder gar einmal Fleisch essen ... Einmal schlafen, solange man möchte ... Einmal richtig ausruhen ... Ach ja ...

Unbemerkt

«Zieh das saubere Hemd an, Bayram», sagte Haçça. «Und wasch dir Gesicht und Hände noch einmal gründlich.»

«Ja, das tu nur», fiel Irazca ein. «Schließlich kommst du unter die Leute. Wenn sie dich von vorne und hinten mustern, darf kein bißchen Schmutz in den Ohren sein.»

Haçça brachte aus dem Wäschekorb ein geflicktes Hemd zum Vorschein.

«Es wird auch Zeit, daß ihr das Unterzeug einmal wechselt», sagte Irazca. «Wenn ihr die Balken für die Treppe geholt habt, wird gewaschen.»

Bayram hockte sich vor der Waschschüssel nieder. Er rieb seine wie Baumwurzeln knorrigen und schwarzen Hände ohne Seife ab, dann wusch er sich das Gesicht und den Hals.

«Wenn der Muhtar von Hacelis Bauplatz anfängt, dann gibst du ihm keine Antwort: ‹Darum kümmert sich meine Mutter.› Wenn er dich bei deiner Mannesehre packen will und dich fragt, ob du denn nichts zu bestellen hättest, dann sagst du nur: ‹Sie ist meine Mutter. Solange sie da ist, kann ich ihr nicht hineinreden.› Du läßt dich auf nichts ein . . .»

«Wer weiß, ob sie ihn deswegen überhaupt rufen?» meinte Haçça. «Der Ausrufer hat sich doch an alle gewandt. Vielleicht machen sie eine andere Versammlung.»

«Möglich . . .» sagte Bayram. «Der Muhtar war bei der Kreisverwaltung. Vielleicht gibt es ein neues Gesetz?»

«Was es auch sei», sagte Irazca, «du gehst jedenfalls hin und hörst, was sie wollen. Im übrigen weißt du, wie du dich zu verhalten hast. Und nun mach dich auf . . .»

«Das hat noch Zeit», erwiderte Bayram. «Die Versammlung beginnt nach dem Abendgebet. Bis jetzt war noch nicht einmal der Gebetsruf zu hören.»

«Macht nichts, dann setzt du dich eben solange hin und trinkst einen Tee. Dabei gewöhnst du dich an die Umgebung . . .»

Bayram erhob sich langsam, setzte seine Mütze auf und ging.

«Schwiegertochter! Bring schnell die Kleinen zu Bett!» befahl Irazca. «Und dann gehen wir zusammen weg. Ahmet kommt auch mit. Willst du mit uns gehen, Ahmet?»

«Klar.»

«Wo willst du denn hin, Mutter?» fragte Haçça besorgt.

Irazca wurde zornig. Seit gestern ging das immer sehr schnell bei ihr. «Tu, was ich dir sage! Spar dir die dumme Fragerei!»

Haçça breitete die Matratzen hin, streckte sich mit den beiden kleinen Kindern aus und bemühte sich, sie durch Liebkosungen zum Schlafen zu bringen.

«Während in der Schenke Versammlung ist, treiben draußen die Geister ihr Spiel», sagte Irazca. Sie stand auf. «Da war doch so ein alter Teller, von dem der Zink abgesprungen war. Hast du ihn nicht gesehen, Schwiegertochter?»

«Ich habe ihn unter den Blumentopf gestellt.»

Irazca holte ihn.

«Ahmet! Hol die Kohlenschaufel vom Herd!»

«Die da?»

Irazca explodierte wieder: «Welche denn sonst, du Sohn eines Esels! Wie viele Kohlenschaufeln sind denn im Haus, daß du so dämlich fragst, Schafskopf!»

Ahmet hütete sich, etwas zu sagen.

«Komm, Schwiegertochter, wenn sie jetzt nicht schlafen, dann sollen sie eben hinter uns herheulen. Schnell, geh voraus, hol die Schaufel aus dem Stall. Nimm ein Streichholz mit, es ist zu dunkel.»

«Gibt es etwas Besonderes, Mutter? Warum sagst du nicht, was du vorhast?»

«Es gibt etwas Besonderes, Schwiegertochter. Du wirst es gleich erfahren.»

«Mutter, wir bringen uns doch nicht in Gefahr?»

«Unsinn, ich habe noch nicht den Verstand verloren! Wir wollen eine Gefahr abwehren, siehst du das nicht?»

«Aber es ist Nacht ... So ganz allein ...»

«Sei nicht so furchtsam! Es tut uns schon keiner was. Geh, hol die Schaufel aus dem Stall!»

Haçça tastete sich die Treppe hinunter bis zum Stall. Drinnen zündete sie ein Streichholz an. Es war warm. Alle Tiere, der Ochse, das Kalb, die Kuh und der Esel, hatten sich hingelegt. Durch das Mistloch kam ein lauer Luftzug. Haçça nahm die Schaufel, schloß und verriegelte die Stalltür wieder.

Ahmet und seine Großmutter standen unsicher am oberen Treppenabsatz.

«Geh voraus, Ahmet», sagte Irazca, «gib mir deine Hand.»

«Bleib stehen, Ahmet!» rief Haçça. «Ich helfe der Großmutter hinunter.»

«Dieser Bayram! Dieser schlampige Kerl!» wetterte Irazca. «Wie oft habe ich ihm aufgetragen, die Bretter auszuwechseln, dem nachlässigen Sohn eines Esels . . .!»

Ängstlich ließ Haçça die Schwiegermutter hinuntersteigen.

Ahmet folgte mit der Kohlenschaufel und dem alten Zinkteller.

Unten setzte sich Irazca an die Spitze: «Geht mir nach.» Wenige Schritte vom Hoftor begannen Hacelis Baugruben.

«So. Nun helft mir da hineinsteigen!»

Haçça hielt ihre Schwiegermutter an den Armen, bis sie in der Grube war.

«Bleibt ein wenig zurück. Ich will mich erst mal erleichtern!»

Ahmet kicherte vergnügt.

Irazca knurrte bei ihrer Verrichtung vor sich hin: «Ob dein schlafmütziger Mann auch mal an die Arbeit im Haus denkt, Haçça? Ich rede, daß mir schon Haare auf der Zunge wachsen, aber ich bringe ihn nicht dazu, einen Abtritt zu bauen. Ich kann in meinem Alter nicht jedesmal in den Stall hinuntersteigen. Seit zwei, drei Tagen . . .»

Ahmet lachte laut heraus.

«Lach leise, du gescheckter Teufel! Wenn einer vorbeikommt und es hört . . .»

«Du machst ja viel mehr Krach, Großmutter!»

Sie lachten alle.

«Holt mich herauf, ihr Esel!» sagte Irazca. «Dieser Schurke hat eine so große Grube gemacht, daß ich sie in sieben Jahren nicht vollscheißen kann.»

Als sie ihr herausgeholfen hatten, wollte sie Ahmet dazu bringen, es ihr nachzutun, aber der Knabe sträubte sich.

«Dann du, Schwiegertochter», verlangte sie. «Du brauchst dich nicht zu schämen, es sieht keiner. Los, Mädel . . .»

Haçça entfernte sich ein paar Schritte und stieg dann langsam in die Grube hinab. Sie kam gleich wieder nach oben.

«Sie ist wohl noch nicht voll, was?» fragte Irazca.

Haçça lachte nur.

«Nun streng dich aber mal an, Ahmet!»

«Ich pisse von oben hinein», sagte Ahmet.

«Recht so, mein Junge. Mach schnell.»

«Soll die Grube von so einem bißchen voll werden?»

«Die Grube wird heute nacht voll werden.» Irazcas Ton ließ keinen Zweifel.

«Ich weiß jetzt, was du vorhast, Mutter», sagte Haçça. «Aber dann dürfen wir keinen Augenblick Zeit verlieren. Ahmet, gib mir die Schaufel. Du nimmst die Kohlenschaufel. Den alten Teller gibst du der Großmutter. Ist es recht so, Mutter?»

«Teufelsmädel!» staunte Irazca. «Wie gut hast du meine Gedanken erraten! Wenn ich dich so sehe, dann bist du mir bald lieber als mein Sohn, bei Gott! Wenn die Leute eine richtige Schwiegertochter sehen wollen, dann sollen sie nur herkommen!»

Haçça schwieg. Dann können sie sich auch gleich eine richtige Schwiegermutter ansehen, dachte sie. Vom Morgen bis zum Abend konnte man sich auf dem Feld abrackern, vom Abend bis zum Morgen hier. Was hatte das alles für einen Sinn — als ob Haceli es nicht fertigbrächte, die Grube wieder leerzumachen . . .

«Los jetzt!» befahl Irazca. «Bewegt eure Hände, so schnell ihr könnt. Ja, Ahmet, das ist etwas anderes als mit einer totgeschlagenen blinden Schlange zu prahlen! Hier ist Erde, hier ist die Schaufel. Nun, zeig hier mal, was du kannst!»

Ahmet stürzte sich mit den Händen in die Arbeit, die Kohlenschaufel genügte ihm nicht. Aber er war mit den Worten der Großmutter nicht einverstanden:

«Blind, sagst du? Zwei Augen hat sie gehabt, so groß wie Kichererbsen!»

«Arbeite!» rief Irazca. «So ein kleines Schlängelchen kann keine Augen wie Kichererbsen haben. Rede nicht, arbeite ...»

Ahmet überlegte, wie er seine Arbeit noch besser, noch schneller machen könnte. Wenn sie in dieser Geschwindigkeit weiterarbeiteten, würden sie die Grube, an der drei Mann den ganzen Tag gebuddelt hatten, bald zugeschüttet haben. Dann versuchte er, sich die Augen der Schlange vorzustellen. Wenn er erst seine Stiefel hätte, dann würde er im Winter mitten in den Sumpf hineinmarschieren. Dann würde nur er allein das Vieh zur Tränke führen und die Kette seines Taschenmessers dabei schaukeln lassen. Die Mütze würde er schief aufsetzen. Dann würden die Mädchen verschämt vor ihm fliehen. Aber er würde sie einfangen und ihre Haare beschnuppern. Er war ganz erpicht auf die Mädchen, deren Haare wie die seiner Mutter rochen ...

«Schuftiger Haceli!» sagte Irazca. «‹Auch wenn dein Feind eine Ameise ist, schätze ihn nicht gering›, heißt es. Du springst mit uns um, als ob wir keine Menschen wären. Aber wir wollen mal sehen, ob du morgen deine Baugrube wiedererkennst ...»

Gehorsam

Der Muhtar ließ die Gebetskette aus der rechten Hand in die linke gleiten und ergriff das Teeglas, das ihm Nuri, der Schankwirt, gebracht hatte: «Sieh mal an, die Teegläser sind auch kleiner geworden! Wenn die Preise in die Höhe gehen, verfällt man auf allerhand Ideen, was, mein Lieber?»

«Das sind ‹Nachtigallennester›, Aga», sagte Nuri. «Die richtigen Teetrinker nehmen immer kleine Gläser, das ist so üblich.»

«Ach, geh mir doch weg mit deinen Nachtigallennestern, Mensch! In die spucke ich hinein!»

Das erste Gemeinderatsmitglied saß zur Linken des Vorstehers:

«Die Zeiten ändern sich, Aga. Wir werden uns daran gewöhnen müssen. ‹Gehorche dem Befehl!› heißt es. Dieses Wort muß wohl einen verborgenen Sinn haben. Der Befehl kommt heutzutage aus der Stadt, also muß man sich nach der Stadt richten. Wenn sie dort sagen, man soll aus kleinen Gläsern trinken, dann tut man es. Wenn sie sagen, man soll es ganz lassen, dann läßt man es eben.»

Der Muhtar wandte sich um, sah Haceli an. Haceli blickte abwesend vor sich nieder. Der Muhtar nickte ein paarmal mit seinem Wolfskopf:

«Ja, Nachbarn, hört nur zu!» rief er. «Wer spielt, soll damit aufhören. Unser Freund hier, das erste Ratsmitglied, sagt, ‹gehorche dem Befehl!› Was sagt ihr dazu?»

Ein Orkan von zustimmenden «Hay-Hay!»-Rufen antwortete. Beytullah Hoca hatte die Bauern so oft zum Gehorsam ermahnt, daß es ihnen bis ins Mark gedrungen war.

«Nachbarn!» fuhr der Muhtar fort, «ihr wißt, was um uns herum vor sich geht. Der Kaymakam hat alle Gemeindevorsteher zusammengerufen. ‹Muhtars, meine Brüder!› hat er gesagt. ‹Die Sache ist die: Wir haben eine große Gedenkfeier vor uns. Wie ihr wißt, wird so eine Feier in einer Versammlung geplant. Wir haben uns jetzt versammelt, um die Feier zu planen.› Wir haben gerufen: ‹Hay, Hay, Efendim, du hast zu befehlen!› Haben wir es richtig gemacht, Freunde? Natürlich haben wir es richtig gemacht. Unter all den Leuten kann man gar nicht anders. Die Vorsteher von siebzig Dörfern waren da. Da redet jeder das, was der andere redet. Vor allem, wo wir jetzt hier eine Demokratie haben. Demokratie bedeutet, daß man da ist, wo die anderen auch sind. Das nennt man dann Mehrheit. Wenn die Mehrheit ‹Hay, Hay› ruft, dann ist der erledigt, der nein sagt. Habt ihr mich verstanden, Freunde? Also, Neinsagen ist nicht mehr erlaubt. ‹Muhtars, meine Brüder›, hat der Herr Kaymakam gesagt, ‹die Sache mit der Feier ist sehr wichtig. Natürlich sind alle Regierungssachen wichtig, aber diese ganz besonders. Deshalb empfehle ich sie eurer besonderen Aufmerksamkeit. Genauso, wie ich euch zusammengerufen habe, hat der Herr Vali uns im Bezirkspräsidium versammelt.› Also, um es kurz zu machen, Freunde: Es ist beschlossen worden, ein großes Denkmal mitten auf dem Marktplatz aufzustellen. Man hat die Vorarbeiten sofort in Angriff genommen. Das wird garantiert etwas Großartiges. Warum ein solches Denkmal? Vor zehn Jahren hat die Regierung damit angefangen, mit Todesurteilen und Kerkerstrafen freigebig zu sein. Innerhalb von zehn Jahren haben Morde, Vergewaltigungen, Raubüberfälle und blutige Schlägereien aufgehört. Das ist eine Tatsache. Das sagt sogar das Radio. Es gibt keine Fehden mehr. Das Volk ist friedlich geworden. Die Furcht ist verschwunden. Wirklich, Freunde, jetzt fürchtet keiner mehr den anderen. Die Weiber fürchten ihre Männer nicht mehr, die Söhne haben keine Angst mehr vor den Vätern, und weil wir in einer so großartigen Freiheit leben, hat man beschlossen, in der Bezirksstadt, mitten auf dem Markt, ein ganz hohes Denkmal aufzustellen. Das ist doch ein sehr schöner Gedanke, nicht wahr, Nachbarn? Ein Denkmal für Frieden, Vertrauen, Einigkeit und Freiheit! Die Kaymakams haben dem Vali ‹Hay, Hay!› geantwortet. Schließlich haben wir die Demokratie. Wir wissen doch alle, wohin das Vorderrad geht, dorthin geht auch das Hinterrad. Genauso müssen wir dem Kaymakam folgen. Da sollte nur mal einer versuchen, es nicht zu tun, den würde man mit Gewalt dazu bringen. Nun, Freunde, wie ist eure Antwort auf meine Worte? ‹Nein› oder ‹Hay, Hay›?»

Das «Hay, Hay!» kam aus einem Munde. Die Schenke erdröhnte wie von Kanonendonner.

«Bravo, Nachbarn», sagte der Muhtar. «Ruhe nach innen, Einigkeit nach außen! Wenn das so bleibt, dann wird das Dorf Karataş immer obenauf sein, Freunde, mag auch unser Pehlivan Ömer in jedem Ringkampf unterliegen. So Gott will, wird auch unser Volk immer obenauf bleiben. Es war ja selbstverständlich, daß es keinen Augenblick des Zögerns geben würde bei unserer Zustimmung, in unserem Gehorsam gegenüber dem Befehl ... Jetzt, Freunde — der eine weiß Bescheid, der andere nicht — was ist das, ein Denkmal? Ich will es euch erklären: Was sie Denkmal nennen, Freunde, das ist ein großer Stein. Oder Bronze. Wer beim Militär in Konya war, der weiß Bescheid. Oder wer Schafe nach Izmir getrieben hat, der hat es dort gesehen. In Konya ist es ein großer Stein. Auf dem Stein steht ein Mann mit einem Umhang. In einer Hand hält er eine Ähre, in der andern ein Schwert. In Izmir ist es auch ein großer Stein, auf dem Stein steht ein großes Pferd, das sich aufbäumt. Auf dem Pferd sitzt ein Mann aus Bronze. Manche sagen, diese Bronzemänner sähen aus wie seine Exzellenz der Gazi Paşa, aber ich weiß nicht, ob das stimmt. Unser Denkmal in der Bezirksstadt hat nichts mit dem Gazi Paşa zu tun, das wird etwas ganz anderes: Eine Stadtfrau, ein Kerl vom Dorf, ein Nachtwächter, ein Steinbrucharbeiter, eine Krankenschwester, ein Schuhmacher, ein Schuljunge, eine Frau, die einen Säugling stillt, ein Hahn, und noch anderes — die sollen alle nahe beieinanderstehen. Der Dörfler sagt zu der Stadtfrau: ‹Hab keine Angst, ich bin kein Menschenfresser, kein Mensch frißt den anderen!› Der Nachtwächter sagt zum Steinbrucharbeiter: ‹Du bist frei, Bruder, arbeite, oder laß es sein!› Der Schuhmacher sagt zum Schuljungen: ‹Wenn du Lust hast, lerne, wenn nicht, dann laß es sein. Wenn die Regierung dich nicht als Schreiber ins Büro nimmt, dann wirst du bei mir Lehrling!› Ganz oben der Hahn, der kräht jeden Morgen: ‹Der Morgen ist da, hört, ich krähe, wacht auf oder schlaft weiter . . .!› Nämlich, Freunde, es ist ja alles frei. Auf dem Denkmal trägt auch keiner eine Flinte oder eine Pistole, keiner hat einen Dolch, ein Messer oder eine Handgranate. Jeder Streit ist endgültig verboten, wenn dieses Denkmal steht. So will es die Regierung. Ganz unter uns gesagt: Selbst wenn einer daherkommt und — plumps — mitten ins Dorf kackt, kann man nichts dagegen tun. Jetzt werdet ihr sagen: ‹Genügt denn so ein Denkmal, um dieses Volk lammfromm zu machen?› Ja, bei Gott, das weiß ich auch nicht. Ich habe vier Regierungen erlebt. Das ist die fünfte. Die eine sagt dies, die andere das. Heute sagen sie eben, ein Denkmal soll es sein. Haltet euch an das, was die Jetzigen sagen. Sie verlangen eine Menge Geld von uns, Freunde. Sie wollen sich den Steinmetzen aus Italien oder aus Griechenland holen. Der Vali sagt zum Kaymakam: ‹Du schaffst mir soundsoviel tausend Lira bei!› Der Kaymakam verlangt von mir 1600 Lira sofort auf den Tisch. Unser Dorf hat achtzig Häuser, Freunde. Das macht zwanzig Lira pro Haus. Der Kaymakam sagt, die Hälfte wird aus der Gemeindekasse genommen, die andere Hälfte wird von den Bauern eingetrieben. In unserer Gemeindekasse sind nicht einmal fünf Para für das Denkmal übrig, Freunde. Nicht einmal ein einzelnes Haus kommt mit seinen Ausgaben zurecht, wie soll da ein großes Dorf etwas im Sparstrumpf haben? Nun, sagt eure Meinung dazu, aber schnell.»

Der Muhtar wischte sich mit dem rechten Zeigefinger den Schweiß von der Stirn: «Nun, Freunde, ich warte auf eure Antwort! Los, Onkel Ağa Cemal, Gevatter Aziz, Kosa, Ağali . . . Sprecht doch . . .»

Er wandte sich den Ratsmitgliedern zu: «Denkt inzwischen auch mal darüber nach, was wir tun sollen.»

Keiner gab einen Laut von sich. Sobald von Geld die Rede gewesen war, hatten die «Hay-Hay»-Rufer von vorhin ihre Zungen verschluckt. Bayram, der ohnehin nichts sagen wollte, sah, daß sich auch bei den Reichen nichts rührte. Was schert mich das Denkmal auf dem Marktplatz, dachte er, mir macht ein anderer Bau zu schaffen.

«Habt ihr die Sprache verloren, Leute? Warum sagt ihr nichts? Los, Gefreiter Memmet!»

Memmet schaukelte verlegen auf seinem Schemel hin und her:

«Bei Allah, Muhtar, wie soll ich das wissen? Die Nachbarn können das besser beurteilen. Ich richte mich ganz nach dem, was die anderen meinen.»

«Laß jetzt die Nachbarn», sagte der Muhtar. «Natürlich richtest du dich nach den anderen, das tun wir alle, weil wir es müssen. Deine eigene Meinung will ich hören . . .»

«Ja, wenn du mich fragst . . . eh . . .»

«Was denn? Heraus mit der Sprache!»

«. . . ja, dann würde ich sagen, zwanzig Lira pro Haus sind zu viel.»

«Was meint ihr dazu, Nachbarn?»

«Zu viel! Zu viel!» dröhnte es vielstimmig.

Als der Sturm abgeebbt war, nahm Onkel Cemal das Wort:

«Man müßte das ein bißchen herunterhandeln. Geht das nicht?»

«Mein Gott, ihr habt genau gehört, wie der Betrag festgesetzt ist. Laßt mich die ganze Geschichte nicht noch einmal wiederholen, Nachbarn. Das könnt ihr mir für dreißig Lira im Monat nicht zumuten. Nicht einmal eure Abgeordneten reden sich so den Mund fusselig. Wir werden das Geld zahlen, damit müßt ihr euch abfinden. An Ermäßigung ist nicht zu denken. Der Befehl kommt von der Bezirksregierung, und damit basta . . .»

«Wenn sie nun einen etwas kleineren Stein aufstellen würden?» fragte Kosa.

«Diese Dinge sind zu hoch für uns», sagte der Muhtar. «Der Vali will eben ein großes Denkmal. Es soll schon von Ankara aus zu sehen sein.»

«Sollen die Dörfler allein das Geld aufbringen?» wollte Ağali wissen.

«Alle Leute im ganzen Bezirk müssen zahlen», sagte der Muhtar. «Städter und Dörfler, Große und Kleine. Die hohen Beamten geben jeder ein Monatsgehalt. Bei den Handwerkern wird auch eine Abgabe festgesetzt. Jedermann soviel, wie er aufbringen kann. Die Reichen, die Fabrikanten, die müssen natürlich eine ganze Menge zahlen ... Jetzt kommt es darauf an, wie kriegen wir das Geld zusammen? Ich denke, daß wir unsere Bauern in vier Gruppen einteilen: Fünfzehn, zwanzig, fünfundzwanzig, dreißig ...»

«Nein, nein, mein Lieber!» riefen einige Männer gleichzeitig. «Und wenn du zehn sagst, jetzt geht es nicht. Weißt du nicht, in welcher Jahreszeit wir sind? Ja, wenn es bis zum Herbst Zeit hätte, dann würden wir schon einen Weg finden. Aber wenn es unbedingt jetzt sein muß, dann ist nichts zu machen, Muhtar.»

Die anderen gaben durch Zurufe kund, daß sie genauso dachten.

«Der Kaymakam will das Geld jetzt, Nachbarn. Es kann also kein Gedanke daran sein, die Sache bis zum Herbst aufzuschieben. Ich habe mir ja selbst den Kopf darüber zerbrochen, wie wir es anstellen sollen. Das Dorf Karataş hat nun mal keine Amerikahilfe zur Verfügung, daß wir das Geld einfach wegnehmen könnten und die Sache ist erledigt. Wir müssen es in einer Woche aufbringen, wir haben keine andere Wahl, Nachbarn ...»

«Du bist aber auch mit daran schuld», sagte Ağali. «Warum hast du nicht gesagt, daß die Leute um diese Zeit keinen roten Heller auf der Hand haben? Anstatt etwas von uns zu verlangen, sollten die uns lieber etwas geben! ‹Der Bauer greift schon um das Tabakgeld zum Gewehr.› Hättest du ihnen das nicht sagen können?»

«Rede nicht soviel von Dingen, die du nicht richtig verstehst. Ich habe doch gesagt, dort gibt es keinen Widerspruch. Die Mehrheit bestimmt. Die Demokraten sind am Ruder. Ich habe es euch des langen und breiten erklärt. Glaubst du, es kümmert die Regierung, daß du kein Geld hast? Die Regierung sagt: ‹Du hast zu zahlen, und zwar sofort.› Also hast du auch Geld. Würden sie sonst Geld für das Denkmal von dir verlangen? Hast du denn keinen Verstand, Mann? Überleg doch mal: Die Sache mit dem Denkmal liegt der Regierung jetzt besonders am Herzen. Würde sie sonst ihre Bauern damit plagen? Sicher ist es auf das Ausland gemünzt, und sie will es denen mal zeigen. Das ist eine politische Sache! Du wirst schon sehen, da steckt ein tiefer Sinn dahinter!»

Ağali gab nicht nach: «Nun hör bloß auf! Was soll denn das Denkmal mit Politik zu tun haben? Was hat die Regierung von dem Ding, oder das Volk? Was nutzt es den Toten und den Lebenden? Und da soll man nicht widersprechen dürfen?»

«Ich sage dir, man darf es nicht. Weil keiner es tut. Du weißt nicht, wie es dort ist. Dir wäre es auch nicht anders ergangen. Ganz klein wärst du geworden dort im Saal der Kreisverwaltung. Da ist der Kaymakam, der Chef vom Wehrbezirkskommando, der Staatsanwalt. Und die Muhtars von siebzig Dörfern . . .»

«Und wenn ihr alle gemeinsam dagegen gesprochen hättet? Was ich gesagt habe, richtet sich ja nicht gegen dich allein.»

«Lieber Ağali, du verschwendest deine Worte, mein Freund. Solche Leute mußt du erst mal finden. Aber die? Vor dem Kaymakam haben sie alle ‹Hay, Hay!› gebrüllt, aber kaum waren sie draußen, da ging das Gemurre los. Das bringt mich auch in Wut, glaub mir nur. Drinnen hätten sie murren sollen, dem Kaymakam ins Gesicht. Genau wie du sagst. Aber du weißt doch, wie dieses Volk ist!»

Ağali wußte es nur zu gut. Er schwieg, aber er dachte dabei: (Gehörst du nicht auch zu diesem Volk, du Scheißkerl? Warum hast du nicht widersprochen? Wenn du es als erster gewagt hättest, dann wären sicherlich auch andere gefolgt. Sie hätten euch deswegen nicht aufhängen können!)

Dann sagte er: «Also, wir müssen zahlen. Es ist kein Einspruch erhoben worden, die Städter zahlen auch — nun gut, dann müssen wir halt zusammen überlegen, wie wir die Sache hinter uns bringen.»

«Bravo, Ağali!» rief der Muhtar. «Du hast es eingesehen, das Widersprechen hat keinen Zweck. Es ist recht, daß du die Nachbarn aufklären hilfst. — Hast du eine Idee, wie wir es machen könnten?»

«Wir haben höchstens zehn unter uns, die das Geld sofort aufbringen können. Deshalb müssen wir uns irgend etwas einfallen lassen, um schnell Geld zu beschaffen.»

«Wie wäre es mit einem kleinen Raubzug?» schlug Gefreiter Memmet vor. «So nach Burdur zu, oder nach Denizli. Alle Reichen plündern, die alten und die neuen. Die ganze Beute wird zusammengelegt, was übrigbleibt wird geteilt. Dann können wir den Frauen und Kindern was Anständiges zum Anziehen kaufen, und auch Schuhe . . .»

Der Muhtar wurde böse:

«Laß jetzt die dummen Witze, Memmet! Sag uns lieber eine vernünftige Lösung . . .»

«Bei Allah, Muhtar, in dieser Sache gibt es keine Lösung! Oder weißt du vielleicht eine? Dann verrate sie uns nur . . .»

«Wir müßten wohl ein Stück Weideland verkaufen», sagte der Muhtar.

Bei dem Wort «Weideland» fuhr Onkel Badı auf, als wäre er aus einem bösen Traum erwacht: «Wir tun nichts als verkaufen, bis nichts mehr übrigbleibt! Und die ganz Schlauen schlagen ohnehin schon ein Stückchen nach dem anderen von den Rändern zu ihrem Ackerland. Bald werden wir nicht mehr wissen, wo wir mit unseren Lämmern hinsollen, Muhtar! Hast du keine Religion im Leibe, da noch von Verkaufen zu reden?»

«Dann laßt uns ein Stück Wiese von unserem Waldstück verkaufen», sagte der Muhtar.

Es hagelte Proteste.

«Zum Kuckuck, bei allem habt ihr Einwände! Was soll man da machen . . .? Aber wartet, Freunde, ich habe doch noch eine Lösung gefunden. Dieser Tage habe ich mir so meine Gedanken gemacht: Wenn unser Dorf von einem Unglück betroffen wird, dann haben wir keinen roten Heller in der Kasse. Darum sollten wir vorsorgen und ein Bauplätzchen in der Ortsmitte verkaufen. Nun, so habe ich es denn auch gemacht. Haceli, unser zweites

Ratsmitglied, hat den Platz gekauft. Dann nehmen wir den Erlös eben für das Denkmal.»

«Nein, das gibt es nicht! Abgelehnt!» riefen die, die mitten im Dorf wohnten.

«Von dem Verkauf an Haceli haben wir alle nichts gewußt», sagte Ağali. «Du hast das von dir aus getan, ohne den Nachbarn etwas davon zu sagen.»

Der Muhtar warf Ağali einen wütenden Blick zu:

«Man kann nicht alles mit den Nachbarn bereden! Was kommt denn dabei heraus? Der eine sagt ja, der andere nein. Da habe ich die Sache lieber gleich erledigt. Seit vier Monaten hat der Schreiber kein Geld bekommen. Mir selbst und dem Imam geht es auch nicht besser. Das Landwirtschaftsamt drängelt dauernd wegen der Bullengebühr. Und jetzt kommt uns noch diese Denkmalgeschichte in die Quere. Haben wir vielleicht eine eigene Geldfabrik? Der Bauplatz wird verkauft, und damit basta. Wenn einer etwas dagegen hat, dann mag er zu unserem Herrn Kaymakam gehen und sich beschweren.»

Alle schwiegen.

«Der Gemeinderat hat es so beschlossen, Freunde», sagte der Muhtar. «Nun genug zu diesem Punkt; er ist damit erledigt. Kommen wir zu Punkt zwei . . .»

(Aha, nun komme ich dran), dachte Bayram.

«Punkt zwei, also, Freunde: In wenigen Tagen kommt der Herr Kaymakam in unser Dorf. Er wird den Kreis besichtigen und sich gleichzeitig um diese Denkmalsache kümmern. Zu mir hat er gesagt: ‹Treibe das Geld auf, bis ich komme.› Ich habe euch schon gesagt, das mit dem Geld hat der Gemeinderat geregelt. Bleibt also der Kaymakam. Der Mann steigt hier ab und muß untergebracht werden, so etwas verlangt richtige Vorbereitung. So einem großen Mann sagt man nicht einfach ‹Guten Tag› und ‹Gute Weiterreise›. Ein Kaymakam ißt nicht trockenes Brot wie wir, er setzt sich nicht auf die Erde, er legt sich nicht in unsere dreckigen Betten . . . Wir müssen uns da ganz an die Regeln halten . . .»

«Nun, der Gemeinderat kann sich ja auch darum seine Gedanken machen», sagten ein paar Männer.

«Schön, der Rat soll sich auch damit befassen. Damit wäre dann auch diese Sache erledigt. Ihr könnt nach Hause gehen und euch schlafen legen. Halt, eins habe ich vergessen: Jeder fegt morgen früh ordentlich vor seinem Haus! Auch den Hof und die Straße. Der Herr Kaymakam ist da eigen. Dorfschmutz kann er nicht vertragen. Schärft es den Frauen ein. Ich will keinen Ärger haben, habt ihr verstanden, Nachbarn? Daß mir morgen früh alles blitzsauber ist . . .»

Die Bauern drängten ins Freie.

«Wächter! Komm mal her, mein Löwe!» rief der Muhtar.

Mustafa rannte herbei und baute sich in militärischer Haltung auf.

«Sag dem Schwarzen Bayram, daß er hierbleiben soll. Ich habe noch mit ihm zu reden.»

Der Kopf der Schlange

In der Schenke waren nur noch ein knappes Dutzend Männer. Bayram saß noch auf seinem Platz. Er trug seinen Schemel dorthin, wo die Ratsmitglieder saßen.

Der Muhtar nahm eine Zigarette aus der Tasche. Nachdem ihm der eilfertig herbeigelaufene Schankwirt Feuer gegeben hatte, tat er ein paar Züge und begann:

«Ja, Bayram ... Wir haben dich immernur als einen vernünftigen Kerl angesehen, als einen guten, verträglichen Nachbarn, der still seiner Wege geht und auf Sauberkeit hält ...»

«Das wird sich wohl auch nicht geändert haben», sagte Bayram.

«Wir kleben nicht an unseren Posten. Ich hatte daran gedacht, dich nach unserer Amtszeit zum Ratsmitglied zu machen.»

«Dafür taugen andere besser als ich. Wenn ich plötzlich ein schlechter Kerl geworden bin, wird das Dorf deswegen nicht ohne Gemeinderat bleiben.»

«Sieh mal an, wie er so wild daherredet! Na ja, du bist noch sehr jung. Es gibt noch vieles, an das dein Verstand nicht heranreicht. Du tust besser daran, still zuzuhören, wenn die Älteren reden ...»

«Ich höre», sagte Bayram.

«Hör gut zu! Es hat dir nicht gepaßt, daß Haceli sein Fundament gegraben hat, was?»

Bayram schwieg.

«Du hast deine Mutter hingeschickt, um das Ausschachten zu verhindern. Solche Dinge wünsche ich in diesem Dorf nicht zu sehen, Bayram. Willst du, daß in Karataş Blut fließt?»

«Ich habe mit Blut nichts im Sinn, und ich habe meine Mutter nicht hingeschickt. Sie ist von sich aus hingegangen. Ich mische mich da nicht ein.»

«Und du läßt sie einfach loslaufen?»

«Soll ich einer alten Frau von sechzig Jahren vielleicht Fußfesseln anlegen?»

«Wir werden sie morgen rufen. Jetzt untersuchen wir die Sache unter uns Männern. Sag mal, schämst du dich denn gar nicht?»

«Weshalb soll ich mich schämen? Hat meine Mutter etwas Unrechtes getan?»

«Das ist etwas Unrechtes, Mann! Was hat sich das Weibervolk in Männerangelegenheiten hineinzumischen? Was meinst du, wenn ich euch alle beide zur Gendarmerie bringen lasse? Ein paar Worte genügen, und die Gendarmen traktieren euch mit Fußtritten. Einsperren lasse ich euch ...»

«Wenn eine Frau mit Fußtritten traktiert wird, weil sie keinen anderen vor ihrem Haus bauen lassen will, dann bitte. Wenn es deinem Ansehen zuträglich ist, dann schick uns nur zur Gendarmerie ...»

«Was soll das heißen, ‹vor ihrem Haus›? Der Baugrund gehört der Gemeinde! Wir haben Gemeindeeigentum auf Beschluß des Gemeinderats verkauft!»

«Zwanzig Leute haben in der Ortsmitte ihre Häuser. Und ausgerechnet den Platz vor meinem Haus hat der Rat zu verkaufen beschlossen?»

«Schwarzer Bayram! Schwarzer Bayram, du gehst zu zweit, mein Sohn! Mann, welchen Schaden hat dein Haus von dem, das Haceli bauen will?»

«Es nimmt ihm die Aussicht.»

Der Muhtar lachte:

«Nun sieh mal einer an! Du kommst dir wohl ganz schlau vor, was? Deinen Verstand mögen die Hunde fressen! Mensch, was willst du denn mit Aussicht? Du, ein Dörfler in Fellsandalen? Soll sich der Bauer die Aussicht vielleicht in den Hintern stecken, was? Das ist etwas für den Städter. So einer kann sich, wenn er baut, in den Kopf setzen: ‹Ich will das Meer vor mir haben.› Also sieht er auf das Meer. Aber bei uns! Hier ist eine karge Gegend, hier gibt es keine Aussicht, also kann man dir auch keine wegnehmen. Eine Schande, wegen so etwas Streit anzufangen. Laßt den Lärm, Mann, und haltet nachbarlichen Frieden. Schau, unsere Regierung läßt sogar ein Denkmal für Frieden und Eintracht errichten. Schämt ihr euch denn nicht?»

«Da gibt es nichts zu schämen», sagte Kara Bayram. «Wie würde es dir denn gefallen, wenn einer daherkäme und dir ein großes Haus vor die Nase bauen würde? Wenn er dir seinen Mist vors Haus werfen würde? Da sollen wir uns schämen und nicht er? Wirklich, da komme ich nicht mit!»

«Er redet und redet», seufzte der Muhtar. «Mann, du bist vielleicht ein Dickschädel . . .»

«Ja, ich bin ein Dickschädel. Und deshalb lasse ich vor meinem Haus niemanden bauen. Und ich lasse mir keinen Mist vors Haus werfen.»

«Mann, dafür gibt es immer noch Gesetze. Nach dem Gesetz hat der Mist im Dorf nichts zu suchen.»

«Und wo soll er dann hin?»

«Aufs Feld!»

«Und im Winter, wenn Schnee liegt?»

«Immer.»

«Das glaubst du doch selbst nicht. Meinst du, in Karataş würde einer im Winter den Karren anspannen und Mist aufs Feld fahren? Im Leben nicht!»

«Und wenn schon? Nehmen wir mal an, Haceli wirft seinen Mist vor dein Haus. Was stört dich daran?»

«Na, der Gestank natürlich.»

«Sag mal, bist du ein Bauer oder ein Großprotz von Burdur, Mensch? Seit wann vertragen die Dörfler den Geruch von Dung nicht mehr? Hast du vielleicht die Nase unseres Propheten, Bayram?»

«Wenn ich auch keine Prophetennase habe, ich will den Gestank nicht haben.»

«Hör mal zu, mein Lieber: Ich habe dir schon gesagt, der Gemeinderat hat beschlossen, und der Platz ist verkauft. Aber du kannst den festgesetzten Preis zahlen und ihn selbst kaufen.»

Bayram überlegte einen Augenblick.

«Wie komme ich dazu, ihn zu kaufen?»

«Kauf ihn eben. Haceli hat siebenhundert Lira gezahlt. Zahl du das gleiche und er gehört dir. Was soll ich dir da noch sagen?»

«Warum willst du dich auch noch über mich lustig machen, Gevatter Muhtar? Soll denn jeder den Platz vor seinem Haus kaufen, wenn er nicht will, daß ihm einer vor die Nase baut? Wozu soll ich ein Stück Land kaufen und es brachliegen lassen? Willst du, daß ich zum Gespött der ganzen Erle-Ebene werde?»

«Du sollst es ja nicht brachliegen lassen. Zäune es ein und pflanze darauf . . .»

«Wie soll ich denn pflanzen, wenn kein Wasser da ist?»

«Du gräbst eben einen Brunnen. Muß ich dir das auch noch sagen?»

«Ja, mach dich nur über mich lustig. Mit mir kannst du es dir erlauben . . .»

«Du mußt mich richtig verstehen, mein Sohn. Die Gemeindekasse braucht Geld. Du hast ja gerade gehört, daß sechzehnhundert Lira für das Denkmal eingezahlt werden müssen. Wo sollen wir es denn hernehmen? Meinst du, ich rede zu meinem Vergnügen so?»

«Ich habe auch nichts übrig. Im Herbst will ich ein Stierkalb kaufen. Sieben Jahre lang habe ich nichts als abbezahlt. Im Winter hat die Familie keinen Löffel Butter zu sehen bekommen, im Sommer keinen Löffel Joghurt. Drum will ich noch zwei Milchschafe anschaffen. Du bist der Muhtar von Karataş, du solltest auch einmal ein wenig daran denken, wie es mir ergeht. Oder gehöre ich nicht zu diesem Dorf?»

«Ich sehe ja ein, daß es dir nicht gut geht. Also, laß einen anderen den Platz kaufen, einen, der es sich leisten kann. Aber das paßt dir auch wieder nicht.»

«Nein. Vielleicht dann, wenn vor jedes Haus ein anderes gebaut wird. Aber wenn es nur bei mir sein soll, dann nicht! Das ist mein letztes Wort.»

«Meinst du das im Ernst?»

«Ja.»

Der Muhtar wandte sich langsam zu Haceli um:

«Du arbeitest weiter, Haceli. Wenn dich einer von denen belästigt, dann sagst du mir Bescheid. Ich schicke dann den Wächter. Wenn auch das nicht hilft, dann fordere ich Gendarmen von der Station an. Dann baust du unter Polizeischutz.»

Zu Bayram gewandt fuhr er fort:

«Hast du alles verstanden, du Held?»

«Ja», antwortete Bayram. «Aber das mußt du meiner Mutter sagen.»

«Du kannst es ihr ja ausrichten.»

«Das kann ich. Wenn sie sich nicht danach richtet, ist es nicht meine Sache.»

«Laß es nur unsere Sache sein. Und du tätest gut daran, dich künftig vorsichtig im Dorf zu bewegen.»

«Na, wir werden sehen», sagte Bayram, als er ging.

«Man muß der Schlange den Kopf zertreten, solange sie noch klein ist», sagte der Muhtar. «Das haben wir bei dem da versäumt. Es war schon immer zu erwarten, daß dieser Bayram sich einmal zu so einem Hund auswachsen würde. Beeil dich beim Bauen, Haceli. Ein fertiges Haus kann auch die Regierung nicht so leicht wieder abreißen ... Aber dieser Kaymakam hat sich gerade die richtige Zeit ausgesucht! Was machen wir jetzt mit dem? Da ist ein Lamm fällig. Der Gendarmeriekommandant wird auch dabei sein. Und wenn er noch den Osman vom Einwohnerregister mitbringt, dann geht es schon gar nicht ohne Lamm ab. Er selbst sagt nichts, aber der Osman tut es für ihn. Die Leute sind nämlich ganz schön pfiffig geworden. Ist jetzt vielleicht die Zeit, junge Lämmer zu fressen?»

«Wir müssen ein vorzeitig geborenes auftreiben», sagte Ibrahim, das dritte Ratsmitglied.

«Richtig», bestätigte der Muhtar. «Süßzeug will er natürlich auch haben. Und Raki und Wein. Das lassen wir aus Ortaköy holen. Für das Süßzeug müssen wir irgendwo Honig besorgen. Für all das brauchen wir mindestens hundert Lira. Wollen wir dafür auch eine Umlage machen?»

«Eine Umlage, ja», sagten die Ratsmitglieder.

«Schön. Achtzig Nachbarn geben jeder ein Lira, zehn geben jeder zwei Lira, zwanzig geben ein halbes Lira, dann stimmt die Sache. Morgen lasse ich den Cemal aufschreiben, wieviel jeder zu zahlen hat. Die Liste kriegt der Wächter. Und ihr sucht ein junges Lamm. Für Geld oder nicht, freiwillig oder nicht, das spielt keine Rolle. Ich denke, ihr versteht mich. Wir müssen die Sache richtig in die Hand nehmen, Freunde, das sind wir unserer Ehre schuldig.»

Die anderen gähnten nur.

«Nun ist es aber Zeit zum Schlafengehen», sagte der Muhtar. «Aber habt mir ein Auge auf diesen Bayram, ich bitte euch um unseres Dorfes willen. Der Kerl benimmt sich verdächtig, paßt auf!»

Haçça

Die Räder müßten geschmiert werden, dachte Bayram, als er den Ochsenkarren anspannte. Er war müde und hatte einen schweren Kopf. Gestern war es spät geworden, das war nichts für Leute, die in aller Morgenfrühe aufstehen mußten und gewohnt waren, mit den Hühnern schlafen zu gehen.

Haçça kam mit dem kleinen Sack, der den Mundvorrat enthielt. Sie war frisch und so munter, als ginge es nicht an die Arbeit, sondern mit hungrigem Magen zum Essen.

«Und Ahmet?» fragte Bayram.

«Er soll heute daheim bleiben. Seine Großmutter sagt, er sei noch zu müde von gestern. Er soll sich erst noch ausruhen, dann braucht sie ihn im Haus.»

Irazca erschien in der Tür: «Vielleicht muß ich ihn zu euch hinausschicken, wenn hier irgend was los ist. Wenn ich ihn nicht brauche, kommt er am Nachmittag.»

«Gut», sagte Bayram. «Ich fülle die Wehre mit Erde auf, Haçça paßt auf den Ochsen und die Kuh auf. Man kann das Vieh nicht ohne Aufsicht lassen. Die zweite Schlange lebt. Und sie ist jetzt voller Haß . . .»

Als sie an Hacelis Bauplatz vorüberfuhren, wären die Räder des Karrens um ein Haar in die aufgefüllte Baugrube eingesunken. Der Boden gab nach wie Mehl.

«Deine Mutter, so mager sie ist, die ist lebendiger, als wir alle», sagte Haçça. «Sie war unermüdlich gestern abend, und Furcht kennt sie überhaupt nicht. Und stell dir vor, da steigt sie doch hinunter und macht ins Fundament! Ahmet hat sich halb totgelacht . . .»

«Was wird sie heute wohl anstellen? Wir hätten zu Hause bleiben sollen.»

«Mir ist es ganz lieb, daß wir weg sind. Der Mutter können sie nichts tun. Aber wenn wir beide da wären . . . Der Haceli ist ein Verrückter, dem ist alles zuzutrauen. Ich bin doch selbst vom

Unterdorf. Wer das Wasser vom Unterdorf trinkt, wird verrückt, heißt es. Würdest du gern ausreißen, wenn der mit seinen Brüdern auf dich losginge?»

«Ausreißen muß man auch manchmal. Mein Vater pflegte zu sagen: ‹Das Davonlaufen macht neun Zehntel der Tapferkeit aus, das Kämpfen ein Zentel.› »

«Gut gesagt. Und wir laufen jetzt eben mal davon.»

Bayram warf seiner Frau einen Blick aus den Augenwinkeln zu. Er spürte, wie ihr warmes Knie näherrückte.

«Lassen wir all das», sagte Haçça. «Du, laß uns im Herbst noch einen kleinen Raum auf den Wagenschuppen bauen. Da kann all das Zeug aus dem zweiten Zimmer hinein. In dem können wir dann die Mutter unterbringen. Ich schäme mich jeden Abend zu Tode, wenn ich mich vor ihren Augen ausziehe und ins Bett gehe. Es kommt mir vor, als täte ich etwas Verbotenes . . .»

«Also, wer das Wasser vom Unterdorf trinkt, wird verrückt?» sagte Bayram, ohne die Augen von ihr zu lassen.

«Ja, so sagt man.»

«Ich glaube, man merkt es bei dir.»

«Ich weiß nicht, vielleicht bin ich wirklich ein bißchen verrückt . . .»

«Du willst die unmöglichsten Dinge, und alles auf einmal: Ein Stierkalb, ein Zimmer ausbauen, ein Stück Land mehr, Glas für das Fenster, Schuhe, einen Waschtrog . . .»

«Natürlich. Ist es denn schlimm, wenn ich das sage?»

«Schlimm nicht, aber es geht eben nicht alles auf einmal . . .»

«Dann geht es eins nach dem andern. Ist es so schwer, noch einen Raum zu machen? Wenn es auf dem Schuppen nicht geht, dann eben vor den Zimmern im Haus. Siehst du, Ahmet wird auch größer. Er merkt sowieso schon alles, was vorgeht. Er tut unter seiner Decke nur so, als schliefe er, aber er horcht, sogar wenn wir nachts hinter der Tür die Waschung verrichten. Glaub mir, das ist schlimmer als der Tod . . .»

Fatma

Irazca machte Feuer im Herd, um Brot zu backen. Draußen siebte sie das Mehl und knetete den Teig. Ahmet, Osman und Şerife schliefen im Zimmer.

Unten wurde das Vieh des Dorfes zusammengetrieben, um auf die Weide geführt zu werden. Irazca stieg mit Mühe und Not die morsche Treppe hinunter, holte den Esel und das Kalb aus dem Stall. Mit der Treppe mußte endlich etwas geschehen, koste es was es wolle. Sobald die Arbeit draußen nachgelassen haben würde . . .

Als sie den ersten Brotfladen vom Blech hob, dachte sie daran, ihn mit Butter zu bestreichen und Ahmet zu geben. Dann fiel ihr ein, daß das erste Brot kein Glück bringt. «Wer das erste Brot ißt, dem stirbt die Frau.»

Sie nahm das zweite, das dritte herunter. «Nein, ich will das Kind nicht aus dem Schlaf reißen.» Das vierte, das fünfte, das zehnte . . . Da kam Ahmet an. Er kratzte sich an den Oberschenkeln.

«Ich bin ausgerückt, Großmutter. Ich habe von der anderen Schlange geträumt. Ich habe sie mit meinem Stein nicht getroffen, sie ist in den Binsen verschwunden . . . Morgen weckst du mich ganz früh, ja? Ich gehe mit meinem Vater in den Güroluk-Wald.»

«Ja, ja. Jetzt wasch dir dein Gesicht, ich streiche dir Butter auf dein Brot.»

Ahmet ging widerstrebend.

Als er dann beim Essen saß, holte die Großmutter das kleine Beil und einen Hackenstiel hinter der Tür hervor und legte beides neben den Herd.

«Was willst du denn damit?» fragte er.

Irazca lachte: «Mit dem Beil will ich Holz kleinmachen, und den Stiel bekommst du, damit du ihn dem Haceli über den Kopf hauen kannst, wenn er vielleicht die Treppe hinaufkommt.»

Ahmet strahlte: «Was? Ich soll ihn hauen?»

«Ja, das sollst du. Aber nun iß dein Brot, damit du Kraft in die Arme kriegst. Wenn der verrückte Haceli kommt, dann hab nur keine Angst. Setz dich an den Treppenabsatz, mach die Augen zu und schlage, so fest du kannst!»

«Soll ich ihn totschlagen?»

«Ja. Genauso, wie du die Schlange totgeschlagen hast.»

«Großmutter, warum soll ich den verrückten Haceli totschlagen?»

«Weil er unser Feind ist.»

«Warum ist er unser Feind?»

«Weil er ein Haus vor unser Haus bauen will, hast du es nicht gesehen? Wir haben doch gestern abend die Grube wieder zugeschüttet. Er soll verschwinden, er hat vor unserem Haus nichts zu suchen ...»

«Ja, er soll verschwinden», sagte Ahmet.

Irazca saß noch vor dem Backtrog, als Haceli mit seiner Frau angefahren kam. Sein Ochsenkarren war mit Steinen beladen. Als er neben der aufgefüllten Baugrube hielt, verschlug es ihm zunächst die Sprache. Dann begann er aus vollem Hals zu fluchen.

Ahmet umklammerte den Hackenstiel und ging zur Treppe.

Irazca konnte jedes Wort Hacelis verstehen:

«So eine dreckige Gemeinheit! Da hat man den Arbeitern eine Stange Geld bezahlt! Hat man je gehört, daß ein Muslim einem anderen Muslim etwas Derartiges angetan hat ...?»

Irazca hatte abwechselnd ihr Brot und Hacelis Bewegungen im Auge. Sie sah, wie er plötzlich seinen Stachelstock fallen ließ und auf das Haus zuging. Sie stand langsam auf, nahm das Beil, ging zur Treppe: «Rühr dich nicht, Ahmet! Erst spreche ich. Wenn er dann nicht umkehrt, schlägst du zu. Geht er dann immer noch nicht, dann spalte ich ihm mit dem Beil den Schädel.»

«Ja, Großmutter.»

Haceli stürmte wutschäumend, mit wilden Flüchen, auf die Treppe zu.

«Bleib stehen!» schrien Irazca und Ahmet.

Haceli stieg die ersten Stufen hinauf.

«Haceli!» rief Irazca, «geh nicht weiter, sonst wirst du es bereuen! Ich schlage dir den Schädel ein! Du bist vor meinem Haus! Keinen Schritt weiter!»

Haceli schwitzte vor Wut und Angst. «Tante ...», wimmerte er.

«Ja, rede nur. Aber von da unten aus.»

«Tante Iraz, ich komme nicht, um Blut zu vergießen. Laß uns über alles reden, wir werden uns gewiß einig ...»

«Wenn du kein Blut vergießen willst, was tobst und fluchst du dann so herum? Ich habe mit dir nichts zu bereden, also geh mir aus den Augen, sonst geschieht ein Unglück. Wenn du von hier verschwindest und dir das Bauen vor meinem Haus aus dem Kopf schlägst, dann können wir miteinander reden. Vorher nicht.»

«Wann habt ihr nur die Grube zugeschüttet? Ist Bayram so heimtückisch?»

«Bayram hat damit nichts zu tun. Das habe ich mit Ahmet gemacht, als ihr in der Versammlung wart.»

«Hast du denn gar nicht an die viele Arbeit gedacht, Tante?»

«Hast du denn gar nicht daran gedacht, wie es ist, wenn einem sein Haus zugebaut wird?»

«Wir wären doch Nachbarn gewesen, Tante. Warum sollen wir dadurch auf einmal Feinde sein?»

«Ich will deine Nachbarschaft nicht! Hör auf zu reden und verschwinde, sonst kriegst du das Beil zu kosten! Wird's bald?»

Haceli starrte fassungslos. Das Beil in Irazcas Hand funkelte drohend. Er kehrte um, blieb neben seinem Ochsenkarren stehen und dachte nach. Dann begann er die Steine abzuladen.

Irazca setzte sich wieder vor den Backtrog: «So. Der kommt nicht noch einmal. Schau, Ahmet, er lädt die Steine ab ...»

«Laß ihn nur», sagte Ahmet. «Heute nacht tragen wir sie weg und werfen sie in den Bach.»

Irazca lachte. Dann stand sie auf und rief zu Haceli hinab:

«Spar dir das Abladen, Haceli! Ich lasse dich hier nicht bauen! Wenn dir dein Leben lieb ist, dann laß dich hier nicht mehr blicken!»

Haceli sprach mit seiner Frau und lud weiter ab. Einige Nachbarn standen vor den Türen und sahen zu. Vorübergehende blieben neugierig stehen.

Irazca schrie noch einmal, noch lauter: «Und wenn ich dich hier begrabe, ich lasse dich nicht bauen!»

Fatma, Hacelis Frau, richtete sich auf: «Jetzt will ich mal mit ihr reden», sagte sie zu ihrem Mann.

«Versuch es wenigstens», meinte Haceli.

«Großmutter, jetzt kommt die Frau!» rief Ahmet. Er packte seinen Hackenstiel und lief zur Treppe.

«Laß sie nur kommen», sagte Irazca. «Setz dich wieder hin!» Fatma stieg die Treppe hinauf. Das Herz klopfte ihr bis zum Hals. Sie raffte ihren ganzen Mut zusammen, um ein «Gesegneten Tag» herauszubringen.

«Hoşgeldin», sagte Irazca. «Komm her, setz dich.»

«Tante Iraz, schlag mich, wenn du willst, jag mich fort, töte mich — ich werde keine Hand gegen dich erheben . . .»

«Ich bin keine Mörderin. Warum sollte ich dich töten, Mädchen?»

Argwöhnisch sah sie Fatma den Brotspieß in die Hand nehmen. Aber Hacelis Frau begann tatsächlich, die Brote auf dem Blech umzuwenden.

«So ist's recht! Dein Mann lädt da unten seine Steine ab, und du sitzt hier und hilfst mir bei der Arbeit.»

«Warum schaut Ahmet mich so böse an, Tante? Sag ihm, daß er uns einen Augenblick alleinlassen soll. Ich habe im Vertrauen mit dir zu reden.»

Aha, jetzt kommt es, dachte Irazca. Sie mußte Fatma unbedingt den Brotspieß wieder wegnehmen. Womöglich würde die ihr das Ding mit aller Macht in den Leib rennen. Oder sie würde sich auf sie stürzen und sie erwürgen. Wer weiß, wieviel Kraft in diesen runden Armen steckt . . .

«Das Brot verbrennt ja!» sagte sie und nahm Fatma mit raschem Griff den Spieß aus der Hand. Nun war ihr etwas wohler. Hastig wendete sie die Brote und beobachtete die Frau dabei aus den Augenwinkeln.

«Willst du Ahmet nicht fortschicken, Tante?»

«Warum denn? Laß das Kind ruhig hier sitzen. Wenn du nicht reden willst, dann geh und halte mich nicht von der Arbeit ab ...»

«Mach nur weiter, Frau Tante. Du rollst den Teig, ich backe. Aber schicke das Kind fort, damit ich ungestört ein paar Worte mit dir reden kann.»

Irazca überlegte. Mit dem Teigroller würde sie sich Fatmas erwehren können. Notfalls konnte sie immer noch Ahmet herbeirufen.

Sie schickte Ahmet zu seinen Geschwistern in die Stube. Er gehorchte nur widerwillig und drehte sich immer wieder um.

Fatma beugte den lockigen Kopf nach vorn, legte ihre Hände auf Irazcas Knie und sah sie mit einem tiefen, unergründlichen Blick aus ihren meergrünen Augen an:

«Tante! Du kannst mich hassen, du kannst mich verachten, aber ich muß es sagen. Seit Jahren schon trage ich es mit mir herum. Ich sterbe, wenn ich es nicht sagen kann. Und wenn du mich tötest... Es frißt mich auf. Ich muß mich davon befreien.»

Irazca wußte mit diesen seltsamen Worten nichts anzufangen. Mit unvermindertem Argwohn sagte sie:

«Gut, gut, dann rede!»

«Hast du ein Herz, Tante?»

«Was für eine Frage! Wenn alle Leute eins haben, warum sollte ich dann keins haben?»

«Nun, dann will ich dir alles sagen. Ich hatte mir immer so sehr gewünscht, deine Schwiegertochter zu werden, aber es hat nicht sein sollen. Darum laß mich wenigstens deine Nachbarin sein, Tante. Ja, nicht umsonst heißt es ‹wünsch dir etwas nicht zu sehr, dann wird nichts daraus›. Ayşes Tochter aus Alanlı hatte mehr Glück als ich, sie ist in euer Haus eingezogen. Ich bin in das elendeste Haus im Unterdorf geraten. Mir war der verrückte

Haceli bestimmt. Nun, ich habe es auf mich genommen. Aber es ist hart, Tante. Hab Erbarmen mit mir, laß uns wenigstens Nachbarn sein, damit ich immer hinüberschauen kann und dabei Trost finde! Ich bin nun mal an einen schlechten Kerl gebunden und kann nicht mehr von ihm los. Mein Leben ist verpfuscht, die Zeit geht dahin,die Jugend vergeht. Das ganze Leben geht dahin, Tante ... Und am Ende steht der Tod, und es gibt kein Zurück ... Ach, Tante, Frau Tante ...»

«Armes Mädchen», sagte Irazca gerührt, «komm in mein Haus, wenn du es nicht mehr aushältst. Mit Gottes Hilfe wird mein Bayram auch noch für dich sorgen, Inşallah. Wenn du willst, kannst du gleich hierbleiben ...»

Fatma war verblüfft und erschrocken zugleich. Sie brach in lautes Weinen aus. Dann stammelte sie unter Schluchzen:

«Sie töten mich, Tante! Sie reißen mich in Stücke und werfen mich den Hunden vor ...»

«Dann geh! Und bring meinen Sohn nicht um seinen Frieden. Hättest du nur geschwiegen. Wer bist du denn? Die Frau meines Feindes! Wenn ihr gute Nachbarschaft mit uns wollt, dann sag diesem Bastard, deinem Mann, er soll vor meinem Haus verschwinden. Hier herum gibt es genug eingestürzte Häuser. Er soll eines davon kaufen, es in Ordnung bringen und sich dort einrichten. Und du laß die Augen von meinem Sohn. Magst du noch so verliebt sein, jetzt ist nichts mehr zu machen. Du mußt halt die Zähne zusammenbeißen und zusehen, wie du dein Herz zum Schweigen bringst. Das ist nun mal der Welt Lauf, das gibt es überall ...»

Fatma stürzten die Tränen aus den Augen: «Bitte sprich mit niemandem über das, was ich dir gesagt habe, Tante. Du bist mir noch näher als meine Mutter. Ich muß mit meinem Schicksal fertig werden. Sag auch Bayram und Haçça nichts. Schweige auch bei Haceli, wenn es zum Streit kommt. Er bringt mich um. Ach, womit habe ich das verdient?» Sie schluchzte herzzerreißend.

Irazca wandte sich ab, um ihre Tränen nicht sehen zu müssen:

«Steh auf, dein Mann hat den Karren leer. Und komm nicht

mehr hierher. Sag Haceli, er soll sich nicht umsonst plagen. Es wird ihm alles nichts nützen . . .»

Fatma wischte sich sorgfältig mit dem Ende ihres Kopftuches die Augen. Ihr Mieder über den vollen Brüsten war aufgerissen. Mit ihrer kräftigen Gestalt und den runden Schultern wirkte sie anziehender als Haçça. Irazca tadelte sich sofort wegen dieses Gedankens.

Fatma stand mühsam auf: «Nicht wahr, du sagst keinem etwas, Tante? Ich bin fremd in Karataş, niemand versteht mich, verstehe wenigstens du mich . . .» Sie schwankte beim Gehen wie ein Zypressenzweig.

Irazca war es zum Weinen zumute, so sehr empfand sie mit Fatma Mitleid. War sie nicht auch eine Rechtgläubige? Welche Schuld hatte sie auf sich geladen, daß Allah sie einem solchen Schicksal ausgeliefert hatte?

Haceli ließ die Ochsen wenden, als der Karren leer war:

«Nun, was sagt diese elende Irazca, Mädel?»

Fatma schluckte:

«Was wird sie schon sagen? Der ist nicht beizukommen. ‹Ich zünde euer Haus an›, sagt sie. ‹Hier gibt es genug Ruinen, da könnt ihr euch einrichten›, sagt sie.»

«Steig auf den Karren», befahl Haceli. «Nimm den Stachelstock, fahr zum Steinbruch. Ich hole die Arbeiter, sie sollen die Grube wieder leermachen. Ich denke nicht daran, aufzugeben. Was bildet sich dieses elende Weib denn ein mit seinem ‹ich lasse dich nicht bauen›? Schließlich habe ich meine Brüder, lauter Kerle wie die Fichtenstämme. Ich brauche ihnen nur ein Wort zu sagen, und diese Irazca wird sich ganz schön wundern.»

«Du machst die Grube wieder frei, und die kommen heute nacht und werfen sie wieder zu», sagte Fatma. «Das gibt ein ewiges Hin und Her — ist das nicht schade um unsere Plackerei? Ein Arbeiter kommt auf drei Lira. Komm, laß uns diese aussichtslose Sache aufstecken. Wir suchen uns eins von den verlassenen Häusern hier aus und bringen es uns schön in Ordnung. Lieber will ich Tag und Nacht schuften ...»

Haceli schäumte:

«Steig auf, Mistvieh, dreckiges! Steh nicht hier rum und jaule mir was vor wie ein Köter! Oder willst du etwa nicht gehorchen? Dann sag es nur. Ich bin in einer Minute mit dir fertig ...»

Fatma sprang auf und fuhr los. Der Karren rumpelte schwerfällig durch das Dorf. Am liebsten hätte sie ihren Schmerz laut hinausgeschrien. Sie dachte an Bayrams leuchtende Augen, an seine kraftvollen Arme ... Wenn Bayram sie wollte und Haçça einverstanden wäre, dann könnte alles gut werden. Sie war Haçça zugetan. Sie würde Haçças Sklavin sein. Haçça war gut. Was konnte Haçça dafür? Was konnte sie selbst dafür?

Lehmziegel

Mustafa, der Gemeindewächter, lehnte am Hoftor.

«Bayraaam, Bayraaam», schrie er. Seine Stimme klang wie die einer Kuh, der im Schlaf der Hals durchgeschnitten wird.

«Komm rauf, Mustafa Aga», rief Bayram.

«Ich hab's eilig», sagte der Wächter beim Eintreten. «Abend für Abend habe ich in dem großen Dorf herumzulaufen. Es gibt wieder was Wichtiges: hol mal gleich deinen Geldsack. Heute morgen ist eine Umlage verfügt worden. Morgen oder übermorgen kommt der Kaymakam hierher. Der Korporal Cafer von der Gendarmeriestation hat die Nachricht gebracht. Nun müssen sie schnell alles für den Empfang vorbereiten, darum wird Geld gesammelt. Also los, mach den Geldsack auf . . .»

«Wieviel haben wir zu geben?»

«Zwei Lira!»

«Was? Zwei Lira für jeden?»

«Wer sagt für jeden? Das Dorf ist in drei Klassen eingeteilt worden: Ein Lira, eineinhalb Lira, zwei Lira.»

«Also haben sie uns zur ersten Klasse gerechnet?»

«Ja, ja! Ich habe die Liste nicht bei mir, aber im Kopf habe ich es noch genauer. Der Muhtar hat mich die Liste zweimal laut lesen lassen, ich kann sie von A bis Z auswendig. Ja, du hast zwei Lira zu zahlen, Schwarzer Bayram. Sicher gehörst du von heute an zur ersten Klasse.»

«Bis jetzt waren wir noch bei jeder Umlage in der dritten!»

«Na ja, die Verhältnisse können sich beim einzelnen ja ändern. Mal geht es abwärts, dann wieder aufwärts. Bei dir geht es jetzt aufwärts. Du meinst vielleicht, innerhalb von drei Tagen wäre das nicht möglich? Doch, Bruder, so was gibt es! Wenn man es nur richtig anstellt, dann kann man sogar in drei Stunden nach oben kommen. Stell dir mal vor: Du hättest zwei Frauen. Deine Felder hätten sich vergrößert. Du hättest mehr bewässertes Land. Du hättest ein Pferd zum Pflügen. Über kurz oder lang würdest du dir auch so ein Motording kaufen. Du hättest dir einen nagelneuen Wagen aus Eskişehir zugelegt. Deine Frauen hätten eine Menge Gold um den Hals ... Hör mal, wenn du nicht nach der ersten Klasse zahlen willst, wie komme ich dann dazu? Ich, Mustafa Deyneksiz, Sohn des Osman, Vater von vier Kindern, Wächter, die Frau Tagelöhnerin, aus dem Dorf Karataş, Bezirk Burdur, geboren Dreizehnhundertundachtunddreißig*, keine Fellsandalen an den Füßen, kein Hemd am Leib — ich muß zahlen und du willst mit weniger davonkommen?»

Irazca sah Mustafa lange an. Ein kaum merkliches Lächeln trat auf ihre Lippen: «Nicht schlecht», sagte sie.

Bayram ging hinein und kam mit dem Geldbeutel wieder:

«Hier hast du eineinhalb Lira. Mehr ist nicht da. Sag dem Muhtar: ‹Mit der ersten Klasse ist er einverstanden; aber sein Geld hat nicht gereicht.› »

«Ja, gut so», sagte Irazca. «Eigentlich gehören wir ja auch zur ersten Klasse, uns kann man nicht so leicht übergehen. Wenn der Muhtar dir zusetzt, Mustafa, dann kommst du zu mir, ich gebe dir die fünfzig Kuruş dazu ...»

«Na schön. Ich werde dem Muhtar also sagen, daß ihr nicht mehr gegeben habt.»

«Sag ihm, was du willst ...» Mustafa ging.

«Du könntest eigentlich wieder einmal mit Ahmet zu deiner Tante gehen, während wir das Essen richten», sagte Irazca. «Wir haben gar nicht mehr nach ihr gesehen. Aber trödele nicht so lange herum.»

Vater und Sohn machten sich auf den Weg.

«Vater, gehen wir morgen in den Güroluk-Wald?» fragte der Knabe.

«Warum denn?»

«Holz für die Treppe holen ... Großmutter hat gesagt: ‹Wie ich diese Treppe leid bin! Was ist dein Vater für ein fauler Kerl!› »

«Wir werden die Treppe schon in Ordnung bringen.»

«Dann gehen wir morgen, Vater?»

* islamische Zeitrechnung, entspricht dem Jahr 1920

«Das weiß ich nicht.»
«Warum weißt du es denn nicht?»
«Ich muß es mir erst überlegen. Morgen überlege ich es mir.»
«Warum überlegst du es dir nicht jetzt?»
«Jetzt geht es nicht.»

«Warum nicht?»

Bayram blieb stehen: «Schau mal, Ahmet, jetzt gehen wir zu Tante Sultanca.»

«Kann man beim Gehen nicht überlegen?»

Bayram blieb wieder stehen: «Doch, das kann man.»

«Na, dann tu es doch!»

«Wir überlegen morgen. Wir stehen früh auf . . .»

«Bitte, bitte, überlege jetzt!»

«Jetzt ist mein Kopf durcheinander.»

Ahmet faßte die Hand seines Vaters: «Wer hat dir denn den Kopf durcheinander gebracht?»

«Haceli.»

«Warum?»

«Warum wohl? Weil er vor unserem Haus gräbt.»

«Laß ihn doch. Wir machen alles wieder zu, heute abend, wenn es dunkel ist. Ihr kommt auch mit, du und Mutter. Ja, Vater?»

«Ja.»

«Wird dein Kopf dann wieder gut?»

«Ja.»

«Wenn dein Kopf wieder gut ist, dann überlegst du sofort, ja?»

«Ja.»

«Dann wollen wir uns aber beeilen, damit wir gleich wieder zurück sind.»

Ahmet war vor seinem Vater auf Sultancas Hof. Die alte Frau verrichtete vor der Haustür die Waschung für das Abendgebet. Sie war erstaunt, Ahmet so außer Atem zu sehen.

«Was ist denn passiert, Ahmet? Habt ihr eine Schlange im Haus?»

«Ach was! Nach deiner Schlange wollen wir fragen. Was macht sie denn?»

«Wieso nach meiner Schlange?»

«Na, nach der Schlange, die du neulich gesehen hast. Sag schnell, was ist mir ihr?»

«Ach so! Sie läßt sich nicht mehr blicken.»

«Wir haben ja auch alle Löcher zugemacht, bis auf das Rauchloch. Mein Vater hat sie alle verstopft. Der versteht sich so gut darauf . . .»

«Gut, gut», sagte Sultanca. «Rede nicht so viel, Junge. Wo steckt denn dein Vater?»

«Da kommt er doch schon.»

Bayram war erschöpft. «Wie geht's, Tante?» fragte er.

«Gut.»

«Was gibt's Neues von der Schlange?»

«Nichts.» Sie hatte ihre Waschung beendet, trocknete sich Gesicht und Hände ab:

«Ich habe heute mit Beytullah Hoca darüber gesprochen. Er sagt, die Hausschlange braucht man nicht zu fürchten, sie gewöhnt sich an den Menschen. Zur Nacht werde ich mir das heilige Buch unter das Kopfkissen legen . . .»

«Das ist gut», sagte Ahmet. «Jetzt müssen wir aber wieder gehen!»

«Was soll das heißen», fuhr Sultanca auf. «Ihr könnt doch erst mal hereinkommen!»

«Nein, wir müssen doch Hacelis Baugrube zuschütten!»

Bayram sah seinen Sohn schweigend an.

«Ja, wir haben unsere Sorgen, Tante», sagte er. «Gestern haben sie mich zur Versammlung gerufen. Als ich dort war, hat meine Mutter die beiden mitgenommen und die Grube zugeschüttet. Natürlich war Haceli heute morgen da und hat Krach geschlagen. Dann hat er die Grube wieder leermachen lassen. Meine Mutter darauf: ‹Heute abend schütten wir sie wieder zu.› Die graben, wir schütten zu — das geht so lange, bis Blut fließt. Wir haben einen schweren Kampf vor uns. Aber sag nur, Tante, kann man einfach zusehen, wenn einem ein Haus vor die Nase gebaut werden soll?»

«Auf gar keinen Mall. Memmeds Söhne sind alle Feiglinge. Haceli hat keinen Mut, und seine Brüder auch nicht. Laßt sie nur scharren und werft alles wieder zu.»

«Ja, aber ... Meinst du nicht, daß wir uns etwas damit einbrocken?»

«Da braucht ihr keine Angst zu haben.»

Ahmet drängte: «Los, Vater! Es ist schon spät.»

«Dann auf ein andermal, Tante», sagte Bayram. «Sei nicht böse, aber wir müssen gehen.»

«Ja, wenn ihr wirklich nicht bleiben wollt ... Dann alles Gute, und grüß mir meine Schwester.»

«Wird besorgt. Leb wohl!»

Ahmet war schon draußen. Bayram wandte sich lachend um. Auch Sultanca lachte: «Der Ochse zieht die Last, der Karren macht das Geschrei. Genauso ist dein Ahmet ...»

Die Männer kamen vom Abendgebet aus der Moschee. Ein Geruch nach angebranntem Fett und Weizengrütze verbreitete sich. Das war die armselige Luft des Dorfes. Bayram war hungrig und müde. Auf halbem Weg holte er Ahmet ein. Die beiden schritten stumm aus.

Als sie zu Hacelis Bauplatz kamen, blieb Bayram plötzlich stehen:

«Was soll denn das bedeuten?»

Mitten auf dem Platz war ein Bett aufgeschlagen! Sie hatten es auf einer Pferdedecke ausgebreitet. Darüber lag ein buntgewebter Teppich. Haceli saß daneben auf der Decke. Er hielt eine Flinte im Arm und grübelte mit sorgenvollem Gesicht. Bayram hätte einen anderen Weg einschlagen können, aber er ging dicht am Rand der Grube entlang. Haceli beobachtete ihn von der Seite und zählte seine Schritte. Bayram mußte unwillkürlich lächeln. Sollte er einen Gruß sagen? Lieber nicht, der würde es falsch auffassen und zur unrechten Zeit Streit anfangen.

«Komm nur her, wir wollen uns ein bißchen unterhalten», zischte Haceli zwischen den Zähnen. «Oder schick deine Mutter. Dein Weib soll auch mitkommen . . .»

Bayram hörte Haceli murmeln, aber er verstand nichts. Etwas Gutes konnte es nicht sein. Bayram würde auch nicht freundlich reden, wenn man ihm das Fundament zuschütten würde. Für so etwas bewies der Mann noch ziemlich viel Langmut . . .

«Hast du deinen Freund mit der Flinte sitzen sehen?» fragte Irazca zu Hause. «Der wird uns totschießen!»

«Das bringt er fertig.»

«Und das alles vor lauter Angst! Nach dem Essen gehe ich hinüber. Ich will doch mal sehen, ob er das Herz hat, mich umzubringen! Bis zum Morgen bleibe ich sitzen . . .»

«Man müßte den Kerl bei den Beinen packen und in den Bach zerren! In einer Stunde wird er schlafen wie ein Toter. Er hat den ganzen Tag Steine gefahren . . .»

Haçça trat zu ihnen: «Soll ich heute den Tisch draußen im Laubengang decken?»

Mutter und Sohn warfen sich einen Blick zu.

«Gewiß tu das», sagte Bayram, «aber gleich.»

«Schau, Mutter, Fatma kommt.»

Irazca blickte ins Dorf. «Sie trägt ein Sieb.»

«Sie bringt ihm das Essen.»

Fatma schlug ein Stück der Decke auf und setzte sich, mit dem Gesicht zu Bayrams Haus. Hacelis Rücken war abgewandt.

Auch Bayram setzte sich so, daß er die beiden im Blick hatte. Bald darauf war das Essen fertig. Sie begannen ihre Weizengrütze zu löffeln und aßen die dünnen Fladenbrote stückchenweise dazu. Jedesmal, wenn Bayram den Kopf hob, fing er Fatmas Blick auf.

«Die sollen ruhig heute nacht hier wachen», sagte Irazca. «Wir gehen nämlich alle zusammen zum Trockenplatz und schlagen die Ziegel entzwei! Sobald die Leute schlafen. Wir machen ihm seine zweitausend Ziegel kurz und klein, mal sehen, was er dann anfängt!»

«Kein schlechter Gedanke», sagte Bayram leise. Fatma blickte ununterbrochen herüber. Anscheinend aß sie nicht, sondern tat nur ihrem Mann gegenüber so. Bayram senkte den Kopf und hob ihn dann plötzlich wieder. Er hatte sich nicht getäuscht. Fatma sah ihn an. Sie schien dabei zu lächeln.

«Mutter, unsere Nachbarn sind schon eingezogen, bevor das Fundament steht», sagte Haçça. «Ob sie uns so sehr lieben?»

«Man kann niemandem ins Innere sehen, Mädchen», erwiderte Irazca. «Wer weiß, vielleicht sehnen sie sich seit Jahren danach, in unserer Nähe zu leben. Und wir wollen nichts von ihnen wissen. Ja, wenn sie sich eines von den verfallenen Häusern nebenan zurechtmachen würden, dann sollten sie uns willkommen sein . . .»

Ja, wirklich, dachte Bayram.

Haçça wandte sich Bayram zu: «Wirklich? Würden wir sie dann lieben?»

«Ich weiß nicht, bei Allah . . .»

«Das muß man», sagte Irazca. «Auf dieser Welt müssen die Menschen einander lieben, sonst wäre sie ein Kerker. Sonst wäre es kein Leben . . .»

Bayram blickte hinüber. Haceli hatte seine Mahlzeit beendet. Langsam senkte sich die Dunkelheit über das Dorf. Fatmas Gesicht verschwand.

In der Nacht

Als Haçça den Tisch abräumte, war der Wächter Mustafa zu hören:

«Tante, Tante Iraz!»

«Komm nur rauf, Mustafa Aga!» rief Bayram.

«Ich komme, haltet den Hund fest. — Tante Iraz, gib erst mal die fünfzig Kuruş her. Und dann sollst du zum Muhtar kommen. Haceli auch. Hast du gegessen? Dann komm gleich mit.»

«Gleich jetzt? Gut, ich komme.»

«Hast du Haceli schon Bescheid gesagt?» fragte Bayram.

«Ja, Er ist sicher schon unterwegs.»

«Ich bringe dich hin, Mutter.»

«Ist nicht nötig. Ich gehe allein.»

«Es ist stockfinster, man sieht nicht die Hand vor den Augen ...»

«Wenn schon! Das macht mir nichts aus.»

«Nun seht zu, daß ihr euch einig werdet, ich habe noch viel zu tun», drängte Mustafa. «Ich muß zu Onkel Çakır, wegen Honig für morgen ...»

«Der Herr Kaymakam wird mit Luft vorlieb nehmen müssen», meinte Irazca.

«Das scheint mir auch so», sagte Mustafa. «Wer wird um diese Jahreszeit das Bienenhaus aufmachen? Aber Befehl ist Befehl. Beeil dich ein bißchen, Tante, sonst putzt mich der Muhtar herunter. Haceli muß schon lange weg sein. Wenn er vor dir da ist, hast du das Nachsehen ...»

Mustafa ging.

«Siehst du die Schurkerei von diesem Kerl?» sagte Bayram, als die beiden vor dem Haus waren. «Erst bringt er uns für die Umlage in die erste Klasse, dann läßt er dich als Frau zu ihm kommen. Der Schuft ist ganz auf Hacelis Seite ...»

«Und wenn schon ... Die Ehre können sie uns nicht nehmen! Gehen wir ...»

Beim Bauplatz kauerte ein Schatten. Sie blieben einige Schritte davor stehen.

Der Schatten bewegte sich, Fatma flüsterte: «Tante Iraz! Seid ihr es, Tante?»

Irazca blieb stumm.

«Tante Iraz . . .! Ahmet!»

Irazca stieß Bayram an.

«Ja, wir sind es, Fatma. Bist du allein?»

«Ich bin allein, Tante. Der Muhtar hat Haceli zu sich gerufen.»

«Uns auch.» Plötzlich stieß sie einen Schrei aus: «Mein Gott, Ahmet! Jetzt haben wir die fünfzig Kuruş für den Muhtar vergessen! Und der Wächter hat es eben noch gesagt. Wir müssen umkehren und das Geld holen . . .»

Sie gingen zurück in den Hof. Bayrams Herz schlug rasend.

«Hock dich nieder, Bayram», sagte Irazca. Sie faßte ihn am Kragen und drückte ihn nieder. Dem riesigen Mann zitterten Hände und Füße.

«Bayram, hör zu, mein Sohn. Dieses Weib steht in Flammen, wer weiß wie lange schon. Man muß dieses Feuer löschen. Vergiß nicht, ihr Mann hat die Baugrube wieder ausheben lassen! Hast du mich verstanden, mein Widder? Es ist ein gutes Werk . . .! Ich nehme Ahmet mit. Du bleibt und kümmerst dich um die da.»

Bayram antwortete nicht. Es ist ein gutes Werk, dachte er. Wie eine Trommel schlug sein Herz. Ein Gießbach, der das Wehr gesprengt hatte und dessen Kraft ausreichte, um alles Feuer dieser Welt zu löschen . . .

«Wo ist denn Bayram?» fragte Haçça, als Irazca wieder an der Haustreppe war.

«Er ist mit dem Wächter gegangen. Der Muhtar wollte auch ihn sprechen. Ich nehme Ahmet mit.»

«Soll ich nicht auch mitkommen, Mutter?»

«Von dir war nicht die Rede. Wir sind ja bald wieder da . . .»

«Ich fürchte mich allein im Haus. Komm schnell wieder, Mutter!»

«Seit wann fürchtet sich der Vogel im eigenen Nest? Ja, ich werde mich schon beeilen, Mädchen ...»

Bayram drückte sich an die Hauswand, als er Schritte hörte. Irazca und Ahmet sprachen miteinander. Bald hatten sich ihre Schritte entfernt. Bayram richtete sich langsam auf. Sein Herz klopfte immer noch wie rasend.

«Gib acht auf die Grube!» sagte Irazca zu Ahmet.

«Oh, ich falle schon nicht hinein!»

«Siehst du!» schrie Irazca. «Gleich hättest du drin gelegen? Habe ich dir nicht gesagt, du sollst achtgeben?»

«Großmutter, machen wir die Grube heute nacht nicht wieder zu?»

«Dein Vater wird das machen.»

«Wo ist denn mein Vater?»

«Still!»

«Wo ist mein Vater jetzt, Großmutter?»

«Dein Vater ist schon in der Grube. Er hat sich versteckt. Wenn Haceli weg ist, kommt er heraus und wirft die Grube zu.»

«Kann er das denn, ganz allein? Die große Grube?»

«Was glaubst du, was dein Vater alles kann ...»

Fatma richtete sich auf, spähte im Dunkel um sich. Weit unten waren die Männer im Licht der Schenke zu erkennen. Das Dorf lag in völligem Schweigen.

Sie hockte sich wieder hin. Ihre kräftigen Arme waren lebensfrisch wie junge Apfelstämme. Wie sehr fehlte diesen Armen der Druck lebensfrischer Männerarme! Warum bemerkte Haceli das nicht? Warum war bei ihm alles so schnell vorüber, wenn sie im Bett lagen? Alles nur halb ... Wenn er einer von den Felsblöcken in Çildede wäre, anstatt ihr Mann sein zu wollen, es machte keinen Unterschied ... Sie wünschte ihn zur Hölle. Sehnsüchtig reckte sie die Arme gegen Bayrams Haus.

Bayram öffnete langsam die Hoftür, ging auf den Bauplatz zu. Fatma hörte ein leises Quietschen und erschrak. Sie hob den

Kopf und spähte in die Dunkelheit. Vergebens, es war nichts zu erkennen. Bayram ging entschlossen weiter, mit schweren Schritten. Sein Herz klopfte wild, sein Körper brannte wie im Fieber. Es war, als hätte er noch nie mit einer Frau zusammengelegen. Verbotene Früchte schmecken süß, dachte er. Versuchen wir einmal, wie Fatma schmeckt. Er erinnerte sich an die Prahlereien der Männer, die mit anderen Frauen geschlafen hatten. Er würde schweigen.

Am Rand des Bauplatzes blieb er stehen, blickte um sich, zog die Luft ein. Ein starker Geruch von Dung drang ihm in die Nase. Von der Mitte des Platzes kam ein leichtes Geräusch. Er ging in die Richtung, aus der es kam, blieb stehen. Einen Schritt von ihm stand Fatma zitternd in der Finsternis. Er glaubte den Verstand zu verlieren, als er ihr hastiges Atmen hörte, das ihren jagenden Herzschlag verriet. Sein Mund war wie ausgetrocknet, die Zunge klebte ihm am Gaumen. Nur ein Schritt noch und sie würden einander berühren. Bevor er sich darüber klar wurde, ob er diesen Schritt getan hatte oder nicht, fand er sich Körper an Körper mit Fatma. Beiden zitterten die Knie. Sie mußten sich aneinanderklammern, um nicht zu stürzen. Fatma warf sich ihm entgegen. Bayram mußte die Beine breit machen, um nicht hinzufallen. Fatma sank zwischen seinen Armen zu Boden. Er kniete nieder, packte sie um die Hüfte, zog sie zur Grube.

Sie streckten sich nebeneinander aus. «Haram», sagte er leise. «Wir tun das Verbotene.»

«Helâl», stöhnte Fatma. «Wie kann das verboten sein, was ich dir aus ganzem Herzen schenke?» Sie warf sich in seine Arme. Sein Gesicht wurde über und über feucht von ihren Tränen.

«Brich mir alle Knochen im Leibe entzwei», ächzte sie. «Nimm mich, töte mich ... Alles, was an Leben in mir ist, soll dir gehören. Helâl ... Es ist so erlaubt, wie etwas nur sein kann ...»

Irgendwo in der Nachbarschaft schlug ein Hund an.

Bayram stand auf und ging ein paar Schritte zur Seite. Etwas später erhob sich auch Fatma. Mit dem Fuß brachte sie die Stelle, wo sie gelegen hatten, wieder in Ordnung.

Sie ließen sich auf dem Boden nieder, die Rücken gegen die aufgeworfene Erde gestützt. Fatma näherte ihren Kopf dem Bayrams: «Ach, könnten wir doch Nachbarn sein . . .»

«Laß nur», sagte Bayram.

Fatma schwieg.

«Dein Haceli hat kein Blut ins Fundament laufen lassen, wie?»

«Nein.»

«Man sagt, es gibt zweierlei Blut. Schwarzes und weißes. Schwarzes Blut, das ist das gewöhnliche Blut. Er hat kein schwarzes Blut vergossen, wie es der Brauch ist, aber wir haben dafür weißes Blut vergossen . . .»

Fatma schmiegte sich an ihn:

«Möge Allah ihn siebenfach strafen. Aber du darfst das nicht vergleichen. Dies ist so schön . . . Ach, wenn wir Nachbarn werden könnten . . .»

«Sag deinem Mann, er soll sich eines von den verfallenen Häusern herrichten.»

«Dann hätten wir es leicht . . .»

«Ich weiß nicht so recht . . .»

«Was denn?»

«Ich meine, nun ist es erst mal genug damit. Bei dir nicht?»

«Für den Augenblick ja, aber dann? Und du? Hast du wirklich genug?»

«Kann man davon je genug haben, Mädel?»

«Kann man von dir je genug bekommen, Bayram?» Fatma weinte.

«Trotzdem gibt es Dinge im Leben, auf die man Rücksicht nehmen muß», sagte Bayram.

«Aber man hat auch ein Herz . . .»

«Du hast schließlich einen Mann!»

«Aber wenn ich dich will und nicht ihn?»

«Geduld . . .»
«Geduld, Geduld, und dann das Grab . . .»
«Du mußt dich damit abfinden.»
«Und was nützt mir das?»
«Es hilft alles nichts.»
«Liebst du diese Haçça?» fragte Fatma.
«Gewiß liebe ich sie . . .»
«Liebst du sie sehr?»
«Mehr oder weniger. Warum willst du das wissen?»
Fatma rückte wieder näher: «Du sollst auch mich lieben. Mehr oder weniger . . .»
«Ja», sagte Bayram.
«Immer.»
«Ja.»
«Entführe mich. Nimm mich mit und binde mich im Stall an. Ich werde Haçça nicht im Wege sein.»
«Unmöglich.»
«Ich will Haçças Sklavin sein. Ich will deine Sklavin sein . . .»
«Und Haceli?»
«Auf den pfeife ich . . .»
«Seine Brüder werden dich in Stücke reißen!»
«Das ist mir alles gleich. Aber sie kriegen mich nicht, ich bleibe immer in deinem Haus.»
«Mein Haus hat nur eine einzige Stube.»
«Dann sperr mich in den Stall!» Sie schmiegte sich wieder an ihn: «Laß uns wenigstens Nachbarn sein . . .»
«Das ist schwierig. Dein Kerl ist starrköpfig wie ein Kamel.»
«Ja, das ist er . . .»
«Komm . . .»
Sie stiegen noch einmal in die Grube.

Schritte näherten sich. Fatma sprang auf. Bayram legte sich flach auf die Erde. Er hörte Ahmet flüstern:
«Siehst du, Großmutter, mein Vater hat die Grube doch nicht allein zuwerfen können!»

«Geh weiter!» rief Irazca, faßte das Kind am Kragen und zog es mit sich. Die Schritte entfernten sich.

«Habt ihr die Grube auch heute wieder auffüllen wollen?» fragte Fatma.

«Ja.»

«Und ihr habt es sein lassen, weil wir unsere Betten mitgebracht haben?»

«Hast du nicht gesehen, wie wir die Grube gefüllt haben, Mädel?» Er zog Fatma an sich, küßte sie endlos.

«Du läßt einen ja nicht mehr zu Atem kommen, Bayram», keuchte sie. «Morgen komme ich. Ich gehe nicht mehr von dir, und wenn es mein Leben kostet . . .»

Bayram klopfte die Erdspuren von seinen Kleidern:

«Ich gehe jetzt, Mädel. Deiner wird auch gleich kommen, steh auf. Laß dich nicht so sehen, sonst sind wir erledigt . . .»

Fatma seufzte hinter ihm her.

Bayram schritt rasch aus. Ringsumher war kein Laut zu hören. Am Hoftor blieb er stehen.

Plötzlich ertönte Hacelis Stimme:

«He, Fatma!»

Er hatte sich auf den Bauplatz geschlichen und stand neben seinem Bett.

Fatma gab keine Antwort.

«He, schläfst du, Hurenmensch?»

Fatma nahm sich zusammen.

«Nein, ich bin wach! Was brüllst du denn so?»

Bayram stand am Tor und horchte. Von neuem klopfte sein Herz wie rasend.

«Wo bist du denn, zum Teufel?» schrie Haceli.

«In der Grube! Nicht in der Stube, am Abgrund der Hölle. Ich mußte mal, wenn du es genau wissen willst. Was ist denn los?»

«Du Miststück! Ist das Hausfundament vielleicht ein Abtritt?»

«Wo sollte ich denn hingehen?»

«Zum Teufel mit dir! Keinen Anstand und keine Religion hat das Mensch!»

Bayram trat in seinen Hof. Er stieß fast mit Irazca zusammen, die auf ihn gewartet hatte:

«Wo bleibst du nur so lange, du Trottel? Um ein Haar hättest du dir den Tollen Haceli auf den Hals geladen. Bist du denn verrückt geworden?»

«Nein, aber ich habe jemanden verrückt gemacht», antwortete Bayram. Er bereute, das gesagt zu haben. Er fühlte sich erröten.

«Weiß Gott, ich hätte dich bald geholt ... Dauernd habe ich Steine hinübergeworfen, hast du nichts gemerkt, Kerl?»

«Nein.»

«Nun mach aber, daß du raufkommst. Wenn Haçça fragt, sagst du, du wärst auf dem Abtritt gewesen.»

«Hast du nicht gesagt, ich würde die Grube zuwerfen?»

«Ich habe ihnen gesagt: ‹Er hat auf uns gewartet und uns nicht gesehen. Jetzt ist er erst auf den Abtritt gegangen.› »

«Ganz gut ausgedacht, aber das ist alles ein bißchen zu verzwickt.»

«Morgen soll der Kaymakam kommen, Bayram. Da bleibst du zu Hause. Wir wollen uns bei ihm beschweren. Dann wissen wir gleich, was von ihm zu halten ist.»

«Der gibt das einfach an den Korporal von der Gendarmerie weiter.»

«Das lassen wir nicht zu. Er muß sich selbst darum kümmern, wenn er schon selbst zu uns kommt.»

«Na, wenn du meinst ...», sagte Bayram.

«Wo hast du die Hacken hingetan? Und die Schaufel ...»

«Ich weiß nicht.»

Sie traten in die Stube. Haçça und die Kinder schliefen in ihren auf dem Boden ausgebreiteten Betten. Irazca stieß Haçça mit der Fußspitze an:

«Steh auf, Schwiegertochter. Komm, mein armes Mädchen. Such schnell die Hacken und die Schaufel ...»

Haçça erhob sich todmüde und blinzelnd. Sie taumelte in den Laubengang und brachte die Geräte.

«Laß Ahmet schlafen», sagte Irazca.

«Wollen wir zu dritt gehen?»

«Natürlich! Oder meinst du, wir schaffen es nicht?»

«Wir werden es schon schaffen, aber wir müssen uns ein bißchen beeilen.»

«Bayram, du gehst voraus!» befahl Irazca draußen vor dem Hoftor. «Ich folge dir. Wir müssen Abstand halten.»

«Wie auf Nachtübung beim Militär», sagte Bayram.

Von weitem hörten sie Haceli und Fatma keifen. «Die zerren sich ja immer noch», sagte Bayram.

Irazca sprach im Gehen leise vor sich hin:

«So ein Dreckskerl! Der bringt mich noch soweit, daß ich mir in meinem Alter die Hand mit Blut beflecke! Macht sich wichtig als Muhtar, regiert wie ein König und hat nichts im Kopf als Ränke zu schmieden! Den verrückten Haceli hat er unter seine Fittiche genommen ... ‹Haceli Efendi hat das Fundament ausgehoben, Steine brechen lassen, Ziegel schneiden lassen, all die Mühe darf nicht umsonst gewesen sein ...› Ziegel hat er schneiden lassen ... Ich werde ihm seine Ziegel auf dem Kopf entzweischlagen!

Die kennen mich noch nicht! Ich werde sie alle begraben, mitten im Dorf, so wahr man mich Irazca nennt ...!»

Jedem, was ihm gebührt

Ein kühler Morgen dämmerte. Haceli erwachte frierend in seinem Bett unter freiem Himmel. Er hatte keine Decke über sich. Fatma hatte sich breit gemacht. Sie schlief mit ausgebreiteten Armen und gespreizten Beinen. Haceli drängte dicht zu ihr. Ihr Körper strömte Hitze aus. Hacelis Schlaftrunkenheit verflog im Nu. Mit wachen Blicken betrachtete er seine Frau. Die Morgenröte überzog Fatmas volles Gesicht mit einem rosigen Schimmer. Hacelis Hand glitt unter die Bettdecke, zu ihren Brüsten. Er preßte ihre Brustwarzen. Sie dehnte sich seufzend. Haceli zitterte. Er umschlang sie, küßte sie. Sein harter Bart strich über das Kissen. Seit gut zwanzig Tagen war er unrasiert. Fatma zog immer ein saures Gesicht, wenn er sie so küssen wollte. Er fuhr fort, ihre Brüste zu streicheln. Fatma wand sich.

«Helâl», murmelte sie. Plötzlich warf sie die Arme um ihn. Haceli war verblüfft. So kannte er seine Frau nicht. Er küßte sie, Fatma zuckte unter den stacheligen Barthaaren zusammen, öffnete die Augen, wollte sich befreien. Haceli ließ sie nicht los. Schließlich wand sie sich aus seinen Armen und rückte nach der anderen Seite des Bettes. Haceli rückte nach.

«Es ist Morgen», sagte Fatma.

«Still!»

«Bist du verrückt? Gleich kommt Beytullah Hoca zum Gebetsruf. Die Leute gehen auf die Straße, und du sagst ‹still›!»

Haceli versuchte es noch einmal: «Still!»

«Bleib mir heute vom Leib, du! Ich habe nicht für einen Heller Lust.»

Haceli gab auf. «Heute abend?»

«Meinetwegen heute abend», sagte Fatma verdrossen.

«Ich muß mir heute auch mal den Bart schaben lassen. Wir müssen schließlich dem Kaymakam gegenübertreten . . .»

Fatma drehte sich zur Seite. Sie fühlte sich, als wäre sie von einem hohen Berg in die Tiefe gestürzt. Sie wünschte, daß man sie zehn Tage in Ruhe ließe, daß sie so mitten im Dorf auf diesem Bett liegen bleiben könnte, so mit gelösten Gliedern hingestreckt ... Neben ihr müßte ein klares, laues Wasser fließen, in dem sie sich wie eine Nixe tummeln könnte ... Sie dachte an Bayram, an den gestrigen Abend. Gestern abend war ich zum erstenmal Fatma, durchfuhr es sie. Ach, Bayram, pack mich, daß mir die Knochen krachen ... Sie vergrub ihr Gesicht ins Kopfkissen. Sie umschlang ihren eigenen Körper. Sie lachte und seufzte abwechselnd. Das Feuer in ihr loderte.

Haceli näherte sich wieder. Als sie seine Hand von ihren Oberschenkeln zu den Brüsten kriechen fühlte, sprang sie hoch:

«Los, steh auf! Wir wollen die Betten wegbringen. Oder bleib du meinetwegen liegen, ich gehe. Willst du, daß sich ganz Karataş über uns lustig macht? ‹Mitten im Dorf hat er mit seiner Frau im Bett gelegen›, werden sie sagen. Auf so einen Gedanken ist vor dir auch noch keiner hier gekommen ...!»

Sie brachte ihre Haare in Ordnung, band das Kopftuch um und schlüpfte in die Holzschuhe. Dann hockte sie sich ans Fußende des Bettes:

«Willst du noch liegen bleiben?»

Haceli streckte sich und gähnte. Er war in schlechter Laune.

«Gib gefälligst Antwort! Wenn du liegen bleiben willst, dann sag es, dann gehe ich. Wenn nicht, dann will ich die Betten wegbringen ...»

«Scher dich zur Hölle!» brüllte Haceli. «Der Teufel soll deine Betten holen, und dich und deine ganze Sippschaft dazu!»

Fatma richtete sich auf: «Gut, dann gehe ich», sagte sie wütend.

«Hau ab, Hurenmensch! Verschwinde wohin du willst!»

Jetzt konnte es nur einen Entschluß geben. Mit ihrer aus den Märchen lebenden Phantasie malte sie sich alles aus: Sie hatte sich entschlossen, zu Bayram zu gehen. Haceli sprang aus dem Bett und stellte sich ihr in den Weg: «Wohin willst du, Fatma?» Sie stieß ihn mit der Handfläche von sich: «Ich gehe, wohin mein Herz mich zieht» — «Wohin zieht dich dein Herz, Fatma?»

Triumphierend antwortete sie: «Mein Herz zieht mich zu Bayram ...»

Und sie ging, mit den bedachten, schweren Schritten desjenigen, der weiß, was er tut ...

Ihre Schritte führten sie die Phantasietreppen hinauf zu Bayram und und Haçça. Die beiden Frauen nahmen Bayram in ihre Mitte, und die drei umschlangen sich, vor Haceli, vor Freund und Feind, vor Karataş und der ganzen Welt. Damit endete das Märchen. Es war ein guter Ausgang.

«Warum verschwindest du denn nicht?» brüllte Haceli.

Fatma fuhr zusammen. Das Märchen hatte sie verlassen. Es gab nichts, was ihr Kraft geben konnte, nicht einmal einen Zweig, der ihr einen Halt bot. Es blieb nur der einsame Kampf, der alles entscheiden mußte.

Irazca erwachte heute etwas später als sonst. Die anderen schliefen alle noch. In dem spärlichen Licht, das durch das Rauchloch und das winzige Fenster drang, waren ihre Gesichter kaum zu unterscheiden. Als Irazca ihren Sohn und ihre Schwiegertochter so daliegen sah, die Gesichter einander zugewandt, fühlte sie einen Augenblick Reue darüber, daß sie Bayram am Abend zu etwas Schlechtem veranlaßt hatte. Schließlich hatte er drei Kinder von Haçça, und nun war sie schuld, wenn Bayrams Herz sich Fatma zuwandte. Gewiß, es war eine böse Tat, aber auch eine schöne Tat der Rache. Ja, an so etwas hatte der Verrückte aus dem Unterdorf nicht gedacht, als er hierher gekommen war! Irazcas Schadenfreude trug den Sieg über ihre Gewissensbisse davon. Aber sie rechnete für alle Fälle auch mit der Möglichkeit, daß Haceli es fertigbrächte, ihr Nachbar zu werden. Die Rückseite des neuen Hauses würde ein Fenster haben. Fatma würde sich bei jeder Gelegenheit dort sehen lassen. Und dann? War Bayram ein Heiliger? Haçça durfte nichts merken. Naiv war sie zwar nicht mehr. Sie wußte, daß man sich mit manchem abzufinden hatte. Aber man ließ es besser nicht darauf ankommen.

Sie betrachtete die beiden, wie sie Kopf an Kopf ruhig atmeten. Haçça bewegte sich im Schlaf, reckte die Arme gegen Bayrams Hals und seufzte tief.

Man mußte sie allein lassen, überlegte Irazca. Man mußte am Ende des Laubengangs eine kleine Stube anbauen, noch dieses Jahr. Sie würde ihrem Sohn noch einmal zusetzen. Diesmal müßte sie ihn unbedingt so weit bringen.

Haçça bewegte sich wieder, streichelte Bayrams Gesicht und drehte sich um. Als sie die Augen öffnete, sah sie, daß ihre Schwiegermutter wach war. Sie stand sofort auf.

«Was willst du denn schon, Mädel?» fragte Irazca. «Heute gibt es nichts zu tun. Du hättest ruhig noch ein bißchen liegenbleiben können . . .»

«Es ist ja schon heller Morgen, Mutter», sagte Haçça.

Zitternd vor Scham warf sie sich das Kopftuch um und ging hinaus. Toman kauerte am Treppenabsatz. Das Dorf lag noch ausgestorben da; nur Beytullah Hoca stand auf der Schwelle der Moschee. Er würde wohl gleich den Gebetsruf anstimmen. Auf Hacelis Bauplatz lag das Bett, von dem buntgewebten Teppich bedeckt. Haçça blickte auf den Teppich und lachte. Dann nahm sie die Wasserkanne vom Herd und ging in den Stall. Mit Mühe gelangte sie an den liegenden Tieren vorbei zum Mistloch. Dort ging sie in Hockestellung. Der Ochse und die Kuh hatten sich erhoben und leckten einander ab. Am Hals der Kuh zeigten sich schon kahle Stellen im Fell. Das kam vom Druck des Joches; bald würde ihr Hals dem des Ochsen gleichen. Ihr Euter schrumpfte von Tag zu Tag mehr. Die jetzt zweieinhalb Monate alte Färse entwickelte sich nicht weiter. Das arme Tier fand weder Milch bei der Mutter noch Gras auf der Weide.

«Eine Kuh dürfte nicht im Gespann laufen», sprach Haçça vor sich hin. «Sie muß ihr Kalb säugen, und dann muß man sie melken . . .» Noch mehr tat ihr der graue Ochse leid. Er verbrachte sein ganzes Leben vor dem Pflug und vor dem Karren. Er trug weitaus mehr als sein gerechtes Teil. Er würde auch wieder die Hauptlast zu tragen haben, wenn es erst galt, das Stierkalb aufzuziehen. Nie würde er zu seinem Recht kommen; die Dankesschuld war nicht abzutragen ...

Haçça stand auf, öffnete die Tür des Strohschuppens und füllte Häcksel in den großen Korb. Dann schüttete sie den Tieren das Futter hin, dem Ochsen zuerst. Schließlich holte sie noch frisches Gras. Das meiste davon gab sie dem Ochsen. Sie streichelte ihn, küßte ihn hinter die Ohren: «Mein Löwe ...» Der Färse kraulte sie liebevoll den Rücken.

Sie brachte die Kanne nach oben und holte die Schaufel aus dem Laubengang. Dann reinigte sie die Stelle, an der sie ihre Notdurf verrichtet hatte. Auch Hacelis Familie würde ihren Schmutz hinter das Haus werfen, so, wie sie selbst es jetzt tat. Und das war es, was ihre Schwiegermutter nicht ertragen konnte. Hinter ihrem Haus stand kein anderes. Aber die Straße führte dort vorbei. Sollte man nicht ein paar Schaufeln Mist darüberwerfen? Sie tat es. Es war nicht gut, wenn menschlicher Unrat draußen zu sehen war. Dann konnte sie das Mistloch auch gleich ganz ausräumen. Aber man mußte einen Karren Reisig holen und eine Umzäunung machen, sonst würden die Hühner den Mist ausbreiten. Dann blieb auch die Straße sauber. Ach ja, die Arbeit häufte sich wieder. Nachts Arbeit, am Tage Arbeit ... Sie hatten Haceli alle Ziegel entzweigeschlagen. Haceli war ein armseliger Schwächling. Hätte er sich sonst nicht schon längst furchtbar gerächt? Nein, er war zu feige dazu. Er konnte Bayram nicht das Wasser reichen. Bayram hatte starke Arme. Er konnte sich in der Welt behaupten. Aber eine Stube mußte er noch bauen, im Herbst. Und eine Dusche dazu ... Wenn es nach ihr ginge, dann müßte jedes Ehepaar seine eigene Stube haben, und auch Wasser ... Wenn sie vor dem Haus einen Brunnen graben würden? Aber wohin sollte das schmutzige Wasser dann fließen? Sie konnten es ja nicht auf die Straße laufen lassen! Alle Leute wüßten dann, wann sie ins Bett gingen und wann sie aufstanden! Haçça mußte bei dem Gedanken lachen. Die kleine Stube, in der sie alle zusammen hausten, war morgens noch naß vom vergossenen Wasser, und doch tat die Schwiegermutter, als bemerkte sie nichts. Haçça ertrug die Heimlichtuerei, das ständige Sichschämenmüssen nicht mehr.

Haceli lag noch immer in seinem Bett, mitten im Dorf. Wenn die unsere Nachbarn sind, ob Fatma sich dann womöglich in Bayram vergaffen wird? Die Ärmste — war das Leben mit diesem saft- und kraftlosen Kerl überhaupt auszuhalten? Jetzt saß er aufrecht im Bett und kratzte sich ungeniert. Haçça ließ ihrer Phantasie freien Lauf: Er hatte seine ruinierten Ziegel gesehen und kam angerannt, schäumend vor Rachedurst. Die Schwiegermutter streckte ihn mit einem Stein, der seine leere Lende traf, zu Boden. Fatma warf sich auf Bayram: «Da hast du mich, mach mit mir was du willst!» Wie würde sich Bayram verhalten? Auch Fatma hatte das Wasser vom Unterdorf getrunken. Ein Weib, das Leben in sich hatte, mußte Bayram lieben, ihn begehren. Aus der Nachbarschaft durfte nichts werden. Haçça dachte an Fatmas rundes Gesicht, ihre vollen Lippen, ihre Brüste, Schultern und Schenkel ... Sie würde Bayram den Kopf verdrehen, wenn nicht am ersten Tag, dann am zweiten ... Wie qualvoll mußte es aber auch sein, mit einem Mann zusammenzuliegen, den man nicht liebte! Und den Haceli konnte keine Frau lieben, die Augen im Kopf und ein Herz im Leib hatte. Sie empfand Mitleid mit Fatma. Wenn sie ihr nur helfen könnte ...

Ein neugeborenes Lamm

Der Muhtar von Karataş begann heute schon frühmorgens mit der Arbeit. Er mußte sich vergewissern, daß die Aufträge, die er am Abend verteilt hatte, richtig ausgeführt worden waren. Zuerst ließ er den Wächter Mustafa berichten.

«Es ist alles in Ordnung, Aga», sagte Mustafa. «Bis auf zwei Sachen. Einmal, mit dem Honig war es nichts. Onkel Çakır sagt: ‹In dieser Jahreszeit bringen mich keine zehn Pferde dazu, das Bienenhaus aufzumachen.›»

«Ei, sieh mal an! Er muß sofort in die erste Klasse. Erinnere mich im März daran. Ich habe ihn zu übermütig werden lassen. Der Pfahl, den wir zugespitzt haben, dringt uns ins Auge. Es ist meine eigene Schuld. Gut also, und was war das andere?»

«Die Ratsmitglieder haben kein junges Lamm auftreiben können . . .»

Der Muhtar überlegte. Seine Laune verschlechterte sich zusehends.

«Ruf mir schnell den Haceli!»

Mustafa beeilte sich. Er fand Haceli noch in seinem Bett auf dem Bauplatz.

«Hast du etwa heute nacht hier geschlafen, Haceli Aga?»

Haceli drehte sich um: «Ach, du bist es, Mustafa? Natürlich habe ich hier geschlafen.»

«War dir nicht kalt?»

«Möge Allah das Drecksvolk verdammen! Wir wollen hier bauen, und diese verlauste Irazca stellt sich uns in den Weg. Sie und ihr Sohn schütten uns immer wieder die Grube zu, und er tut so, als wüßte er von nichts, und schiebt alles auf seine Mutter. Aber den Boden hier habe ich mit gutem Geld bezahlt. Das Geld ist aus meinem Fleisch geschnitten, das liegt nicht auf der Straße. Ich kann mit dem Boden machen, was ich will. Ich kann hier bauen oder ihn verkaufen, ganz wie mir beliebt. Begreifen diese nackten Hunde das nicht? Aber meine Geduld ist am Ende.» Er nahm seine Flinte in die Arme: «Wenn sie es noch einmal versuchen, dann drücke ich ab und fülle ihnen den Bauch mit Blei, so wahr ich ein Mann bin!»

Mustafa verbarg sein Lachen.

«Da mußt du dich aber dranhalten! Und sehr genau zielen. Aus deinem Gewehr kannst du nur einen Schuß abgeben, dann mußt du erst wieder laden. Das dauert auch seine Zeit. Der am Leben bleibt, wird zum rasenden wilden Tier, das bedenke nur gut. Die haben ja sicher ein Beil bei sich ...»

«Ein Beil, ha!» brüllte Haceli. «Und was glaubst du, was ich habe?»

Er holte ein kleines Bündel unter dem Kopfkissen hervor, knüpfte es auf. Es enthielt drei große Bleikugeln mit scharf gezackten Kanten. Haceli ließ sie auf seiner Handfläche hüpfen: «Die hat mir der Muhtar gegeben. Es sind Wildschweinkugeln, vom Landwirtschaftsamt. Er sagt: ‹Wenn sie wiederkommen, dann schieße ihnen die Dinger in den Bauch!› Wer die in den Eingeweiden stecken hat, Freund, dem hilft kein Doktor mehr. Da können selbst die Doktors von Istanbul nichts mehr machen ...»

«Du willst also Irazca und Bayram totschießen?»

«Bei Allah, das tue ich! Sie soll nur kommen, das gottverdammte Weib, ich schieße sie über den Haufen! Und ihren Sohn auch ...»

«Nun, heute nacht sind sie ja nicht gekommen ...»

«Weil sie Angst gehabt haben. Sie haben mein Gewehr gesehen. Die Sippschaft ist feige, mußt du wissen, denn sie sind ja Habenichtse. Auf dem Dorf, da muß einer seine Taschen ordentlich klingeln lassen, wenn er etwas zu bestellen haben will ...»

«Sag mal, willst du jetzt jede Nacht hier schlafen?»

«Bis das Haus steht.»

«Jetzt ist es hell, Aga, jetzt werden sie nicht mehr kommen und dir die Grube zuschütten. Steh auf, komm mit zum Muhtar. Er will dich sprechen. Der Herr Kaymakam kommt doch ...»

Haceli rappelte sich sofort hoch: «Natürlich, da muß ich

gleich sehen, was es gibt ... Als Ratsmitglied hat man ja seine Verantwortung. Wie steht es denn mit den Vorbereitungen für das Essen?»

«Wegen Raki und Wein ist einer nach Ortaköy gegangen. Taşkelle schaut mit vier Mann nach den Brücken und Wehren von Uluyol. Nur der Onkel Çakır, der will keinen Honig herausrücken.»

«Was? So ein Schurke! Wie kann er es wagen, sich dem Befehl des Vorstehers eines großen Dorfes zu widersetzen? Aber unser Muhtar ist selbst schuld daran. Warum macht er mit solchen Burschen nicht kurzen Prozeß und schickt zwei Mann, die den Bienenstock aufmachen, den Honig herausholen und fertig! Laßt doch diesen Schuft von Çakır dann kommen und plärren ‹sie haben mir meinen Honig gestohlen›!»

«Das erste Ratsmitglied hat auch kein junges Lamm auftreiben können. Deswegen will der Muhtar dich sprechen.»

Haceli band sich die Fellsandalen fest:

«Was? In einem so großen Dorf soll kein neugeborenes Lamm zu finden sein? Da gehört ja ganz Karataş zum Teufel gejagt!»

Er deckte das Bett zu und zog es ein bißchen zurecht. «So, nun können wir gehen. Ich bin mal gespannt, was der Muhtar sagt.»

Als sie am Haus des Barbiers Hasan vorbeikamen, fuhr Haceli sich mit der Hand über den Bart. Er wuchs aber auch zu schnell. Und der Bauer hatte zu wenig Zeit. In der Stadt gab es Leute, die sich jeden zweiten Tag rasieren ließen! Wenn er sich das leisten könnte, dann würde er Fatma küssen können, ohne daß sie das Gesicht verzog ...

«Gegen den Bart haben die Ungläubigen auch noch kein Mittel gefunden, was, Mustafa?»

Na, das ist mir eine ulkige Frage, dachte der Wächter. Dann antwortete er:

«Der deutsche König soll eines gefunden haben. Yonus Efendi, der Steuereintreiber, erzählt es jedesmal, wenn er kommt. Er sagt, der König schmiert sich damit ein, und dann wächst ihm kein Bart mehr. Der Mann hat ein Gesicht, so glatt wie ein Ei. Aber was sieht er dann eines schönen Tages? Die Barthaare fangen an, innen im Mund herauszukommen! Und der König beeilt sich, dem Bart Abbitte zu tun und einen Gegenzauber anzuwenden.»

Ja, diesen Mustafa brauchte man nur zu fragen; er war nie um eine Antwort verlegen. Er hört jedem zu, der des Weges kommt, und verleibt sich alles ein, dachte Haceli. Er hätte ihn gern einmal richtig auf die Probe gestellt. Jetzt war natürlich nicht der richtige Augenblick dafür. Er würde ihm ein paar schwierige Fragen stellen: Wie der Gendarmeriekommandant hieß, ob der Kaymakam, der Richter oder der Chef des Wehrbezirkskommandos der ranghöchste Würdenträger im Kreis war, wer von ihnen das höchste Gehalt bekam, wer von ihnen am meisten unter dem Pantoffel stand ... Die hohen Tiere hatten ja alle Angst vor ihren Weibern. Dabei war der Platz der Frau hinter der Tür. Man mußte das Weibervolk kurz halten und es nicht übermütig werden lassen.

Die Frau des Muhtar und ihre halbwüchsige Tochter zündeten ein Feuer am Hof an. An der Hauswand hatten sie Reisig aufgehäuft. Sie wollten wohl heißes Wasser für das Lamm zurechtmachen.

Haceli ging auf die Treppe zu. Das Mädel wird richtig, dachte er. Wer die einmal kriegt, kann sich freuen. Noch scheu wie eine junge Rohrdommel ... Beim Gehen hüpft sie wie ein Rebhuhn ...

«Das Essen ist im Leben nicht fertig, wenn der Kaymakam zu Mittag kommt», sagte die Frau des Muhtar. «Das Lamm muß erst einmal da sein, dann muß es geschlachtet, abgezogen, gewaschen, gebrüht werden! Der Pilav muß in der Lammbrühe kochen. Aus dem Lammfett muß Helva gemacht werden ... Du lieber Himmel ...!»

«Beunruhige dich nicht, Schwester», sagte Mustafa, der im Hof geblieben war. «Vielleicht kommt der Kaymakam erst am

Abend. Die großen Männer stehen ja nicht gern früh auf. Und der Kreis ist groß, er hat so viele Dörfer — warum soll er nicht hier und da ein wenig verweilen und etwas essen? Wenn er nirgends ißt, in Boğuntu, bei Kara Veli, da ißt er ganz bestimmt. Bei Kara Velis neuer Frau bleibt kein Reiter im Sattel . . .»

«Inşallah!» sagte die Frau. «Gott gebe, daß er sich ein bißchen verspätet, dann werde ich mit all meinen Vorbereitungen fertig. Ich will unserem Herrn Kaymakam und den verfressenen Ratsmitgliedern mal so richtig zeigen, wie ich kochen kann . . .»

«Ist noch etwas von der Butter übrig, die wir neulich von den Yürüken gekauft haben, Schwester?»

«Nicht mehr viel. Den Rest hebe ich auf, falls ein wichtiger Gast kommt. Wenn Allah diese Yürüken noch einmal bei uns vorüberführt, dann sollten wir uns zwei Fäßchen mit Käse füllen lassen. Sonst vergessen wir hier in unserem abgelegenen Dorf noch alles . . .»

«Mach dir nur keine Sorgen, Schwester, der Herr Muhtar wird schon zusehen, daß es an nichts fehlt. Wenn es nicht diese Yürüken sind, dann kommen andere vorbei. Der Weg führt allemal über unsere Sommerweiden. Mein Aga kennt die Adern, aus denen man das Blut abzapft. Er hat die richtige Spürnase, wie ein Fuchs . . .»

«Jetzt muß das Lamm her», sagte die Frau des Muhtar, «aber schnell! Wenn wirklich keins aufzutreiben ist, dann müssen wir vier, fünf Hühner schlachten, damit unsere Ehre gewahrt bleibt. Sonst sind wir bloßgestellt . . .»

«Wir haben die Kosten bei den Bauern eingetrieben», sagte Mustafa. «Raki, Wein, Zucker, Reis . . . Alles ist reichlich da, nur kein Lamm . . .»

Der Muhtar und Haceli traten auf den Laubengang hinaus.

«Es muß schnell gehen», sagte der Muhtar. «In höchstens einer Stunde muß es erledigt sein, sonst werde ich sehr ungemütlich. Wenn du willst, nimm den Wächter mit.»

Haceli ging eilig auf die Treppe zu: «Aber nein, mein Lieber, das ist überflüssig. Wenn ich die Herde bei der Mühle finde, dann dauert es keine Stunde. Wenn nicht, dann wird es eben ein bißchen später, aber ich bin rechtzeitig zurück, mach dir keine Sorgen.» (Eine Hand wäscht die andere), dachte er dabei. (Das nächste Mal bist du wieder an der Reihe . . .)

«Also, Haceli, ich verlasse mich auf dich», sagte der Muhtar.

Haceli stob davon.

Die Frau des Muhtar blickte ihren Mann vertrauensvoll an. «Die Sache ist so gut wie erledigt», beruhigte er sie. «Wie man mir sagt, hat der Schwarze Bayram zwei neugeborene Lämmer. Haceli fängt eines davon und bringt es her. Was bleibt uns anderes übrig? Schließlich wollen wir es ja nicht selbst essen. — Mustafa, mein Löwe, geh und hol ein Opfermesser! Geh zu Memmed. Er soll es erst ordentlich schleifen . . .»

«Auf dieses Dorf spucke ich», sagte der Muhtar zu seiner Frau. «Seit gestern abend lasse ich ein junges Lamm suchen und sie finden keines! Anzünden sollte man dieses Dorf!»

«Irazcas Bayram wird doch keinen Lärm schlagen wegen dem Lamm?»

«Aber woher denn! Wir können immer noch sagen, es sei ein Irrtum gewesen. Wenn das nicht reicht, dann geben wir ihm ein paar Kuruş. Jedenfalls sind wir unsere Sorgen los . . .»

Abschüssige Wege

«Mutter, wenn es heute keine Arbeit gibt, wollen wir einen Kessel Wasser heißmachen und ein bißchen waschen», sagte Haçça. «Das Zeug von den Kindern ist ganz schön schmutzig. Ahmet kratzt sich in einem fort . . .»

Irazca sprach das Gebet und stand vom Tisch auf: «Ist recht. Wasche das Zeug nur ordentlich. Und wascht auch ihr euch.» (Besonders Bayram hat es nötig), dachte sie.

«Na, bist du satt?» fragte sie Ahmet, der auch aufgestanden war.

«Ja», sagte das Kind.

«Und warum hast du nicht gebetet? Du bist doch nun schon ein großer Junge!»

Ahmet vergaß es immer wieder:

«. . . Allah segne uns, wie er den Vater Abraham gesegnet hat. Er gebe meiner Mutter und meinem Vater ein langes Leben. Er verleihe meinem Vater die Kraft unseres heiligen Herrn Ali. Er gebe meiner Großmutter das Leben unserer Mutter Fatma. Er gebe unserem Ochsen und unserer Kuh Ausdauer. Er gebe unserem Feld gnädigen Regen. Er mache es unseren Feinden schwer. Er lasse unseren Tisch immer wieder gedeckt sein . . .»

«Recht so», sagte Irazca. «Unsere Feinde mögen mit Blindheit geschlagen werden. Recht so, mein junger Stier.» Zu Haçça gewandt, fuhr sie fort: «Schwiegertochter, gib dem hier gleich was anderes zum Anziehen. Er soll den Ochsen hinaus aufs Feld bringen. Ahmet soll zu Mittag zurückkommen, dann wäschst du ihn gründlich. — Verstanden, Ahmet? Zu Mittag bist du zurück!»

Ahmet maulte: «Nicht zu Mittag! Ich will bis zum Abend draußen bleiben. Tut mir Brot in meinen Sack . . .»

«Aber dann läßt du dich waschen, ja?»

«Ich will aber nicht gewaschen werden!» Er hielt nun einmal nichts davon, gewaschen zu werden. Das Aschenwasser jagte ihm Angst und Schrecken ein. «Ich will den Ochsen hüten und nach der Schlange sehen. Wenn ich sie finde, töte ich sie . . .»

Irazca gab nach: «Meinetwegen. Zieh ihm das Hemd aus, Mädel. Ich will ihm derweil Brot richten . . .»

Ahmet strahlte.

Bayram grübelte vor sich hin:

(Eine zuverlässige Pistole. Ein scharfes Messer. Über eine Pistole geht nichts. Auf dem Dorf hat man das bitter nötig. Wenn man sich Feinde macht, muß man auch mit ihnen fertig zu werden wissen. Geld muß man haben oder einen Schutz im Rücken. Umsonst heißt es nicht so. Meine Mutter weiß nicht, was sie tut! Sie geht los und schlägt dem tollen Kerl auch noch seine Ziegel entzwei. Und wenn sie den drei Brüdern plötzlich an einer engen Stelle gegenüberstünde, was wollte sie dann machen? Sieh zu, wie du da wieder herauskommst! Meine Mutter vertraut auf die Gendarmen und auf die Regierung. Kann die Regierung Fäustschläge rückgängig machen, die auf deinem Rücken niedergegangen sind? Kann die Regierung den tollen Haceli aus der Türkei vertreiben? Was vermag die Regierung gegen Feindschaft auf dem Dorf? Da schlägt einer den anderen zusammen, ohne Zeugen und ohne Beweis. Sie packen dich, fesseln dir die Arme, ein großer Stein trifft deinen Rücken, «lauf» heißt es. Lauf oder bleib liegen und verrecke . . . Aber braucht man sich ein Riesenhaus vor die Nase setzen zu lassen? Keine drei Schritt Aussicht, wenn man im Außengang sitzt. Nicht einen Monat, nicht ein Jahr, in alle Ewigkeit! Das ist kein Haus mehr, das ist ein Gefängnis. Ein rechter Mann kann das nicht hinnehmen. Lieber sterben. Kein Licht mehr, kein Platz mehr, um mit dem Ochsenkarren durchzufahren. Und wie soll ich das Stroh heranbringen, die Vorräte, das Mehl . . . Dann der Gestank, der Schmutz . . .) Wenn sie sich eines von den verfallenen Häusern herrichten würden, wenn keine Feindschaft ihn von Fatma trennen würde . . . Sie würden nebeneinander leben. Ein Blick von ihm, und Fatma käme herunter; ein Blick von ihr . . . Wenigstens alle zwei Wochen einmal! Jeden Monat einmal!

Der Mund wässerte einem wie von süßem Helva. Warm, frisch und lebensvoll . . .

Irazca schüttelte ihn: «Was brütest du da, mein Sohn?»

Bayram raffte sich zusammen: «Ich habe nur so ein bißchen geträumt. Ich habe aus einem Ochsen zwei gemacht, das Feld eingezäunt, die Treppe in Ordnung gebracht . . .»

«Aber aus einer Frau zwei zu machen, das ist dir wohl nicht gelungen?»

Er gab keine Antwort.

«Laß das, mein Sohn. Das Grübeln führt zu nichts. Dein Vater hat genau wie du den Kopf in die Hand gestützt und vor sich hinsinniert. Und was hat es ihm genützt? Auch er ist gestorben, ohne dahintergekommen zu sein, was das alles für einen Sinn hat. Nur Mut, mein Löwe, dein Schiff ist ja nicht gesunken! Es wird sich schon alles zum Guten wenden. Du darfst es nur nicht machen wie unser lahmer Dorfringkämpfer und aufgeben, kaum daß der Kampf begonnen hat . . .»

«Mutter!» sagte Bayram, «wir haben uns einen Feind gemacht, jetzt müssen wir sehen, wie wir mit ihm fertig werden. Dahinter bin ich gekommen! Und das bedeutet, daß man eine Pistole im Gurt haben muß, die nicht versagt. Damit man wenigstens in die Luft schießen kann, um sein Leben zu retten. Wenn nötig, muß man auf die Beine zielen. Der Schuft fällt zu Boden, und man ist gerettet!»

«Sei doch nicht so ängstlich! Soviel Mut hat der tolle Haceli doch gar nicht. Wenn man auf ihn losgeht, ist er ganz klein. Die Flinte in den Arm nehmen und mit seiner Frau mitten im Dorf schlafen, das ist alles, was er kann!»

«Das hat mit Angst nichts zu tun, Mutter! Aber bedenke doch: Zweitausend Ziegel! So viel Geld! Da wird einer erst richtig rasend. Das wäre bei mir auch nicht anders.»

«Ach, schweig doch, Bayram! Wenn er es fertigbrächte, etwas zu unternehmen, dann hätte er es gleich getan, als wir die Grube zugeschüttet hatten. Und wie war es? Er hat sich nicht die Treppe hinaufgetraut, als ich gerufen habe, ‹einen Schritt weiter und ich schlag dir den Schädel ein!› »

Das ist auch etwas ganz anderes, dachte Bayram. Jetzt haben wir ihn bis zum Äußersten gereizt. Da wird auch aus dem Furchtsamsten ein Köroğlu, der gegen den Bey von Bolu aufsteht. Deshalb müssen wir mit allem rechnen ...

«Nun, mir soll's recht sein», grollte Irazca. «Du kannst dich ja im Haus vergraben, mein Sohn. Laß Haceli kommen und an die Tür hämmern. Schließlich wird er umkehren und sich neue Ziegel schneiden lassen. Sein Haus wird dir und deinen Kindern vor der Nase stehen — was braucht das mich zu kümmern. Meine Tage sind gezählt. Wer weiß, ob ich noch vier oder fünf Jahre zu leben habe. Wie du meinst ...»

Haçça kam herein, nahm einen Kienspan und ein brennendes Scheit mit und ging wieder: «Ich mache unten Feuer, dann hole ich Wasser aus Ağalis Brunnen.»

«Sei nicht böse, Mutter», sagte Bayram. «Wir müssen die Sache nun durchstehen. In einem von den Körben muß noch ein großes Messer sein. Sieh mal danach und gib es mir. Ich will es jetzt immer bei mir tragen.»

Die Frau des Muhtar atmete erleichtert auf, als sie Haceli mit einem gefleckten Lamm über der Schulter durch das Hoftor kommen sah.

«Wo bist du denn so lange geblieben, Haceli? Hast du dich auf den Straßen von Karataş verlaufen? Soll das Lamm jetzt vielleicht noch zu Mittag fertig sein? Du lieber Himmel! Allah stehe uns bei und lasse den Kaymakam erst abends kommen!»

Haceli schloß das Tor und setzte seine Beute ab:

«Die Hirten haben seit einer Woche draußen übernachtet, Schwester. Unser schlauer Hacı hat die Herde bis nach Yasyurdu getrieben. Sie ist über den Hang verstreut. Aber es ist ja noch immer früh genug. So zartes Fleisch wird schnell gar. Ich helfe beim Schlachten und Abhäuten.»

Die Frau warf nur einen schnellen Blick auf das Lamm. «Bis heute abend kann ich mich ganz schön abhetzen ...»

«Was macht denn unser Muhtar?» fragte Haceli. «Ist er oben?»

«Ja, der hohe Besuch macht ihm eine Menge Sorgen. Er läßt einen nach dem anderen zu sich rufen. Jetzt beratschlagt er mit Kosa.»

«So? Da will ich doch gleich mal sehen, was es gibt. Ich muß ja auch Bescheid sagen, daß ich das Lamm gebracht habe. Wo steckt denn der Wächter? Er könnte ihm inzwischen schon den Hals durchschneiden . . .»

«Der istwieder unterwegs. Irgendein Botengang . . .»

«Dann will ich es tun. Wir dürfen keine Zeit verlieren. Ist ein scharfes Messer da?»

«Frag ihn danach. Er hat den Wächter danach geschickt, als du weg warst. Es muß oben sein. Dann machst du das gleich, Haceli, ja?»

«Ich habe ja auch etwas Dringendes zu tun, aber dies geht natürlich vor. Eigentlich wollte ich mich rasieren lassen. Na ja, wenn es ans Abhäuten geht, wird der Wächter zurück sein.»

«Also geh schon, Haceli. Ich bin dir wirklich sehr dankbar. Du kannst dich nachher ja immer noch rasieren lassen. (Als ob der Schurke seine Hochzeitsnacht vor sich hätte, dachte sie.) Was ist das denn, so ein Lämmchen zu schlachten und abzuhäuten? Beeil dich, mein Löwe!»

Haceli hastete die Treppe hinauf. Der Muhtar saß mit Kosa zusammen.

«Aleyküm selâm!» erwiderten die beiden seinen Gruß.

«Du, ich habe das Lamm, komm und schau es dir mal an!»

«Gut, gut», sagte der Muhtar. «Was gibt es da noch anzuschauen? Ich habe dir ja gesagt, wie du es machen sollst. Der Hirte hat es dir gezeigt, du hast es gepackt und hergebracht — na und?»

«Aber was mich das für eine Anstrengung gekostet hat! Halb totgesucht habe ich mich . . . Hacı war bis nach Yasyurdu gezogen . . .»

«Er hat sofort das richtige herausgefunden, wie?»

«Natürlich. Der Mann hat ja eine lange Erfahrung.»

«Na, und ist wenigstens etwas dran?»

«Ganz schön schwer ist es, mein Lieber. Rundgefüttert. So ein geflecktes, genau das richtige Lamm zum Verspeisen.»

«Recht so, Mann! Ich habe den Wächter vorhin zum ersten Ratsmitglied geschickt. Hier ist ein Messer, schneide dem Vieh gleich den Hals ab. Du kannst das doch, ja?»

«Das Messer wollte ich gerade holen. Eigentlich wollte ich zum Rasieren gehen, aber dies ist wichtiger.»

«Das kannst du später erledigen. Du siehst ja, ich bin auch noch nicht rasiert. Vor vier Tagen habe ich mir den Bart scheren lassen, aber es ist wohl noch einmal nötig. Laß dich nachher nur schön sauberkratzen. Dem Kaymakam tritt man nicht mit einem Bart wie ein Futtersack vor die Augen. Sonst komme ich in Verlegenheit, wenn er fragt: ‹Ist das das Ratsmitglied, das den Bauplatz im Dorfinnern gekauft hat?› Also, nichts wie ab mit dem Messer!»

Haceli nahm das Messer.

«Hör mal, du mußt nicht denken, ich hätte Heimlichkeiten mit Kosa und wir wollten dich loswerden. Ich lasse gerade das erste Ratsmitglied holen, damit er zuhört. Du sollst auch Bescheid wissen. Ich gebe dem Kosa hier auch einen Bauplatz im Dorf. Wir brauchen noch Geld für das Denkmal. Natürlich muß Kosa mehr bezahlen, weil er nicht im Gemeinderat ist.»

Haceli überlegte.

«Darüber nachdenken kannst du später», sagte der Muhtar. «Nimm das Messer, erledige erst die Arbeit.»

Haceli ging.

«Kosa, Bruder», fuhr der Muhtar fort, «während meiner Amtszeit werde ich vor jedem Haus einen Bauplatz verkaufen. Da mögen die Leute reden, was sie wollen. Natürlich wird der Dorfplatz dann ein wenig kleiner, na und? Wollen die Bauern von Karataş etwa Pferderennen veranstalten? Wenn immer mehr neue Häuser mitten im Dorf entstehen, dann gereicht das Karataş zur Ehre. Außerdem brauchen wir Geld. Höre nicht auf die

Leute, Kosa. Die wollen bei der Umlage nichts geben, aber sie wollen auch nicht, daß ein Haus vor ein anderes gebaut wird. Das ganze Jahr über bringen sie lächerliche acht Lira pro Haushalt auf. Kann man damit eine Gemeindeverwaltung in Gang halten? Wir haben eine Menge Unkosten, also müssen wir auch etwas einnehmen. Und die Nachbarn kommen zu schönen Häusern, statt der alten Löcher. Ist das nicht gut? Das will ich dem Herrn Kaymakam klarmachen. Wer einen Bauplatz braucht, kann sofort einen kaufen. Ich für mein Teil verzichte. Ich will nicht, daß man hinter mir herredet: ‹Ja, der Muhtar, der kann es sich erlauben, mitten ins Dorf hineinzubauen.› Alles, was ich für mich selbst will, ist Platz für einen Laden. Den werde ich mir im Grundbuch sichern lassen. Wenn ich irgendwann einmal Lust dazu habe, dann lasse ich einen Laden bauen und setze meinen Sohn hinein. Ich schaffe ein paar Sack Ware bei und lasse ihn verkaufen. Und der Tabakverkauf kommt dazu, den werde ich nämlich dem Feldwebel Salih wegnehmen. Der macht ja jetzt auch ganz gute Geschäfte, am Ende wird er uns sonst noch übermütig. Wenn man als Muhtar gut fahren will, dann muß man, den, der vorne ist, auf die Nase hauen und den, der zurückbleibt, in den Hintern treten. So bringt man sie auf das gleiche Tempo. Wenn man das nicht fertig kriegt, dann kann man gleich das Amtssiegel aus der Hand legen. Die Regierung macht es genauso und sorgt dadurch für Zucht und Ordnung. Aber ich wollte ja etwas ganz anderes sagen. Wie ist es nun mit dem Platz, den ich dir angeboten habe — ist er dir recht?»

Kosa empfand längst Verdruß über die langatmigen Reden des Dorfältesten. Er machte eine gleichgültige Miene:

«Nun ja . . . Weißt du, ich brauche jetzt eigentlich keinen Bauplatz. Aber ich will dir trotzdem so viel geben, wie du verlangst. Du brauchst Geld für die Gemeindekasse und dieses Denkmal — also gut, du gibst mir eine Quittung und zeigst mir ein Stück vom Weideland. Das bepflanze ich dann, bis ich das Geld zurückhabe. Damit kannst du mir einen Gefallen tun, und das war ja wohl deine Absicht.»

«Ah, ich verstehe, was du willst. Du willst also Weideland kaufen ...»

«Wieso denn das? Ich gebe dir ein Darlehen, du gibst mir dafür eine Quittung. Bis das Geld zurückgezahlt ist, bepflanze ich ein Stück Weideland. Gibt es ein Darlehen für nichts? Wer weiß, wann ihr mit das Geld zurückgebt?»

«Halt mal», sagte der Muhtar. «Die Gemeindekasse kann Geld gegen Quittung von dir einnehmen, aber wie soll sie es dir zurückgeben? Was einmal in der Kasse ist, das kann nicht mehr zurückgegeben werden. Wo soll es denn herkommen? Unterhält die Kasse vielleicht eine Karawane? Sprich nicht so aus dem Wörterbuch mit mir, Kosa. Sprich gerade heraus, Bruder. Sag, daß du keinen Bauplatz im Dorf willst, sondern ein Feld vom Weideland. Dann will ich dir klipp und klar die Antwort geben: Das geht nicht, Kosa. Die Nachbarn wollen nicht, daß Weideland verkauft wird. Beim Weideland hat jeder mitzureden, und im Nu geht das Geschrei los. Im Dorf ist das anders. Wenn ich da einen Platz verkaufe, dann schreien nur die, die dort ihr Haus haben. Die bringt man leicht zum Schweigen. Da ist jetzt dieser Kara Bayram, Irazcas Sohn. Wir haben dem Haceli einen Platz vor seinem Haus gegeben, und jetzt stellt er sich an wie närrisch. Schüttet dem Haceli die frisch ausgehobene Grube zu und lügt noch, seine Mutter hätte es getan. Ich war ganz schön aufgebracht. Ich ließ ihn mir kommen. Eigentlich wollte ich ihm ein paar Maulschellen verpassen, aber ich habe Großmut bewiesen, ihm ins Gewissen geredet und ihn laufen lassen.»

«Ich habe davon gehört», sagte Kosa. «Aber mit dieser Sache ist keiner einverstanden, Bruder. Sie murren alle, nicht nur die, deren Häuser mitten im Dorf stehen. Wo sollen die Jungtiere zusammengetrieben werden, Muhtar? Der Dorfplatz wird einfach zu klein.»

«Ach, dieses rückständige Volk! Die Rinder mitten im Dorf zusammentreiben! Das ist gegen das Gesetz, außerdem ist es sittenwidrig. Und wo bleibt da der Fortschritt? Ganz abgesehen von der Religion. Ist das eine Art, die Rinder an der Schwelle der Moschee zusammenzutreiben? Das Viehzeug scheißt alles voll und daneben verrichtet man sein Gebet. Das wollen Muslime sein? Eine Schande ist das! Es ist unsere Pflicht, damit aufzuräumen, Freund. Gib mir nur eine klare Antwort: Willst du den Bauplatz für fünfhundert Scheine kaufen oder nicht?»

«Ich will ihn nicht», sagte Kosa.

«Du willst ihn also nicht?»

«Nein.»

«Dann steh auf, Bruder. Unsere Besprechung ist beendet. Ich habe dir auch noch einen besonderen Preis gemacht, obwohl du nicht im Gemeinderat bist. Du mußt das zu schätzen wissen. Also dann alles Gute. Auf Wiedersehen, mein Löwe . . .»

Kosa erhob sich: «Eyvallah», sagte er.

«Hör mal, Kosa: Wenn der Kaymakam hier ist, rechne ich wieder auf dich. Immerhin gehörst du zu den Honoratioren. Es wird eine große Sache, mit Raki und allem. Du sollst auch ein paar Worte im Namen aller an den Kaymakam richten . . .»

«Danke», sagte Kosa. «Ich will zusehen, daß ich dabeisein kann. Falls es nicht geht, dann schick mir Bescheid, wenn noch irgend etwas nötig ist. Wie viele Leute kommen denn? Fehlt es vielleicht noch an Betten?»

«Betten haben wir. Sollten sie in Scharen anrücken, dann lasse ich dir Nachricht geben. Ich bin dir dankbar, Kosa, nur wäre es mir ganz lieb gewesen, wenn du einen Bauplatz gekauft hättest. Dein Sträuben hat mir gar nicht gefallen . . .»

«Mach dir nichts draus», sagte Kosa. «Du verkaufst den Platz eben einem anderen.»

«Die Leute haben kein Geld, Kosa, überleg es dir nochmal . . .»

«Ich habe überlegt, Muhtar. Mein Entschluß ist gefaßt, ich kann ihn nicht kaufen. Also dann, Eyvallah . . .»

«Mach's gut, Kosa!» (Zum Teufel mit dir), dachte der Muhtar. Er ging mit Kosa hinunter in den Hof. Haceli war mit aufgekrempelten Ärmeln bei der Arbeit. Er hatte das Lamm schon abgehäutet. Das weißrosa Fleisch sah verlockend aus. Ein schönes

Lamm, dachte der Muhtar. Und dazu noch Raki ... Da konnte der Osman, der Kerl vom Einwohnerregister, wieder schwelgen, dank dem Kaymakam!

«Na, ist es ordentlich fett?» rief er. «Maşallah, du hast aber gute Arbeit geleistet!»

Haceli hängte das abgezogene Lammfell an den Brustbeerenbaum. Dann machte er sich ans Ausweiden. Er arbeitete mit schnellen Bewegungen, doppelt angetrieben von den Reden der Frau des Muhtar und von seiner Absicht, zum Rasieren zu gehen, um vor dem Kaymakam und vor Fatma bestehen zu können.

«Nun, bist du mit Kosa zurechtgekommen?» fragte er beiseite.

«Keine Spur! Der hat eine Tonne Eis im Kopf. Er will nicht. Ein Stück von der Weide verlangt die Kanaille! Das Stück, das er ohnehin schon bepflanzt, genügt ihm anscheinend nicht!»

Der Wächter kam zurück.

«Ich habe das erste Ratsmitglied nicht angetroffen», meldete er. «Er hat sagen lassen, er sei zur Mühle gegangen. Bis der Kaymakam da ist, will er zurück sein.»

Der Muhtar wetterte: «Zur Hölle mit dem Drecksack! Ich kann mich hier für die Dorfangelegenheiten abstrapazieren und der Herr geruht zur Mühle zu gehen! Aber ich brauche ihn nicht. Als ob ich nicht wüßte, daß mit dem Kerl nichts zu bestellen ist! Warte, Mustafa! Laß den Schreiber kommen. Da machen wir kurzen Prozeß. Gleich ein Protokoll: ‹Das erste Ratsmitglied hat seinen Rücktritt erklärt.› Ich werde dem Schurken helfen, an dem Tag, an dem der Kaymakam kommt, zur Mühle zu gehen! Heute ist ein Tag der Pflicht, da geht man nicht zur Mühle! Meinetwegen mag man zwölf Monate auf der faulen Haut liegen, aber an einem solchen Tag heißt es bereit sein. Schau den Haceli an! Der Mann baut, läßt Steine brechen und Ziegel schneiden, und doch tut er seine Pflicht. Man ruft ihn, und schon ist er da und krempelt die Ärmel hoch. Schließlich ist es Dienst am Vaterland, wenn man sich rüstet, den Kaymakam zu empfangen. Der Kaymakam vertritt den Präsidenten der Republik. Der Präsident vertritt das Volk. Was wir hier tun, ist also Dienst an unserem Volk ... Vergiß es nicht, Mustafa: Der Kaymakam ist ein großer Mann. Nach ihm kommt der Gendarmen-Korporal, auch der ist ein großer Mann. Nach dem Korporal kommt der Muhtar. Wann werden diese Schurken das begreifen?»

Er ging in die gute Stube und fuhr fort, sich im Dienst am Volk zu strapazieren.

Blinde Wut

Als Haceli nach getaner «Pflicht» vom Haus des Muhtar zurückkam, war es spät am Vormittag. Die Rinder waren längst auf die Weiden getrieben. Das Vieh, das allmorgendlich im Dorfmittelpunkt versammelt wurde, hatte hier und da den Rand des Bauplatzes zertrampelt. Die Betten hatten zum Glück keinen Schaden gelitten, aber es sah aus, als seien sie von ihrem Platz fortgezerrt worden. «Wenn man die so daliegen sieht! Was für eine Schlampe von Weib!» murmelte Haceli vor sich hin. Er packte das Bettzeug zusammen, lud es sich auf die Schulter und stapfte auf sein Haus im Unterdorf zu. Nun ja, die Frau hatte zu Hause eine Menge zu tun. Sie hatte sich sofort an den Backtrog gesetzt. Wenn sie nur flinker bei der Arbeit wäre . . .

Bei Feldwebel Salihs Ecke kam ihm Selimoğlus Frau entgegen. Sie war barfuß. Die armen Leute konnten sich keine Sandalen leisten. Wenn alle Sandalen tragen wollten, dann würde am Ende das Leder nicht mehr ausreichen, dachte Haceli. Also war es ganz in der Ordnung, daß ein Teil der Menschheit barfuß ging . . .

Selimoğlus Frau warf Heceli einen seltsamen Blick zu. Machte sie sich über ihn lustig, weil er das Bettzeug auf dem Rücken trug? (Gibt es da etwas zu spotten, du verkommenes Weib eines nackten Hundes? Zum Teufel, sie glotzt immer noch! Gaffe nur, du, ich habe meinen Boden bewacht! Ich habe mitten im Dorf geschlafen!) Die Frau blieb stehen.

«Haceli, Aga . . .»

«Was ist denn? Hast du mir etwas zu sagen?»

«Ja, Haceli Aga, aber ich weiß nicht . . .»

«Los, rede schon!»

«Aber du darfst nicht böse werden . . . Sag mal, Haceli Aga, waren das deine Ziegel da in der Ziegelgrube?»

Bei dem Wort «waren» fuhr Haceli zusammen.

«Nun sag doch, was ist mit den Ziegeln?»

«Sie haben die Ziegel zertrümmert, Aga! Geh und sieh selbst, aber sei nicht böse, daß ich es dir gesagt habe. Ich war gerade bei den Verwandten und habe es auf dem Rückweg gesehen. Kleingehackt sind sie, wie Mehl, Aga . . .»

Haceli geriet außer sich. Er warf die Betten, die Kissen und den bunten Teppich auf die Straße und rannte zur Ziegelgrube. Selimoğlus Frau raffte das Bettzeug zusammen, hob die Flinte auf und schleppte alles zu Hacelis Haus.

Im Laufen sandte Haceli Stoßgebete gen Himmel, es möge nicht so schlimm sein, wie ihm ahnte. Wenn wenigstens der größere Teil der Ziegel unversehrt wäre! Im nächsten Augenblick wollte er sich auch mit der Hälfte zufriedengeben. Aber nein, auch das war viel zu viel, all die Arbeit, der vergossene Schweiß, das Geld! Hatte er das Geld von der Straße aufgelesen? Nun war das Maß übervoll. Eine solche Gemeinheit war nicht auszudenken. Schlimmer als die Moskowiter! War das etwas anderes, als einem die Ernte in Brand zu stecken? Aber warte nur, Kara Bayram, jetzt wird abgerechnet!

Die Knie zitterten ihm. Alles war, wie er befürchtet hatte. Alle seine Ziegel, wie sie da auf einer großen Fläche zum Trocknen ausgebreitet gelegen hatten, waren kurz und klein. Sie hatten ganze Arbeit geleistet. Wer auch nur einen Funken Menschlichkeit im Leibe hatte, würde so etwas nicht über sich bringen, selbst wenn man ihm Geld dafür gäbe! Dieser lumpige Kara Bayram, von dem jedermann wußte, daß er mit Frau, Mutter, Kindern und Vieh in einem Raum hauste, er war ein Kommunist, ein Feind der Menschheit! So einer durfte nicht am Leben bleiben! Ein kleiner Wink an die Obrigkeit hätte längst genügt, um ihn zu erledigen. Aber man war zu dumm gewesen. Hätte man nicht längst zur Gendarmerie gehen können und zum Korporal sagen: «Herr Kommandant, wir alle sind mehr oder weniger gute Muslime, aber unter uns lebt einer, der die guten Sitten mit Füßen tritt. Dieser Schamlose schläft mit seiner Mutter und seiner Frau in einem Raum. Er schläft mit seiner Mutter zusammen — wenn das nicht Kommunismus ist, Herr Kommandant!» Das hätte genügt, um den vertierten Bastard an den Galgen zu bringen, und wenn er den Propheten zum Onkel hätte! Aber man hatte keine Meldung gemacht, aus Sorge um den guten Namen des Dorfes. Es war ein unverzeihlicher Fehler gewesen . . .!

Haceli stand zwischen den Ziegeltrümmern und dachte an das große Haus, das er mitten im Dorf hatte bauen wollen, mit einem gewaltigen Ochsenschädel an der Front, mit der prangenden Inschrift «Maşallah»; er dachte an die geschnitzten Schränke aus gutem Holz, von denen er geträumt hatte . . . All die Mühe war nun umsonst aufgewandt, aller Schweiß umsonst vergossen . . .

Fluchend, brüllend vor Wut und Verzweiflung, rannte er zurück ins Dorf. Er hob ein paar große Steine auf und lief weiter, ohne auf den Weg oder die Menschen zu achten, ohne zu bemerken, daß ihm einige folgten, die Schlimmes befürchteten, als sie sein fahles Gesicht mit den blutunterlaufenen Augen, den Schaum vor seinem Mund sahen.

Er rannte geradewegs zu Kara Bayrams Hof, warf das Lattentor mit einem Fußtritt um. Irazca hatte das Kalb an die Sonne gezogen, um es von Läusen und Zecken zu befreien. Auf der anderen Seite des Hofes dampfte der Wasserkessel. Haçça stand vor dem Waschtrog. Haceli raste unter wilden Flüchen heran. Der erste Stein schlug gegen den Kessel. Der zweite traf Haçça mit voller Wucht am Leib. Mit einem Aufschrei brach sie zusammen. Noch ein Stein, noch einer . . . Als er keine Steine mehr hatte, begann Haceli die junge Frau mit Faustschlägen und Fußtritten zu bearbeiten.

Als Irazca endlich begriff, was vorging, brüllte sie aus vollem Halse: «Zu Hilfe! Zu Hilfe! Faß, Toman, faß!» Dann lief sie auf Haceli zu, packte ihn am Kragen. Haceli schleuderte sie einige Schritte von sich. Taumelnd schrie sie: «Ihr seid Zeugen, Nachbarn . . .! Zu Hilfe, Nachbarn! Mord am hellichten Tag! Bayram, wo bleibst du denn? Zu Hilfe!»

Der Hund biß Haceli ins Schienbein. Endlich erschein Bayram, einen Eichenknüppel in der Hand. Haceli mußte Haçça loslassen und sich mit Fußtritten und Faustschlägen des Hundes erwehren. Irazca stürzte sich von neuem auf ihn, zerriß ihm den Kragen und zerkratzte ihm das Gesicht: «Du hast meine Schwiegertochter getötet, meine Haçça ...» Bayram ging mit dem Knüppel auf Haceli los, schlug blind auf ihn ein. Irazca warf sich schreiend über die leblose Haçça: «Schlag ihn tot, schlag ihn tot, den Mörder! Er hat meine Schwiegertochter umgebracht! Schlag ihn tot!»

Nachbarsfrauen eilten herbei, bemühten sich, Bayram festzuhalten, stießen den Hund beiseite und hoben Haceli vom Boden auf. Sie mußten ihn stützen. Sein Gesicht war verquollen, blau angelaufen. Er fluchte noch immer.

Haçça lag vor dem Waschtrog, wimmernd vor Schmerz. Irazca raste. Haceli stieß seine monotonen Verwünschungen aus. Bayram, den drei Frauen mit Mühe festhielten, ächzte: «Laßt mich los ...»

Haçça wimmerte: «Mein Leib, Mütterchen, mein Leib! Es zerreißt mich! Hilf mir, so hilf mir doch ...!»

Sie schafften Haceli vom Hof. Er war nicht mehr in der Verfassung, bis ins Unterdorf zu gehen; so trugen sie ihn in Feldwebel Salihs Haus.

Einige Frauen versammelten sich um Haçça, hoben sie auf, brachten sie nach oben. Der Lärm im Dorf hielt noch eine Weile an; überall bellten die Hunde. Die Menschen riefen laut einander zu, was sich ereignet hatte. Bald stand eine aufgeregte Menge vor Kara Bayrams Haus.

Irazca, der bei all dem Tumult nicht ein Haar gekrümmt worden war, schleuderte nun aus vollem Hals einen Hagel von Verwünschungen gegen den Tollen Haceli, seine Vorfahren und seine Nachkommen.

Eine kräftige Abreibung

Der Muhtar hatte Haceli sofort rufen lassen, um sich Aufklärung über den «Zusammenstoß» zu verschaffen. Haceli konnte sich noch immer kaum auf den Beinen halten. Mit seinem von Bayrams Eichenknüppel blau verschwollenen Gesicht jammerte er: «Meine Ziegel sind hin! Sie haben sie in der Nacht zertrümmert, während wir auf der Baustelle schliefen! Haben wir denn so etwas Schlechtes getan, Muhtar? Wir wollten uns doch nur aus dem Dreck befreien, aus dem Unterdorf herauskommen . . .»

Mustafa, der Gemeindewächter, hatte den Kampf schon lange kommen sehen. Er hatte sogar mit Schlimmerem gerechnet. Auf dem Dorf war alles möglich. Auf der einen Seite stand Bayram, auf der anderen Haceli. Der Muhtar begünstigte Haceli. Zwar hatte dieser im Unterdorf das Wasser im Haus, aber vor Bayrams Haus würde sich eine dunkle Wand auftürmen und ihm Licht und Luft wegnehmen. Haceli wachte jeden Morgen so benommen auf, als hätte man ihm mit eisernen Hämmern auf den Kopf geschlagen. Bayrams Mutter zeterte: «Dieser Gottlose aus dem Unterdorf bringt mich noch vor der Zeit ins Grab!» Haceli — Bayram, Bayram — Haceli, Bayram — Muhtar, Haceli . . .

«Was macht das Lamm?» fragte der Muhtar.

«Es kocht, Efendim», antwortete Mustafa.

Haceli schlich in der Ecke herum. Der Muhtar und das von der Mühle zurückgekehrte erste Ratsmitglied standen vor ihm. Mustafa hatte stramm-militärische Haltung angenommen.

«Jawohl, Efendim, das Lamm kocht jetzt.»

«Ist der Kerl mit dem Raki noch nicht zurück?»

«Noch nicht, Efendim. Aber er wird sicher bald kommen, seien Sie unbesorgt . . .»

(Nun schau einer den stumpfsinnigen Kerl an), dachte der Muhtar. (Pflanzt sich da auf, als wäre er der Posten vor der Gendarmeriestation! Oder der Amtsdiener bei unserem Herrn Kaymakam . . .!) «Hör zu, Mustafa, ich gebe dir einen Befehl. Die

Gäste kommen bald. Es bleiben höchstens noch zwei Stunden. Stelle einen Späher nach Çildede. Sobald Reiter in der Ebene auftauchen, soll er ein Zeichen geben. Dann rufst du mir Asimes Halil und Irazcas Kara Bayram. Gib gut darauf acht, daß Bayram fünf Minuten nach Halil kommt. Das heißt also, du mußt Halil zuerst rufen. Und das Ganze muß schnell gehen. Ist alles klar, mein Löwe! Halt, erst wiederholst du meine Befehle!»

Mustafa machte eine schneidige Kehrtwendung wie auf dem Exerzierplatz:

«Zu Befehl, Efendim!» (Aufgeblasener Wichtigtuer, Zuhälter!) «Zuerst einen Mann nach Çildede. Dann Asimes Halil. Fünf Minuten danach Irazcas Kara Bayram . . .» (Wieder ist der arme Bayram dran . . . Wie lange wird dieser Schurke dem verrückten Haceli noch hinten hineinkriechen . . .?)

«Jetzt müßte man mal so richtig auspacken können», sagte Bayram. «Jetzt fehlt nur eine anständige Polizei, dann könnte man denen etwas erzählen: Ein Haus wird überfallen, eine Frau wird zusammengeschlagen und der, dem das alles gilt, wird zum Muhtar gerufen und ist am Ende noch selbst schuld. Mutter! Ich weiß es ganz genau: dieser Schurke hat sich sofort auf Hacelis Seite geschlagen!»

«Laß ihn doch!» antwortete Irazca. «Jedenfalls mußt du hin und sehen, was er will. Wenn du nicht hingehst, können sie alles auf dich schieben . . .»

«Diesmal kann ich mich auf allerhand gefaßt machen, Mutter. Er wird toben. ‹Haben wir dich nicht gewarnt? Und jetzt unterstehst du dich, dem Haceli die Ziegel zu zerschlagen und ihn obendrein noch zu verprügeln? Die Ziegel mußt du ihm bezahlen!› wird er sagen . . .»

«Na schön, geh nur und gib ihm die richtige Antwort. Sag: ‹Er hat kein Recht, vor meinem Haus zu bauen.› Sag: ‹Er soll verschwinden, meinetwegen zur Hölle!› »

Haçça hatte sich mühsam wieder erhoben. Sie saß wieder vor dem Waschtrog, kraftlos, benommen und völlig verstört. Was hatte sie Haceli getan, daß er sie mit Füßen getreten hatte, wie es nur Pferde und Maultiere taten? Wäre Bayram so über Fatma hergefallen, wenn man ihnen die Ziegel zertrümmert hätte? Bayram würde nie die Hand gegen eine Frau erheben. Ein einziges Mal nur hatte er das getan, aber das war bei seiner eigenen Frau gewesen. Ihr ganzer Körper schmerzte. Ein messerscharfer Schmerz riß vom Leib bis zum Herzen durch sie hindurch. Sie spürte Übelkeit und Stiche im Kopf...

«Ist das wirklich so, Mutter?» sagte Bayram. «Nicht wir gehen hin und bringen unsere Klage vor — der Tolle Haceli klagt uns an und läßt uns zum Muhtar rufen? Was für eine verrückte Welt! Wie sagt meine Tante? Der Karren schreit an Stelle des Ochsen. Aber wart nur, Mutter, bald kommt ja der Kaymakam...»

«Ja», sagte Irazca. «Er trinkt Raki und Wein, ißt des Muhtars Essen, schläft in seinem Bett, da hast du deinen Kaymakam!»

«Man muß ihn sprechen, bevor er beim Muhtar abgestiegen ist, Mutter. Ihm alles vorher sagen. Wenn er auch nur einen Funken Menschlichkeit im Herzen hat, dann muß er Recht von Unrecht unterscheiden können!»

«Geh du erst mal zum Muhtar und wiederhole deine Klage. Danach sprechen wir mit dem Kaymakam. Laß den Wächter nicht noch länger warten...»

Bayram stand widerwillig auf. Eine innere Stimme warnte ihn. Er warf einen Blick auf Haçça, sah ihre mühsamen, kraftlosen Bewegungen vor dem Waschtrog. In diesem Augenblick wäre es ihm leicht gefallen, Haceli zu töten.

«Wohin gehst du?» fragte Haçça. «Zum Muhtar?»

«Ja. Quäl dich doch nicht so. Hör auf, wenn du Schmerzen hast. Laß Mutter den Rest machen.»

Haçças Gesicht war schmerzverzerrt: «Mein Leib tut mir so weh! Das ist ein Schmerz, als wäre mittendrin etwas entzweigerissen, zum Herzen hin... Und so übel ist mir...»

«Geh sofort hinauf!» Er rief laut nach seiner Mutter. Irazca schrak zusammen: «Um Gottes willen, was ist denn?»

«Komm herunter und mach die Wäsche weiter. Ihr geht es nicht gut, sie soll sich hinlegen . . .»

So etwas war Irazca nicht gewohnt. Seit wann hatte man ihr zu sagen ‹mach die Wäsche›? Sie wußte selbst, was sie zu tun hatte. «Sieh du nur zu, daß du endlich fortkommst, und schwätze nicht hier herum! Ich will bald wissen, was es dort gibt. Ja, ich komme ja schon.» (So ein Weiberknecht!)

Bayram ging.

Irazca setzte sich vor den Waschtrog. Haçça ging taumelnd auf die Treppe zu. Es wurde ihr schwarz vor den Augen; dabei spürte sie, daß ihr etwas Warmes die Beine hinunterrann. Sie griff an ihren Unterleib, die Hand war blutig. Hacelis Stein! Sie klammerte sich an das Treppengeländer. Ihre Kraft schwand mehr und mehr.

«Wird dir schlecht, Schwiegertochter?» rief Irazca.

Haçça sah eine Wolke im Himmel, die nach Osten schwebte. Die Dachbalken rückten immer ferner. Das Treppengeländer entglitt ihren Händen, als sei es eingeölt. Ein dünner Teigroller tastete sich wie ein Spieß durch die Luft. Die Räuber gerbten Hacelis Fell. Ein junger Mann mit bis zu den Füßen reichendem Bart trug eine Schale, aus der er Leidenden Heilung spendete, ein bunter Riesenvogel sammelte Krokusblumen, Scharen von Kälbern, wie Flöhe vor dem Hirten ausgeschwärmt, rannten vor den Bremsen davon. Auf einem hohen Berg, am Fuße einer gewaltigen Tanne, war die Winterfrau zu erkennen, weißschimmend und durchsichtig. Neben ihr floß ein lauwarmer Bach. Aber Bayram war nicht da. Bayram war verlorengegangen. Auch Haçça hatte sich verloren. In ihrem Kopf drehte sich die ganze Welt, Himmel und Erde . . .

«Schwiegertochter! Ist dir schlecht, Mädel?»

Haçça stürzte zu Boden, wie ein armer, in der Luft getroffener Vogel. Ihr Kopftuch hatte sich geöffnet, das lange, lockige Haar hing herunter. Leblos, die Kiefer schraubstockfest aneinandergepreßt, lag sie da.

Irazca packte die Angst. Ratlos lief sie hin und her: «Was wird nun aus uns? Bayram . . .! Bayraam!»

Bayram war fort und konnte nicht antworten. «Schwiegertochter, Mädel!»

Haçça gab kein Lebenszeichen von sich.

Irazca warf sich über sie, bedeckte ihr Gesicht, ihre Augen mit Küssen:

«Meine Haçça, meine schöne Schwiegertochter, meine gelbe Blume! Mein Gott, mein Gott . . .!»

Sie liebte Haçça über alles und sie wußte, was sie an ihr hatte. Sie sagte ihrer Schwiegermutter nie ein böses Wort, sie war nie aufsässig gegen ihren Mann, sie schlug die Kinder nie. Sie zeigte nie eine verdrossene Miene. Sie ging der Arbeit nicht aus dem Weg, mochte sie noch so schwer sein. Sie kämpfte, um ihr Haus musterhaft in Ordnung zu halten. Während Bayrams langen Militärjahren hatte sie gepflügt und gesät. Wenn sie vom Feld zurück war, wurde es ihr nicht zuviel, das Kind zu stillen und sich dann um die andere Arbeit zu kümmern. Mußte man eine solche Schwiegertochter nicht liebhaben, mußte man nicht um sie bangen? Eine eiserne Faust krampfte sich um Irazcas Herz. Ihre Augen brannten, als habe man ihr Pfeffer hineingestreut. «Haçça, meine Haçça!» schluchzte sie verzweifelt. Haçça rührte sich nicht. Irazca preßte das Ohr an ihr Herz, aber in ihr tobte ein solcher Aufruhr, daß sie nichts hören konnte.

«Allah, gleich bin ich selbst am Ende meiner Kräfte», stöhnte sie. «Gib mir Kraft, Allah, um unserer Mutter Fatma willen.»

Sie faßte Haçça an der Schulter, zog sie unter die Treppe. Dabei bemerkte sie die frischen Flecken an den Beinkleidern der Ohnmächtigen.

«Um Himmels willen! Das ist ja Blut!» rief sie aus. Die Entdeckung ließ sie vollends den Verstand verlieren.

Haçça begann leise zu ächzen. Ihre Stimme klang, als käme sie aus der Tiefe einer Höhle. Wie der unterdrückte Schrei einer Gazelle im Todeskampf . . .

«Sie hat ihr Kind verloren, ihr Kind! Nachbarn, Nachbarn ...! Ach, was hilft es, nach den Nachbarn zu rufen? Könnte ich sie nur wieder zu sich bringen! Schwiegertochter! Haçça ...!»

Plötzlich vermochte sie wieder klar zu denken. Sie faßte Haçças Schultern und schüttelte sie vorsichtig. Sie ließ ihre verkrampften Kiefer sich lockern. Dabei schaukelte ihr Kopf hin und her wie der einer Puppe. Sie schob ihre Augenlider hoch. Nur das Weiße der Augäpfel war zu sehen, die Pupillen waren verschwunden.

«Mögen deine Feinde das Augenlicht verlieren, mein armes, tapferes Mädchen! Mögen ihnen alle Knochen im Leibe zerbrochen werden! Komm, wach doch auf, mein Töchterchen. Komm doch zu dir, meine gelbe Blume ...»

Das große Tor des Muhtar war von Hunden und Katzen umlagert. Der üppige Fleischduft hatte sie herbeigelockt. Sie starrten erwartungsvoll auf das Tor und bellten, miauten und fauchten einander an.

Bayram mußte sich seinen Weg durch die Ansammlung hungriger Tiere bahnen. Im Hof stand die Frau des Muhtar zwischen Töpfen und Pfannen, umschwebt von Fettdunst und angenehmen Bratengerüchen.

(Der Schurke will den Kaymakam einwickeln), dachte Bayram. (Wer das Brot des Ungläubigen ißt, der wird auch das Schwert des Ungläubigen schwingen!)

«Ist der Muhtar oben, Base?» fragte er die Frau.

Sie hob den Kopf aus dem Dunst: «Ach, du bist es, Bayram? Was hast du denn mit dem Tollen Haceli gemacht? Der ist ja zu Hackfleisch geworden! So arg prügelt man aber doch keinen! Oder willst du den verrückten Stinker unter die Erde bringen und die Fatma nehmen?»

«Auf den Gedanken bin ich noch nicht gekommen», sagte Bayram.

«So, so, noch nicht? Aber was nicht ist, kann noch werden, wie? Recht so, Junge! Die hübsche Fatma hätte viel besser zu dir gepaßt als zu dem rappelköpfigen Maulhelden. Also dann, der Muhtar ist oben.» (Mein guter Bayram, du weißt nicht, was dir diesmal blüht. Der Muhtar ist oben, aber Asimes Halil auch. Und Cemal . . .) «Sie besprechen gerade etwas. Geh nur hinein . . .»

Bayram trat mit dem rechten Fuß zuerst ein. Das hatte er sich von Kind auf so angewöhnt. Auch in die Moschee trat er mit dem rechten Fuß zuerst. Nach dem ersten Schritt hinein wollte er zurückweichen, denn es war niemand im Zimmer. Er kam nicht mehr dazu. Eine Hand packte ihn von hinten wie eine eiserne Zange am Nacken. Ein Fußtritt ließ ihn taumeln. Bevor er eine Bewegung machen konnte, waren seine Arme von einem brutalen Griff umklammert. Er wußte noch immer nicht, wem er in die Hände gefallen war. Die Faust in seinem Nacken drückte ihn mit unwiderstehlicher Gewalt nach unten, bis sein Kopf auf dem Teppich lag, dann ließ sie seinen Kopf auf den Boden aufschlagen. Bayram versuchte seine Nase und sein Kinn zu schützen, indem er den Kopf zur Brust hin einzog. Nun wurde seine Stirn gegen den Boden gestoßen.

Sie bogen ihm die Arme auf den Rücken. Die Füße auf dem Boden trugen Dörflersandalen aus Stücken von alten Autoreifen. (Bayram, nun bist du in der Falle, mein Löwe), sagte er sich. Es waren zwei Männer. Einer hielt seine Arme fest, der andere kniete sich jetzt auf seinen Rücken. Die Faust löste sich von seinem Nacken. Vergeblich versuchte er den Kopf zu drehen und den über ihm Stehenden zu erkennen. Das Knie drückte schwer auf ihn. Sie banden ihm ein schwarzes Tuch über die Augen, fesselten ihm die Hände auf dem Rücken. (Was wird nun mit mir geschehen? Werden sie mich verprügeln? Die Hurensöhne werden mich nicht zum Schreien bringen. Ein Mann schreit nicht. Aber wer sind sie? Der Wächter Mustafa? Der nicht. Der Muhtar? Sicher. Diesem Schurken mußte man das Haus anzünden! Aufräumen mit ihm, dann zur Obrigkeit und sich stellen, oder in die Berge! Man darf es dem Banditen nicht übelnehmen, oder wird einer zum Banditen, weil es ihm zu gut geht? Das alles habe ich dem Tollen Haceli zu verdanken. Vielleicht, weil ich es mit Fatma in der Grube getrieben habe? Das ist noch lange nicht alles. Er soll sich vorsehen ...)

Sie drehten ihn mit dem Gesicht nach oben, dann ließen sie ihn in Ruhe. Nein, sie machten sich daran, ihm das Hosenband zu lösen! (Wollen sie mich entmannen?) Fast hätte er Schreie ausgestoßen. Er nahm alle Kräfte zusammen, trat mit den Füßen auf die Männer ein. Einer fiel zu Boden. «Hö», klang eine fremde Stimme. Der Fuß hatte nicht ins Leere getroffen. Sie packten seine Beine und fesselten ihm nun auch die Füße.

(Mit einem Mann, dessen Hände gefesselt sind, kann man alles machen. Aber ich werde es euch noch heimzahlen ...)

Sie zogen ihm die Hose und die Unterhose herunter, drehten ihn wieder mit dem Gesicht nach unten, fanden das Messer, das er versteckt getragen hatte.

(Hände und Füße gefesselt, Augen und Mund verbunden, da können sie mit einem machen, was sie wollen. Aber der dreckige Haceli wird es zu büßen haben ...)

Durch die Nase bekam er nicht genügend Luft. Er würde ersticken.

Plötzlich spürte er, wie etwas Kaltes sein entblößtes Gesäß berührte. Etwas wie ein Strick. Oder war es ein Riemen? Es klatschte, dann kam es immer wieder, ohne Pause. Jeder Schlag brannte wie Feuer. Zehn, zwanzig, wie viele Schläge? Dreißig, fünfzig? Einmal setzten sie aus, dann begann es wieder von vorn. Das monotone Klatschen des nassen Strickes hallte durch das Zimmer. Es klang wie das Geräusch von Wasser, das von den Felsen hinabströmt ...

Bayram lag auf der Erde, mit verbundenen Augen und gefesselten Händen. Sein Hosenband war wieder geschlossen; auch die Fußfesseln hatten sie gelöst. Die Binde vor seinem Mund war fort. Aber er hatte nicht mehr die Kraft, einen Laut von sich zu geben oder die Füße zu bewegen. Die unbekannten Hände hatten ganze Arbeit geleistet, bevor sie von ihm abgelassen, sein Messer wieder an seinen Platz gesteckt und die Tür von außen verschlossen hatten.

(Wer ist es gewesen? Der Muhtar? Sicher. Haceli? Wohl möglich . . . Der Muhtar und Haceli . . .)

Eine ganze Weile lag er so. Von unten glaubte er den Wächter mit der Frau des Muhtar sprechen zu hören. Er fühlte sich, als sei er aus einer Ohnmacht erwacht. In seiner Umgebung war kein Lebenszeichen zu bemerken.

Plötzlich hörte er Schritte. Die Tür wurde geöffnet. Leise, hinterhältige Bewegungen . . .

«Was ist denn das? Wer ist das?»

Die Stimme des Muhtar!

«Auf dem Boden liegt einer!» Das war das erste Ratsmitglied.

«Man muß ihn da hingeworfen haben.» Diesmal hatte Haceli gesprochen.

«Mann, wer ist das, hörst du nicht?» Der Muhtar war neben ihn getreten.

(Das ist dein Werk, schmutziger Hurensohn. Das ist Kara Bayram, mit gefesselten Händen und verbundenen Augen. Da fragst du noch?)

«Bayram! Was, du bist das?» (Hast du nun endlich kapiert? Wirst du nun aufhören, dich draußen aufzublasen? Wir sind hier nicht in den wilden Bergen, merk dir das!) «Seit wann bist du denn hier, Bayram? Nein, so etwas aber auch! Komm, steh auf, mein Löwe!»

(Wer hat mich hier hineingebracht? Deine Hure von Weib war es. ‹Komm nur, geh hinauf›, hat sie gesagt. In deinem feinen Haus bin ich in die Falle gegangen. Der Teufel soll mich holen, wenn ich es dir nicht über dem Kopf anzünde, du räudiger Hund!)

«Komm, steh auf, mein Löwe! Was dir auch zugestoßen sein mag, wir werden der Sache schon nachgehen. Nun steh erst mal auf. Sieh einer an, gefesselt haben sie dich auch! Du bist doch ein tapferer Bursche, wie kommt es, daß du dich fesseln läßt?» Der Muhtar nahm ihm die Binde von den Augen.

«Schau mal, sogar ein Messer hat er im Gurt stecken! Wie war es nur möglich, daß sie dich gefesselt haben?»

Er nahm das Messer an sich, dann löste er Bayrams Fesseln.

«So, steh auf! Was denn? Du kannst nicht aufstehen?» (Na, wirst du noch einmal Steine nach des Padischahs Hund werfen? Wirst du noch einmal gegen die Sonne pissen? Dummes Stück Vieh! Krepieren lasse ich dich noch!) «Steh doch auf, mein Junge! Na, geht es nicht?»

(Nein, ich kann nicht aufstehen, du scheinheiliges Schwein! Ich kann nicht . . .)

Der Muhtar griff zu, half ihm auf.

Bayram taumelte gegen die Wand. Der Kopf fiel ihm auf die Brust.

Der Muhtar lachte hinterhältig, seine gelben Zähne entblößend. Er war frisch rasiert und hatte noch Seifenschaum hinter den Ohren.

Haceli hielt sich in vorsichtigem Abstand neben der Tür.

Das erste Ratsmitglied blickte mit leeren Augen hierhin und dorthin, ängstlich bemüht, Bayrams Augen auszuweichen.

«Bayram, hör mir zu, mein Löwe!»

(Ich höre schon, du Sultan der Schurken.)

«Erst hast du Hacelis Baugrube zugeworfen . . .»

(Gewiß habe ich das . . .)

«Wir haben dir ernstlich ins Gewissen geredet. Und jetzt hast du ihm auch noch die Ziegel zerschlagen!»

(Die Ziegel, ja. Die Knochen konnte ich ihm nicht zerbrechen, weil sie mich festgehalten haben.)

«Darüber hinaus hast du den Mann geschlagen und ihn böse zugerichtet . . .»

(Wenn sie mich nicht festgehalten hätten . . .)

«Es ist eine Schande, wenn im Dorf solche Sachen vorkommen, mein Löwe . . .»

(Was ihr tut, das ist wohl keine Schande . . .)

«Jetzt erhebt Haceli Klage gegen dich. Der Mann ist schließlich nicht irgendein Beliebiger. Er ist zweites Mitglied im Gemeinderat! Gegen eine solche Person die Hand zu erheben, das ist in den Augen der Obrigkeit eine schwere Verfehlung. Sobald unser

Herr Kaymakam da ist, werden wir ihm die Sache vortragen, aber ich sage dir schon jetzt: Haceli klagt gegen dich, Bruder . . .»

«Sonst liegt nichts vor?» fragte Bayram. «Das ist alles?»

«Das ist alles, was hier vorliegt.»

«Und was ist die Strafe dafür?»

«Die Strafe steht im Gesetz, mein Löwe. Aber wenn du den Schaden wieder gutmachst, dann können wir auf das Gesetz verzichten. Dann erledigen wir die Sache hier unter uns . . .»

«Wenn ich den Schaden wieder gutmache?»

«Ja, das heißt einmal, daß du den Lohn für die Arbeiter bezahlst, wenn die Grube neu ausgehoben wird. Dann mußt du ihn schön bitten, daß er seine Klage zurückzieht. Wenn du das nicht tust und dich sperrst, dann bringe ich dich an den Bettelstab, verlaß dich darauf! Du bist klar im Unrecht. Das sagt das Gesetz . . .»

«Wo sagt das Gesetz das?»

«Gesetz ist Gesetz, Bayram! Das Gesetz ist kein Mensch, mit dem man reden kann. Das Gesetz ist in einem Buch niedergeschrieben. Die Regierung macht das Buch auf und liest darin. Das ist das Gesetz der Regierung. (Meines hast du vorhin kennengelernt!) Wir alle müssen uns nach dem Gesetz der Regierung richten . . .»

«Sehr schön! Dann frag doch mal dieses Gesetz der Regierung, ob auch für uns etwas darin steht? Darüber, daß man ein Haus vor unser Haus baut. Daß man uns in die erste Klasse einreiht, wenn es darum geht, den Raki für den Kaymakam zu bezahlen, obwohl wir sonst zur dritten Klasse gehören?»

(Und von dem Lamm weißt du noch nichts), dachte der Muhtar.

«Was sagt das Gesetz dazu, daß man unser Haus am hellichten Tag überfällt, der Frau einen großen Stein gegen den Leib schleudert und sie mit Füßen tritt? Hat es nichts zu dem Schimpf zu sagen, den man sich hier mit gefesselten Händen antun lassen muß?»

Ach, das Kind, das Kind . . .

Irazca holte eine Schale Wasser von oben und gab Haçça zu trinken. Haçça war erschauert, als sie beim Erwachen aus der Ohnmacht das Blut auf ihren Kleidern gesehen hatte. Sie schämte sich und hätte unter die Erde kriechen mögen, aber es ließ sich nicht verbergen. Dabei war es ihr im Innersten ganz recht, daß das Kind nun nicht mehr kommen würde.

Irazca tröstete sie wehen Herzens: «Nimm es nicht so schwer, mein armes Entlein! Vor mir brauchst du dich nicht zu schämen, ich bin doch deine Mutter. Dir ist ein Unglück zugestoßen. Du hast es ja nicht gewollt. Die Feinde haben es getan. Die Feinde sollen blind werden!»

Haçça schwieg. Was hätte sie auch sagen sollen?

Irazca setzte sich zu ihr:

«Sag, mein Töchterchen, mein Entlein, seit wie vielen Monaten war es?»

Haçça ließ den Kopf sinken.

«Ungefähr drei Monate, ja?»

Haçça nickte bejahend mit dem Kopf. Es war schon länger gewesen.

«Bleib du jetzt hier sitzen. Ich laufe rasch hinüber und hole Tante Havali. Sie soll nach dir schauen . . .»

Havali war Ağalis Frau. Sie verrichtete Hebammendienste bei den Armen des Dorfes. Als Irazca kam, saß sie gerade bei Flickarbeiten.

Irazca blieb in der Tür stehen: «Meiner Haçça ist etwas Schlimmes zugestoßen, Havali . . .» Sie begann wieder zu weinen. «Es geht ihr sehr schlecht, Schwester, komm mit . . . Vorhin bei dem Streit, die Steine, die der verrückte Haceli geworfen hat . . . Sie verliert ihr Kind! Ich habe gedacht, sie stirbt mir — ich habe solche Angst ausgestanden. Sie ist ja so zart, sie ist gleich umgefallen und ohnmächtig geworden. Das Blut fließt ohne Unterlaß. Komm, Havali, sieh schnell nach ihr. Bitte, Schwester . . .»

Havali ließ ihr Flickzeug liegen:

«Kommt viel Blut?»

«Wie ein Sturzbach ...»

«Schwester Iraz», sagte Havali, «bei deiner Schwiegertochter müssen es an die drei Monate sein. Drei oder vier, so haben es die Frauen neulich auf dem Waschplatz gesagt. Sie haben bei allen nachgezählt, wo etwas unterwegs ist. Na, es war ja auch schon zu merken bei ihr! Aber was kann man da machen? Das Blut, das fließen will, bleibt nicht in der Ader stehen, heißt es. Ich sehe sofort nach ihr. Wenn Gott will, wird sie es überstehen. Sie ist zart, aber sie ist tapfer ...»

Irazca wischte sich mit den Enden ihres Kopftuches die Tränen ab. Sie ließ Havali allein zu Haçça gehen:

«Bayram ist immer noch nicht zurück, ich muß mal schauen, was mit ihm ist. Ich habe so ein ungutes Gefühl ...» Sie rannte auf das Oberdorf zu. Als sie sich dem Haus des Muhtar näherte, brach sie in laute Verwünschungen gegen Haceli aus:

«Verbrecher! Du hast unser Leben vernichtet! Meine schöne Schwiegertochter ist dahin! Ich will dich schon lehren, über eine Unschuldige herzufallen und ihr das Kind zu nehmen! Es soll dir leid tun, daß du auf die Welt gekommen bist, oder ich will in diesem Karataş nicht mehr Irazca heißen! Wehe, wenn meiner Schwiegertochter etwas zustößt!»

Wütend stieß sie die Tür auf: «Wo ist dieser verrückte Dreckskerl!» schrie sie. «Wo ist dieser Schurke, der sich Muhtar nennt?»

Die Frau des Muhtar bekam es mit der Angst zu tun:

«Aber Irazca, warum denn so wild? Wenn die Söhne des Tollen Memmed zusammen anrücken, dann ist es um euch geschehen! Nimm lieber Vernunft an ...»

«Ich scheiße auf die ganze Sippschaft! Mitsamt deinem drekkigen Mann! Wenn der Lump nicht mit ihnen unter einer Decke steckte, dann würden die sich nicht trauen, uns gegenüber auch nur den Mund aufzumachen! Dann könnten sie es nicht wagen, ein Haus vor unserem Haus zu bauen ...»

«Hüte deine Zunge, Irazca! Wie kannst du es wagen, so von meinem Mann zu reden? Wenn ich nicht Achtung vor deinem Alter hätte . . .»

Irazcas Blick fiel auf das Lammfell, das in dem Brustbeerenbaum hing. Sie ging darauf zu, nahm das Fell herunter, betrachtete es genau. Sie untersuchte das Brandmal, zwei Fingerbreit vom linken Ohr. Kein Zweifel! Das war Irazcas Brandmal, wie es ihre drei Schafe, ihr Lamm, ihr Kalb und ihre Färse trugen.

«Was ist das hier?» schrie sie auf. «Ihr hündischen Diebe, was ist das? Das ist unser Lamm! Unser Lamm! Verdammte Hure, daß dein Mann Muhtar ist, das wußten wir — daß er ein Dieb ist, das wußten wir noch nicht! Wo ist der Hund? Weißt du jetzt, warum ich so von ihm rede?»

Die Frau des Muhtar erstarrte. Vergeblich bemühte sie sich, Worte zu finden.

Irazca lief wie von Sinnen die Treppe hinauf, öffnete die Tür mit einem Fußtritt:

«Wo ist das Schwein?» schrie sie. «Und wo ist der andere Bastard?»

Der Muhtar ging im Zimmer auf und ab. Haceli drückte sich immer noch an die Tür. Bayram kauerte an der Wand, ein Häufchen Unglück. Das erste Ratsmitglied starrte mit blöden Blicken umher.

Zuerst ging Irazca auf den Muhtar los. Sie packte ihn am Kragen, schüttelte ihn. Der Muhtar stieß sie von sich. Nun klammerte sie sich an Haceli fest, stieß ihn hin und her, bis er auf dem Fußboden des Nebenzimmers landete.

Der Muhtar packte Irazca an den Armen: «Seid ihr denn alle wahnsinnig geworden, Weib? Ein solcher Schimpf in den Amtsräumen der Gemeindeverwaltung?»

«Wir sind bei vollem Verstand!» schrie Irazca. «Wir sind ganz normal, ihr hündischen Räuber! Wer hat unser Lamm gestohlen? Wer hat all diese Gemeinheiten begangen? Jetzt gehe ich zum Kaymakam. Das Kind ist auch weg, nach drei Monaten! Du hast diesen verrückten Bastard so weit gebracht, daß er uns das alles angetan hat! Ich werde euch alle erledigen, wartet nur . . .»

Der Muhtar hielt sie mit aller Kraft fest.

Bayram richtete sich mühsam auf. Er konnte sich kaum auf den Beinen halten. Nur zu gern hätte er seinen Zustand vor seiner Mutter verborgen, aber es war unmöglich.

«Halte mich, Mütterchen!» wimmerte er. «Diese Schurken haben mich zuschanden gemacht!»

Irazca riß sich aus den Händen des Muhtar, schloß Bayram fest in die Arme:

«Mein schwarzäugiger Bayram! Es ist meine Schuld, ich habe dich gehen heißen! Mein Sohn, was haben sie mit dir gemacht?»

«Halb totgeschlagen haben sie mich», ächzte Bayram.

Der Muhtar blickte unsicher. Haceli verdrehte vor Angst die Augen.

«Ihr gottlosen Folterknechte!» rief Irazca. «Pfui über euch Ehrlose, die ihr euch als Männer ausgebt! Gewalttätige Unterdrücker! Blind sollt ihr werden! Möge Allah euch vom Erdboden tilgen!»

Sie stützte Bayram und brachte ihn hinaus, die Treppe hinunter. Unten sah er das Lammfell. «Von allen Seiten zugleich», knirschte er in ohnmächtiger Wut. «Wie die Schlangen fallen sie über uns her . . .»

Das erste Ratsmitglied trat vor den Muhtar:

«Wenn das mit der Fehlgeburt stimmt, dann sieht die Sache schlecht aus. Den Haceli sperren sie totsicher ins Kittchen. Wenn es wenigstens keine Zeugen gäbe . . .»

«Irazcas Haus liegt mitten im Dorf. Kennst du die Leute von Karataş nicht? Das Pack läuft doch sofort zusammen und gafft, wenn irgendwo ein bißchen Krach ist! Wie sollte es da keine Zeugen geben!»

«Ja, dann steht die Sache sehr schlecht, Muhtar. Ich wollte es dir nur gesagt haben . . .»

Hacelis Gesichtsausdruck wurde noch ängstlicher. Der Muhtar blickte sorgenvoll drein.

Irazca sorgte bei ihrem Gang durch das Dorf dafür, daß alle sogleich erfuhren, was sich zugetragen hatte. Sie schrie, so laut sie vermochte.

Ağali saß mit einigen Männern beim Mörser. Er stand auf und ging den beiden entgegen.

«Ja, schaut nur, wie es uns ergeht!» rief Irazca. «Damit ihr wißt, wer über euch gebietet! Ein Lämmerdieb regiert das Dorf, Nachbarn!»

«Was ist denn mit dir los, Bayram?» fragte Ağali.

«Mir ist es dreckig ergangen, Onkel», stöhnte Bayram. «Ich bin in die Falle geraten. Der Muhtar hat mich zu sich rufen lassen, wegen einer Klage gegen mich. Hinter seiner Tür hat er Männer postiert. Gefesselt und windelweich geprügelt haben sie mich. Unser kleines Lamm hat er stehlen und für den Kaymakam schlachten lassen . . .»

«Aber wir haben ihm doch Geld für die Einkäufe gegeben . . .»

«Wir auch», sagte Bayram.

«Und sogar in der ersten Klasse», fügte Irazca hinzu.

Ağali schüttelte den Kopf: «Aha. Ich sehe schon . . .»

«Heute morgen hat Haceli unser Haus überfallen», sagte Irazca. «Der Schwiegertochter hat er einen Stein an den Leib geworfen. Sie hat ihr Kind verloren . . . Um Himmels willen, halte meinen Sohn, Ağali! Faß an, wir bringen ihn zusammen nach Hause.»

Havali hatte Haçça mit Mühe nach oben gebracht, sie gebettet und «untersucht». Das Blut kam immer noch pausenlos. Haçça litt furchtbare Schmerzen. Es war, als würde ihr ununterbrochen dorniges Gestrüpp durch den Leib gezerrt. Die Frauen, die ihr Kind abtreiben wollten, konnten nicht bei Verstand sein. Würde sich ein Mensch aus freien Stücken diesen gräßlichen Schmerzen ausliefern? Sie wimmerte. Selbst die Zähne schmerzten, so krampfhaft hatte sie sie zusammengebissen ...

Havali teilte Irazca mit, was sie festgestellt hatte.

«Dreieinhalb Monate war das Kind. Da ist nichts zu machen. Aber das Blut kommt zu stark. Wir müssen es unbedingt zum Stehen bringen. Die Lende ist auch ganz blau, da, wo der Stein sie getroffen hat. Ein schwerer Bluterguß. Es sieht schlimm aus.» Sie flüsterte: «Es ist ungewiß, ob sie davon kommt. Eine Fehlgeburt ist schwieriger als eine Geburt ...»

Bayram brach zusamman. «Meine Haçça ...!» stöhnte er.

Irazca sank auf die Knie: «Meine Haçça, mein Töchterchen, meine gelbe Blume!»

«Wenn Allah will, wird sie gerettet», sagte Havali. «Wir dürfen die Hoffnung nicht aufgeben. Sie ist ein tapferes Weib. Und ich will tun, was ich kann. Möge Allah ihr beistehen ...»

Irazca schrie ihre Verzweiflung, ihren wilden Haß hinaus:

«Seht nur, alle, seht! Auch du, Ağali, du bist unser Zeuge! Leg die Hand aufs Herz! Ganz Karataş hat die Untat gesehen ...! Unter den Augen der Rechtgläubigen hat er es getan.»

«Laß das jetzt, Schwester», sagte Havali. «Selbst wenn es keinen Zeugen gäbe, dann bin ich immer noch da. Das genügt, sei ganz unbesorgt. Bring mir jetzt eine Schüssel und ein Sieb voll Häcksel ...»

Bayram streckte sich erschöpft neben dem Herd aus. Ağali hockte sich neben ihn.

«Ağali, sei mir nicht böse», sagte Havali, «aber es ist besser, du gehst. Solange du hier bist, kommt Haçça nicht zur Ruhe. Du siehst doch, wie schlecht es um sie steht ...»

Ağali stand beschämt auf. Der große Mann errötete bis zu den Ohren.

«Du hast recht. Daran habe ich nicht gedacht. Ich gehe, Bayram, wenn du Hilfe von mir brauchst, laß es mich wissen. Wenn du Geld nötig hast oder was auch immer ...»

Er ging. Die Augen wurden ihm feucht. «Was für eine elende, nichtswürdige Welt», murmelte er.

Irazca brachte Häcksel und eine Schüssel.

«Ich vertraue dir Haçça an, Schwester Havali. Ich gehe hinunter, Ordnung schaffen. Alles ist durcheinander. Dabei hatten wir uns vorgenommen, die Wäsche zu waschen!»

Sie ging in den Hof und legte die nassen Wäschestücke so, wie sie waren, auf einen Haufen. Dann räumte sie den Kessel, den Waschtrog und den Wäscheschlegel beiseite. Mochte alles so liegen bleiben. Zu mehr war sie in ihrer Aufregung nicht imstande.

Sultanca kam verstört angelaufen:

«Ach, meine arme Schwester! Ach, was für ein schweres Geschick hast du zu erdulden! Ist es wahr, daß unsere Schwiegertochter ihr Kind verloren hat? Haben sich die Feinde denn alle verschworen? Und unseren guten Bayram haben sie mißhandelt, ja? Die fallen von der einen Seite über uns her, die Schlangen von der anderen! Was hat das nur zu bedeuten? Sie verlassen sich wohl auf unser Elend und auf ihre Stärke? O weh, o weh! Und das Dorf hat den verrückten Haceli, den Sohn des Tollen Memmed, auch noch zum Ratsmitglied gewählt!»

«Warte nur», sagte Irazca, «ich will ihm einen Strumpf strikken, daß er sich wundern wird! Einen Strumpf, wie noch nie einer gestrickt worden ist! Von denen allen soll nicht mehr übrigbleiben als das, was dem Esel herausfällt!»

«Wie geht es der Schwiegertochter?»

«Schlecht, Schwester. Die Blutung will nicht aufhören. Havali ist bei ihr. Dreieinhalb Monate, sagte sie. Aber ich wußte ja selbst ganz genau, wie lange es her war. Die Ärmste hat keine Schuld daran. Der Bastard hat ihr einen riesigen Stein gegen den Leib geschleudert . . .»

«Ich will mal nach ihr sehen», sagte Sultanca.

«Ja, tu das.» (Ich aber laufe hinaus auf die Felder. Ich irre auf den Straßen herum wie die Verlorenen, wie die Wahnsinnigen. Ich zerschlage mir den Kopf an den Felsen. Ich stürze mich in den Fluß. Ich lasse mich von den Adlern fressen . . .)

Sie schloß leise das Hoftor hinter sich. Der Hund Toman folgte ihr. Überall im Dorf sah man ihr nach. Wohin ging Irazca so schnell? Gewiß zur Polizei. Alle waren empört über die Taten des Muhtar, aber sie hüteten sich, es laut auszusprechen.

Ahmet sah die Großmutter schon von weitem. Er stand in dem Binsengebüsch am Rande des Feldes. Nun hatte er auch die zweite Schlange getötet. Er zog sie bis zur Brücke und streckte sie dort aus, damit die Großmutter sie gleich sehen sollte. Dann kehrte er zum Ochsen zurück. Überglücklich stolzierte er hin und her, hieb mit seiner Weidengerte auf die Binsen ein und brach ihre Stachelspitzen ab. Mit Seitenblicken beobachtete er, wie die Großmutter sich immer mehr der Brücke näherte. Gleich würde sie erschrecken und einen Schrei ausstoßen. So eine Schlange hatte sie gewiß in ihrem ganzen Leben noch nicht gesehen, vielleicht fünf Spannen lang. Seine Schlange konnte sich mit dem Schlangenkönig messen! Aber wenn er erst nach Güroluk käme, dann würde er eine noch viel größere töten! Genau auf den Kopf würde er mit seinem Stein zielen . . .

Irazca erreichte die Brücke. Im Vorübergehen trat sie auf die tote Schlange. (Gewiß hat Ahmet sie getötet und da hingelegt . . .)

Ahmet war unzufrieden. Warum hatte sie nicht aufgeschrien? «Uh, heb das da auf, ich fürchte mich!» hätte sie schreien müssen. Statt dessen ging sie einfach daran vorbei!

«Ahmeeet!»

(Laß sie nur rufen.) Er gab gar keine Antwort.

«Ahmeeet . . .! Bist du taub?»

Er reagierte nicht.

«Warte nur, gleich sollst du was erleben!»

Widerwillig drehte er sich nach der Großmutter um.

«Komm hierher!» schrie sie. «Hol den Ochsen, und dann marsch her zu mir!»

Er gehorchte.

«So, und nun ab nach Hause! Bring den Ochsen in den Stall. Ich bleibe hier. Wenn etwas ist, rufst du mich.»

«Aber was willst du denn hier?»

«Ich warte auf meinen Mann!»

Ahmet schwieg betroffen. (Die Großmutter hat wohl den Verstand verloren.)

«Mein Mann wird gleich kommen, auf einem rotbraunen Pferd!»

«Hast du die Schlange gesehen?»

«Ja.»

«Und du hast dich nicht gefürchtet?»

«Nein.»

«Kein bißchen?»

«Keine Spur.»

«Warum hast du dich denn nicht gefürchtet?»

«Ich habe mich eben nicht gefürchtet, du Quälgeist! Marsch, ab mit dir!»

«Ich gehe ja schon ... Die Schlange habe ich getötet ...»

Irazca nahm keine Notiz davon.

«Ich habe sie getötet, Großmutter!»

«Zum Teufel mit dir! Nach Hause, habe ich dir gesagt! Gleich mache ich dir Beine, Eselsbrut!»

Ahmet blieb einen Augenblick verdutzt stehen. Dann trieb er den Ochsen an und trollte sich. Ein Schluchzen steckte ihm in der Kehle. «Komm, Toman!» rief er. Der Hund trottete folgsam neben ihm her. An der Brücke wickelte Ahmet die Schlange um seinen Stock und nahm sie mit. Ab und zu schaute er zurück. Die Großmutter stand wartend da, den Blick hinunter auf die Landstraße gerichtet. Ihr Gebaren war ihm unheimlich. (Aber jetzt werde ich den Eltern die Schlange zeigen!) Wenigstens die Mutter würde ihn nicht enttäuschen. Auf sie verließ er sich am meisten.

Ich klage dir mein Leid

Meine Brosche ist mir vom Kragen gefallen
Komm hinter mir her, hinter mir her . . .
Kommst nur du hinter mir her,
Fürcht ich den Kaymakam nicht mehr!

«Halte dein Pferd einen Augenblick an, Kaymakam. Seit zwei Stunden warte ich hier auf dich. Reite nicht über uns hinweg. Wir gehören zu den Armen in diesem Dorf. In Karataş, dem Dorf mit den achtzig Häusern. Früher hat das Dorf einem Bey gehört, und die Männer waren die Pächter des Bey, die Frauen seine Dienstmägde.

Vor sechs, sieben Jahren hat der Bey das Land an die Bauern verkauft und ist fortgezogen. Das Dorf Karataş hat vierhunderttausend Lira Schulden abbezahlt. Ja, bezahlt ist alles, aber frag nur mal, wie: Der Ochse, die Kuh, das Kalb, alles, was auf dem Markt Geld einbringt, ist verkauft worden und wird noch verkauft. Ich habe zwar gesagt, es ist alles bezahlt, aber das stimmt nicht ganz: Der Bey hat sein Geld von der Bank bekommen. Von der Bank der Regierung. Die Bank nimmt es wieder von uns, mit himmelhohen Zinsen. Aber schließlich gehört der Boden, auf dem wir säen, nun uns. Der Aga ist weg. Er hat ein Riesenhaus in Istanbul, später will er ein Hotel bauen und schließlich wird ihm die ganze Stadt gehören. Der Aga ist reich. Wir sind arm. Nicht jeder kann Aga sein. Auch bei uns sind nicht alle gleich, so, wie nicht alle fünf Finger gleich sind. Als das Land verkauft wurde, da haben einige für zweitausend Lira Boden gekauft, andere für fünftausend, siebentausend oder zehntausend. Wir haben dreitausend bezahlt. Dieses Jahr sind wir mit dem Abtragen fertig geworden. Wenn man die Schulden vom Buckel hat, das tut einem so wohl, als hätte man ein schmutziges Hemd ausgezogen, das man ein Jahr lang auf dem Leib getragen hat. Gott gebe, daß alle Menschen von ihren Schulden befreit werden mögen. Auch du, wenn du welche hast . . .

Ja, wir sind arme Leute, mein Sohn. Deshalb tanzt man uns auf dem Kopf herum. Wenn du jetzt nach Karataş kommst, werden sie dich mit Blasmusik und Pauken empfangen. Sie werden dich in das schönste Haus führen. Am Abend wird es dir zu Ehren Raki geben. Ein köstliches Lamm werden sie auftischen. Feine wollene Betten werden sie für dich ausbreiten. Unter blütenduftenden Decken wirst du schlafen. ‹Was für ein braves Dorf, dieses Karataş!› wirst du sagen. Du wirst glauben, das, was du siehst, sei das wirkliche Karataş. Aber was man dir vorführt, das ist eine Lüge! Eine tausendfache Lüge!

Ich weiß seit meinem sechsten Lebensjahr, was in diesem Dorf vorgeht. Jetzt bin ich Sechzig. Wie viele Kadis habe ich kommen und gehen sehen, wie viele Kaymakams! Nun bist du gekommen. Auch du wirst wieder gehen. Wir haben alle keine bleibende Statt hier. Alle, die hierherkamen, sind in den feinen Häusern abgestiegen, haben gut gegessen und getrunken, waren voll des Lobes und voll von Raki. Dann sind sie wieder abgezogen. Alle haben geglaubt, das sei Karataş. Keiner ist auf einem räudigen Esel oder auf seinen nackten Füßen hierhergekommen. Keiner hat die schwärenden Wunden unter unserer Haut gesehen. Nicht umsonst heißt es: ‹Wie kann der Mann auf dem Pferd wissen, wie es dem geht, der auf dem Esel sitzt?› Nein, keiner ist beim ersten besten Armen abgestiegen, keiner hat eine Armeleutesuppe gegessen.

Schau, ich will dir Karataş zeigen, wie es wirklich ist. Du sollst die verborgenen Seiten dieses Dorfes kennenlernen. Drei von den achtzig Familien in Karataş geht es gut. In diese drei Häuser könnte die Obrigkeit jeden Tag kommen; an der Bewirtung würde es niemals fehlen. Sie haben immer Fett und Salz, Fleisch und Milch . . . In sieben Häusern geht es so recht und schlecht; auch sie kann man noch zu den gutbestellten rechnen. Aber dann gibt es fünfzig Häuser, in denen sich vier Menschen in ein Paar Schuhe teilen. Sie alle haben gerade genug, um nicht zu verhungern. Zu denen gehören auch wir, nämlich, Irazca, und Kara Bayram. Nach uns kommen noch ungefähr zwanzig Häuser. Auch da rauchen die Herdfeuer, aber der Himmel weiß, wovon! Der Atem dieser Menschen riecht nach Hunger . . . Warum sage ich dir das, junger Mann? Damit man uns versteht. Damit man nicht glaubt, Karataş zu kennen, wenn man eines von den drei Häusern ganz oben gesehen hat. Die Erde hat viele Adern, die Menschheit besteht aus vielerlei Völkern, und auch bei den Dörflern gibt es solche und solche . . .

Geh nach Karataş, tritt in irgendein Haus. Jedermann muß den fremden Gast aufnehmen, wohl oder übel. Nimm für zwei Tage vorlieb mit dem, was dir geboten wird. Dann gib dich zu erkennen. Dann haben sie Vertrauen zu dir gefaßt und du wirst alles von ihnen erfahren. Das, was sie nicht sagen, wirst du ohnehin selbst sehen. Das, was du siehst, wird bis ans Ende deiner Tage ausreichen . . .

Mein Sohn, du bist nun nach Karataş gekommen. Hoşgeldin! Siehe, da kommt schon der Muhtar auf dich zu, seine Leute in einer Reihe hinter ihm. Dem Wächter hat er die große Trommel in die Hand gedrückt, dem tollen Hüseyin die Zurna. Ich wollte dir meinen Kummer anvertrauen, aber ich kann es nicht, denn du wirst jetzt dem Muhtar folgen. Vor dem Muhtar kann ich nicht sprechen. Wir wollen hier unser restliches Leben zubringen. Die Stadt ist nichts für unsereinen. Du gehst morgen wieder fort, aber wir bleiben diesem Schurken ausgeliefert. Wenn man im Dorf lebt, darf man den Muhtar nicht zum Feind haben, oder man muß reich sein . . . Ich falle dir lästig, reite nur weiter. Reite langsam und höre mir dabei zu. Auch dich hat eine Mutter geboren. Alle Mütter lieben ihre Söhne. Der Muhtar hat meinen Kara Bayram heute morgen in sein Haus gelockt und ihn verprügeln lassen. Mein Sohn ist so zugerichtet, daß er keinen Schritt mehr gehen kann. Ich liebe meinen Sohn, soll ich mich nicht um ihn härmen? Wie sollen die hilflosen Mütter diesen Schmerz, dieses schreiende Unrecht, diese Erniedrigung ertragen? Oh, ich vermag es nicht mehr! Ich möchte nur noch weinen . . .

Der zweite Mann im Gemeinderat, Haceli, hat heute morgen unseren Hof überfallen und meine arme Schwiegertochter mit einem Steinwurf zu Boden gestreckt. Sie hat ihre Leibesfrucht von dreieinhalb Monaten verloren. Jetzt ringt sie mit dem Tod, die Blutung hört nicht mehr auf. Wo bleibt das Recht? Wenn es für uns im Dorf Recht und Gesetz gäbe, dann brauchte ich dich nicht zu behelligen. Könnten dann am hellichten Tage solche Dinge geschehen?

Schau, ich will gar nicht, daß du auf unserer Seite eingreifst. Du sollst zu keiner Seite halten. Du sollst auch den Muhtar nicht unterstützen. Mag jeder selbst sehen, wie er fertig wird! Dann wird es von selbst an den Tag kommen, wer im Recht ist. Wenn du jetzt beim Muhtar absteigst, dann wird er daraus Kapital schlagen. Wer es sieht, wird sagen: ‹In seinem Haus wohnt der Kaymakam — wehe uns, morgen können auch wir uns auf eine Gemeinheit gefaßt machen.› Dann ist alles umsonst, was wir erduldet haben. Dann hat meine Schwiegertochter ihr Kind umsonst verloren, wird sie vielleicht umsonst sterben. Wenn der Gewalttäter ungestraft bleibt, wird man ihm nie Einhalt gebieten können! Zeige ihnen, daß es auch für sie Grenzen gibt, laß die Menschen wieder Mut schöpfen . . .

Es ist zuviel, was sie uns angetan haben, im Vertrauen auf ihre Stärke. Und warum dies alles? Weil sie vor unserem Haus ein Haus bauen wollen. Dabei stehen zwanzig Häuser mitten im Dorf, so wie unseres. Dein Muhtar sagt, die Gemeindekasse braucht Geld für ein Denkmal, darum verkauft er einen Bauplatz im Dorf. An wen verkauft er ihn? An Haceli, das zweite Ratsmitglied. Wir nennen ihn den Tollen Haceli, weil er der Sohn des Tollen Memmed ist. Niemand will ein Haus vor seinem Haus haben, aber die Schwachen und Furchtsamen müssen sich beugen. Der Muhtar und Haceli haben sich uns ausgesucht. Jetzt haben sie die Baugrube vor unserem Haus ausgehoben. Sie werden uns die Zufahrt ganz absperren! Auf dem Dorf wirft man den Dung hinter das Haus. Das wird auch Haceli tun. Er wird ihn also vor unser Haus werfen! Seine Frau ist schmutzig. Bei uns hier kennt man keinen Abtritt. Dafür ist der Misthaufen da. Ohne Brett, ohne Kanalrohr, ohne Kalk ... Deshalb haben wir dem Haceli gesagt: ‹Bei uns herum sind genug verfallene Häuser, bring dir eines davon in Ordnung, anstatt den Dorfplatz zu verkleinern!› Aber nein, es muß unbedingt vor unserem Haus sein. Nun, wir haben ihm seine Grube wieder zugeschüttet. Er hat Ziegel schneiden lassen, wir haben sie ihm zerschlagen. Wir lassen es uns nicht gefallen! Würdest du es hinnehmen, wenn du an unserer Stelle wärst? Kann ich mich mit meinen Kindern und Enkeln lebendig begraben lassen? Das ist es, was sie mit uns machen wollen!

Ich will dir nicht hineinreden, du bist der Kaymakam! Wer Fellsandalen trägt, zählt nicht. Er hat keine Stütze, keinen Freund. Hör nur mal den Muhtar reden, höre ihn seine Urteile abgeben! Ich aber bin hier, um über diesen Menschen Klage zu führen. Er hat uns auch noch unser neugeborenes Lamm gestohlen. Es ist eine himmelschreiende Schande. Wir hatten zwei Milchschafe. Also bleibt uns jetzt nur noch eines. Hast du schon einmal gesehen, daß ein Schaf Milch gibt, wenn man ihm das Lamm weggenommen hat? Was hat der Muhtar mit unserem Lamm gemacht? Geschlachtet hat er es. Heute abend wird er es dir zu Ehren auftischen ... Das ist noch nicht alles. Sie haben Geld eingetrieben, häuserweise. ‹Raki für den Kaymakam› hieß es. Zweieinhalb Lira für die Häuser der ersten Klasse! Durch diesen Streit um den Hausbau waren wir auf einmal in der ersten Klasse! Wenn du ein gutes Herz hast, dann steig bei irgendeinem Armen ab, hör dir seinen Kummer an! Wie willst du aus der Ferne wissen, wie es den Menschen ergeht, wie willst du ihr Inneres kennenlernen? Nicht einmal ich weiß alles von diesem Dorf. Bei jedem gibt es eine Tür, die verschlossen bleibt. Was dahinter ist, weiß Allah — wenn er es weiß ... Du bist der Kaymakam. Du brauchst niemanden zu fürchten. Du kannst dir den Muhtar und sein Ratsmitglied gehörig vornehmen und sie Rechenschaft ablegen lassen. Wie? Das mußt du selbst am besten wissen. Wenn sie dich das nicht auf deinen Schulen gelehrt haben, was soll ich dann machen ...?! Alsdann Gott befohlen, mein Sohn. Wenn du dich als ein guter Mensch erweist, dann komme ich wieder, wenn du gehst. Dann sage ich: ‹Du warst ein guter Mensch!› Aber wenn du auch so einer bist, der jedem um den Bart geht, dann schaue ich dich nicht mehr an ... Reite nur ... Du hast gut zugehört, nun weißt du alles ... Nein, mein Sohn, grämen sollst du dich nicht ... Sei getrost, wir sind es gewohnt, mein Sohn. Wir haben viel Geduld gehabt. Wir haben so lange gewartet ...»

Der Empfang

Als der vom Muhtar ausgeschickte Späher das rasche Herannahen von drei Reitern auf der Ebene meldete, genügte ein Zeichen, um alle Dörfler zu versammeln. Trommel und Zurna wurden an die Spitze dirigiert. Der Muhtar voran, zu seinen beiden Seiten die Ratsmitglieder, dann die Bauern, so marschierte man gemessenen Schrittes den Wäldern zu.

Einige waren dafür, den Ankömmlingen noch weiter entgegenzugehen, aber der Muhtar belehrte sie:

«Der Amtmann wird in Iğdeli begrüßt, der Wachtmeister in Eyrek, der Kaymakam hier! Wenn der Parteivorsitzende kommt, gehen wir noch ein bißchen weiter hinunter. Für unseren Herrn Kaymakam ist es hier gerade richtig!»

Es war kein großes Aufgebot. Ganze achtzehn Männer hatten sich zur Begrüßung eingefunden. Der Muhtar hatte sich vergebens bemüht, mehr Leute auf die Beine zu bringen. Die meisten waren ohnehin bei der Arbeit. Und eine Schule gab es nicht, also konnte er auch keinen Schulmeister aufscheuchen, um die Kinder antreten zu lassen. Mochten sie vorlieb nehmen. Von wieviel Leuten wurde er, der Muhtar, denn empfangen, wenn er in die Kreisstadt kam?

«Sobald er die Felder erreicht hat, spielst du die Algier-Weise», rief er dem Bläser ins Ohr.

«Die Algier-Weise spielen wir zum Abschied», antwortete der Tolle Hüseyin.

«Jetzt paßt die Çadır-Tanzmelodie besser.»

«Meinetwegen, spiel was du willst, aber gib dir Mühe. Es muß dem Mann ordentlich Eindruck machen. Er soll mit uns und mit unserem Dorf zufrieden sein. Also paß schön auf, Hüseyin, Bruder. Keine Tollheiten jetzt. Gib dein Bestes, Hüseyin Efendi, ich bitte dich . . .»

(Aha), dachte Hüseyin («Efendi», jetzt wirft der Gauner seinen Köder aus. Fragt sich nur, ob wir ihn schlucken . . .)

«Mach dir keine Sorgen, Muhtar», sagte er. «Ich werde dich und unseren Herrn Kaymakam schon zufriedenstellen.»

«Mustafa, gib auch du dir Mühe!»

«Geht in Ordnung, Efendim.»

«Paß auf jetzt. Da drüben muß er auftauchen, zwischen den Feldern. Nun gebt alle genau acht. Wenn er bis auf fünfzehn Schritt heran ist, nehmen alle gleichzeitig die Mützen ab und bleiben in Habtachtstellung stehen. Dann wird er an uns herantreten und ‹Merhaba› sagen. Darauf rufen wir alle aus einem Mund ‹Danke!› Aber das muß gebrüllt werden, so richtig aus vollem Herzen! Wenn das richtig herauskommt, dann wird er zufrieden sein und fragen: ‹Wie geht es euch?› Darauf wird nicht etwa mit ‹Gut› geantwortet. Die Antwort heißt wieder ‹Danke!› In der gleichen militärischen Art. Ihr werdet ja wohl noch wissen, was man zu sagen hat, wenn der Pascha etwas fragt. ‹Danke!› ist die vorschriftsmäßige Antwort. Hier ist es genauso. Daß es uns gut geht, das weiß er natürlich. Dafür hat er jahrelang gelernt und ist Kaymakam. Es geht uns ja auch wirklich gut. Sie haben den Unfrieden aus der Welt geschafft. Die Steuern sind nicht so schlimm. Ein-, zweimal im Jahr können wir uns mit dem Kaymakam aussprechen. Die Bezirksstadt bekommt ein Denkmal. So eine Regierung findet man nicht noch einmal. Seht, wir können hier frei leben. Keiner macht uns Vorschriften ... Und wie ist es in anderen Ländern? Da können sie nicht mal Helva essen, selbst wenn sie Geld in der Tasche haben. Wir können auch keines essen, aber das ist, weil wir kein Geld haben. Das andere ist viel schlimmer ...! In anderen Ländern, da wird man wie ein Esel zur Arbeit beim Straßenbau gepreßt, mitsamt Frau und Tochter. Das gibt es bei uns nicht! Unser Land steht obenan, was die Freiheit betrifft. Wenn du Lust hast, kaufe dir im Basar einen ganzen Topf Helva. Wenn du Lust hast, lege dich zehn Tage auf die faule Haut. Wenn du Lust hast, verhungere. Alles ist frei. In den fremden Ländern ist es nicht so. Da geben sie dem Volk nur einen einzigen Ruhetag, nicht einmal zwei Tage. Die Leute müssen immer arbeiten. Und Wälder lassen sie pflanzen. Auf den Bergen wollen sie Bäume haben, ja, in den Dörfern sogar! Stellt euch einmal vor, unsere Regierung wäre auch so schlecht und wollte das nachmachen, was sie bei den anderen sieht! Da sei Gott davor, daß man uns sagte, ‹pflanzt Bäume auf die Berge!› Da hätten wir eine schöne Plage am Hals! Ein Baum muß bewässert werden. Wenn du Pech hast, kannst du ihn bewässern, und er schlägt trotzdem nicht Wurzel. Jedes Jahr derselbe Ärger, bis die Regierung wechselt. Aber die Regierung wechselt nicht so leicht. Vielleicht alle fünfzig Jahre einmal ... Die Regierung ist hartnäckig, der Baum ist es auch. Die Bäume sind genau wie das Weibsvolk. Mit Gewalt ist bei ihnen nichts zu machen. Die Weiber schlafen nur dann richtig mit dir, wenn sie Lust haben ...

Seht ihr, Nachbarn, weil unsere Regierung uns die Freiheit läßt, und weil der Kaymakam als ein großer Würdenträger der Regeirung bis hierher zu uns gekommen ist, deshalb werden wir auch aus vollem Herzen rufen, ‹Danke! Danke, Efendim ...!› Es kann sein, daß er heute abend oder morgen früh etwas von euch hören will. Dann seid auf der Hut. Die haben es nämlich dick hinter den Ohren. Wenn er fragt: ‹Seid ihr mit unserer Regierung zufrieden?› dann muß man mit ‹ja› antworten. Was kommt dabei heraus, wenn man ‹nein› sagt? Er merkt sich sofort deinen Namen. Nachher zwinkert er dem Gendarmen mal so eben zu. Das bedeutet: Sechs Monate Erholung! Dann bist du der Dumme. Die Ernte bleibt liegen, deine Familie kommt auf den Hund. Da ist es schon klüger, ‹ja› zu sagen. Man bricht sich ja nicht die Zunge dabei ab.

Wie gesagt, das ist ein ganz Pfiffiger. Er wird nicht immer fragen, wie ihr mit der Regierung zufrieden seid. Vielleicht fragt er: ‹Wie ist der Muhtar?› Der Muhtar, das ist ja im Dorf dasselbe wie die Regierung. Der Muhtar sorgt dafür, daß die Gesetze der Regierung befolgt werden. Geld und nochmals Geld, eine Umlage auf die andere ... Das alles ist von der Regierung verfügt, der Muhtar muß es an die Bauern weitergeben. Deshalb gibt es nur eine Antwort: ‹Gut! Uns geht es in jeder Hinsicht gut.› Basta! Denn so ist es ja auch. Jetzt regiert die Demokratische Partei.

Wir haben Demokratie. Ich habe euch neulich genau erklärt, was Demokratie ist. Demokratie heißt, daß man da ist, wo alle anderen sind. Da gibt es kein Dagegensein, keine Zwietracht. Das ist alles verboten! Wenn alle sagen ‹Es geht uns gut›, dann hat man das gleiche zu sagen. Könnten wir etwa Demokratie haben, wenn es uns nicht gut ginge? Wir haben so viel Demokratie, daß der Kaymakam bis zu uns hinauskommt. Also geht es uns auch gut, das ist doch sonnenklar. Also, Nachbarn, wenn der Kaymakam einen von euch ruft und besonders fragt, dann heißt die Antwort: ‹Es geht uns gut!› Wenn er euch aber alle auf einmal fragt, dann heißt es ‹Danke!› Genau wie beim Militär. Und wenn er euch in Grund und Boden verflucht, heißt es immer noch ‹Danke!› So, nun wißt ihr Bescheid. Bei Allah, mein Mund ist ganz ausgetrocknet vom Reden. So einen Muhtar wie mich könnt ihr lange suchen, und wenn ihr ihn im Radio ausrufen würdet. Was habe ich euch in der kurzen Zeit alles beigebracht! Dazu brauchen sie beim Militär zwölf Wochen. Ein Rekrut ist erst nach zwölf Wochen für die Besichtigung reif. Ihr habt das alles in nicht einmal zwölf Minuten mitbekommen, und in zwei Minuten werdet ihr besichtigt. Weil ihr einen guten Muhtar habt, einen klugen, unermüdlichen Muhtar . . .

Wo hat denn der Späher seine Augen? Hat dieser Drecksack nicht gesagt, sie kämen im Galopp heran? So ein Schakal von einem Späher . . .! Wo bleibt er denn, unser Herr Kaymakam?»

«Er kommt!» riefen sie. «Da kommt er!»

«Los, die Begrüßungsmelodie!» rief der Muhtar.

Die Reiter erschienen diesseits der Brücke.

«In Reihe aufstellen!» brüllte der Muhtar. «Anständige Haltung! Die nicht so alte Sachen anhaben, treten nach vorne, die mit vielen Flicken nach hinten! Achtung! Mützen herunter! So, jetzt paßt auf!»

Die Reiter näherten sich, zwei Zivilisten und ein Uniformierter. Der Uniformierte war ein Leutnant der Gendarmerie. Er trug einen frischgewachsenen Schnurrbart. Seine Stiefel waren aus gelbem Saffianleder. Er ritt einen Rappen. Der eine Zivilist sah schäbig aus. Sein Anzug war zerknittert. Seine schmierige Krawatte glich der des Steuereintreibers. Die Dörfler erkannten ihn gleich: Es war Osman, der Registerbeamte. Mit ihm hatten sie öfters zu tun. Wenn sie in sein Büro kamen, war er immer heiter und zu allerlei Späßen aufgelegt. Er unterließ nie, sich nach ihrem Ergehen zu erkundigen und sah zu, daß ihre Angelegenheiten ohne allzuviel Verzögerung in Ordnung kamen. Der andere Zivilist war der Kaymakam, ein wohlgenährter, reinlich und gepflegt aussehender Mann. Der bringt sich nicht um, sagten sich die Bauern. Er war von heller Gesichtsfarbe; seine Haut war frisch und zart. Wenn er einen aus seinen klaren blauen Augen anblickte, schien es, als dringe dieser Blick bis ins Innerste . . .

Der Kaymakam lockerte seine Haltung im Sattel und sah auf die Bauern von Karataş. Da standen sie, die Mützen in der Hand, und warteten. Das pausenlose Kreischen der Zurna klang, als würde eine Kuh abgestochen, dazu das irrsinnige Brummen der großen Trommel — es war nicht auszuhalten. Er spähte nach dem Muhtar. (Da ist er, der wichtigtuerische Idiot), dachte er. (Du lieber Himmel, was für ein Aufgebot! Diese armen Teufel . . .! Nein, was für ein Höllenspektakel . . .!)

Der Registerbeamte und der Gendarmerieleutnant brachten ihre Pferde zum Stehen und blieben ein paar Schritte zurück. Der Kaymakam ritt langsam vorwärts. Er blickte die Bauern forschend an. Wie Schafe hatte man sie aufgestellt. Wie Schafe waren sie, die dorthin liefen, wohin man sie kommandierte, die starben, wenn man es ihnen befahl, deren Los keine menschliche Sprache auszudrücken vermochte . . . Wie elend und zerlumpt sie dastanden . . . Die glanzlosen, zu ausgetrockneten Brunnen gewordenen Augen kündeten von der Fron der Jahrhunderte . . . Augen, die dem Betrachter auswichen, in denen kein Ausdruck zu lesen war, es sei denn der nackte Haß . . . Ja, das war es: Aus diesen dunkelgebrannten, ungewaschenen Gesichtern sprach abgrundtiefer Haß. «Du bist schuld, daß wir so leben müssen», sprach es aus ihnen, «verflucht sollst du sein, dreimal verflucht . . .!»

Der Kaymakam starrte betroffen. Schließlich faßte er sich: «Selâmünaleyküm!»

Für Sekunden leuchtete ein kleiner Funke in den stumpfen Augen auf. Einige antworteten «Aleykümselâm», wie es der Brauch war. Dabei warfen sie dem Muhtar einen ratlosen Blick zu. Andere brachten ein unsicheres «Danke!» heraus, auch sie mit einer fragenden Blickwendung zum Dorfältesten. Am Ende sagten sie alle im Chor «Aleykümselâm».

Der Kaymakam brachte sein Pferd zum Stehen. Es schwindelte ihn. Sein Mund war ausgetrocknet. Diese Gesichter, dieser Haß . . . Er kannte sich selbst nicht wieder. Noch nie hatte er sich so unsicher gefühlt, weder in der Schulzeit, noch im Praktikum oder beim Militär. Noch nie hatte er so erschüttert, so eingeschüchtert vor Dörflern gestanden.

Der Muhtar lief herbei. Er wollte sich seiner sofort bemächtigen. Er gab ihm keine Gelegenheit dazu, sah an ihm vorbei, sprang ohne Hilfe vom Pferd. Einer der Bauern nahm ihm das Pferd ab.

Wieder streckten sich beide Hände des Muhtar nach seiner Hand aus. Gezwungen, unbeteiligt überließ er sie ihm.

«Laß die Zurna mal aufhören», sagte er und entzog dem Muhtar seine Hand. (Wir haben schon manche Dörfer gesehen und manchen Empfang erlebt. So leicht lassen wir uns nicht mehr einwickeln. Die Augen sind uns geöffnet worden. Wir haben Irazcas Geschichte gehört. Und diese Geschichte glauben wir. Also, laß das ganze Theater . . . Glaubst du, von dir wollte sich jemand feiern lassen?)

Er ging auf die in Reihe angetretenen Bauern zu, gab jedem die Hand und fragte jeden nach seinem Ergehen. Sie antworteten alle das gleiche.

«Es geht uns gut, Herr», sagten sie. «Nun, wo wir dich sehen, geht es uns noch besser . . . Uns geht es sehr gut . . . Dank deiner Güte . . . Wir beten um deine Gesundheit, Herr . . . Allah schütze unsere Regierung, unser Volk, unsere Soldaten ...»

Er gab das Zeichen zum Abmarsch ins Dorf. Vor seinem inneren Auge erschienen Hunderte von Händen, wie er sie eben gedrückt hatte. Hände wie Wurzelknorren. Es steht schlecht an der Ostfront, dachte er. Sehr schlecht ...

Wie es die Höflichkeit gegenüber dem Vorgesetzten gebot, stiegen auch der Registerbeamte und der Leutnant von ihren Pferden.

Der Muhtar sah den Kaymakam mit seinen Bauern abrücken. Bei dem konnte er fürs erste nichts ausrichten. Er stürzte auf die beiden anderen Würdenträger zu, umklammerte ihre Hände und hieß sie überschwenglich willkommen. Unterwegs erfuhr Osman Efendi, daß man sich sogleich an sechs Flaschen Wein, sechs Flaschen Raki und einem zarten Lämmchen gütlich tun würde. Der Gendarmerieleutnant beteiligte sich nur wenig an der Unterhaltung.

Der Kaymakam brachte die Bauern mit ein paar witzigen Worten zum Lachen. Solche menschliche Wärme hatten sie nicht erwartet. Ihre Gesichter begannen aufzutauen. Allmählich verloren sie die Untertanenfurcht vor dem hohen Herrn. Auch bei ihnen wagten sich Scherze hervor.

Bald hatten sie die alten Lehmhäuser von Karataş erreicht. In der Mitte des Dorfes sah der Kaymakam die aufgeworfenen Erdhaufen. (Hier muß der Bauplatz sein. Das Haus dahinter ist also das des Schwarzen Bayram ...)

Sobald der Kaymakam den Fuß in das Dorf gesetzt hatte, war der Muhtar herbeigeeilt. Es erschien ihm unerläßlich, den Platz zur Linken des hohen Gastes einzunehmen. Es behagte ihm ohnehin wenig, daß der Kaymakam mit den Leuten lachte, als sei er einer von ihnen. Für ihn, den Muhtar, hatte er nur finstere Blicke gehabt ...

«Wie steht es mit dem Bauen im Dorf, Muhtar?»

Der Muhtar nahm sofort Haltung an:

«Dank Ihrer Hilfe wird ein Haus nach dem anderen gebaut, Herr ...»

«Ja, ich sehe schon ... Ist das nicht eine Baugrube?»

«Jawohl, Efendim. Unser Ratsmitglied Haceli baut hier.»

«Schön. Hat er den Platz von seinem Vater geerbt?»

«Nein, Efendim. Den Platz hat er erst gekauft ...»

«So? Und von wem?»

«Das war Gemeindeeigentum, Efendim. Wir haben es durch Ratsbeschluß zum Verkauf gebracht. Haceli hat darauf geboten und es erworben.»

«Schön ...»

«Die Gemeindekasse bekommt sechshundert Lira dafür ...»

«Wem gehört das verfallene Haus dort?»

«Der Eigentümer ist Rinderhirt im Unterdorf, Efendim. Ein ganz armer Mann. Er hat das Haus nicht instand halten können, so ist es eingestürzt ...»

«Da drüben ist noch so eines?»

«Ja, Efendim. Solche gibt es viele. Mehr als zwanzig.»

«Schön ...»

«Weil unser Dorf früher einem Bey gehört hat ... Und es ist karger Boden hier. Es gibt viel Armut ...»

«Habt ihr viele, die kein Haus haben oder deren Haus unzureichend ist?»

«Eine ganze Menge, Efendim.»

«Willst du hier herum noch mehr Bauplätze verkaufen?»

«Unser Rat wird noch mehr verkaufen, Efendim. Wir brauchen Geld für das Denkmal. Wir müssen verkaufen, das haben wir beschlossen ...»

«Laß jetzt das Denkmal. Deswegen braucht kein Gelände mitten im Dorf verkauft zu werden. Ihr bekommt noch ein Schreiben in dieser Sache. Du sollst mir jetzt nur eine Frage beantworten: Wird über die Grundstücksverkäufe ein Ratsbeschluß herbeigeführt?»

«Ja, Efendim.»

«Und die behördliche Bestätigung?»

«Wir werden das alles nächstens einreichen, Efendim.»

«Ihr werdet diese Beschlüsse wieder aufheben!» schrie der

Kaymakam. «Mitten im Dorf Bauplätze zu verkaufen, das gibt es nicht! Wer ein neues Haus braucht, soll eines von den eingestürzten Häusern kaufen und es sich in Ordnung bringen. Wenn die alle vergeben sind, dann werden wir weitersehen. Aber mach dir keine Sorgen, in deinem Karataş werden die Ruinen in fünfzig Jahren nicht alle . . .»

Der Muhtar war zerschmettert, aber er wollte es sich nicht anmerken lassen:

«Mit Verlaub, Efendim, da vergehen keine zehn Jahre. Unser Dorf ist fleißig. Es vermehrt sich ständig . . .»

Der Kaymakam ließ ihn stehen und wandte sich dem Gendarmerieoffizier zu:

«Herr Leutnant, Sie kümmern sich um die Sache! Geben Sie der Station entsprechende Befehle . . .»

Der Leutnant salutierte.

«Hast du mich verstanden, Muhtar?»

Der Muhtar riß sich zusammen:

«Jawohl, Efendim.»

«Gut, dann laß unsere Pferde holen!» Er wandte sich zu seinen beiden Begleitern: «Wir sind fertig, meine Herren!»

Dunkle Wolken

Es war Abend. Die Schafe waren in ihren Hürden, die Rinder in ihren Ställen. Das Dorf lag ausgestorben da.

Beim Muhtar brannte noch Licht. Sie hatten fertiggegessen.

Ibrahim, das erste Ratsmitglied, erhob sich:

«Wohl bekomm's allerseits, Agas! Gott möge es mehren. Wir haben gegessen und getrunken, möge es Segen bringen. Mich entschuldigt nun. Ich will mich schlafen legen. Wir müssen morgen Gemüse säen. Heute haben wir den ganzen Tag nichts getan. Die Zeit geht schnell herum . . .»

«Güle güle, Ibrahim!» sagte der Muhtar. (Wie ein Wasserbüffel hast du gefressen und gesoffen, Kerl. Der Anteil des Kaymakam war gerade recht für dich. Jetzt hau ab und hock dich zu den Hühnern auf die Stange . . .) «Gott befohlen, mein Freund. Leg dich nur schlafen, damit du morgen zeitig aufstehen kannst.»

Mit Ibrahim stand auch Kosa auf. Mehmet Taşkelle folgte ihrem Beispiel.

Beim Muhtar blieben nur Haceli, der Musikant Hüseyin und das dritte und vierte Ratsmitglied zurück.

«Jetzt werden wir uns noch einmal richtig da hineinknien», sagte der Muhtar. «Es wäre Sünde, solche Wohltaten verderben zu lassen. Aber die Flaschen heben wir uns auf. Die brauchen wir noch, wenn über kurz oder lang wieder eine Plage über das Dorf kommt . . .»

So munter er sich auch gab, in seinem Inneren brodelte es.

(Eine Erniedrigung ohnegleichen! Dabei habe ich mir solche Mühe gegeben . . . «Selâmünaleyküm» hat der Mensch gesagt! Wo gibt es denn sowas? «Merhaba» hat man zu sagen, und zwar laut! Und dann «Wie geht es euch?» Der hat nichts dergleichen getan. Die Hornissen sollen ihn in die Zunge stechen! Na, ich hätte mal Kaymakam sein sollen! Gebrüllt hätte ich, daß das Dorfvolk nur so zusammengeschreckt wäre! Wenn das Volk keine Angst hat, dann ist es um die Regierung schlecht bestellt . . .

Schließlich gibt es bestimmte Regeln für alles. Zuerst geht man auf den Muhtar zu und drückt ihm die Hand:

«Na, Muhtar, wie geht es denn, mein lieber Freund? Allah gebe dir Gesundheit. Alle Achtung, mein Lieber, ich bin wirklich sehr mit dir zufrieden. Sei so gut, mach unsere Pferde fest. Wir wollen uns ein wenig ausruhen. Laß schnell Kaffee bringen! Wie steht es mit dem Essen und so weiter? Dann laß schon mal auftragen. Zeig mal, was du uns zu bieten hast, Bruder . . .»

Ja, so hat ein anständiger Kaymakam zu sprechen, wenn er Religon im Leibe hat. Aber wo lernen diese Burschen heutzutage Anstand und Religion? In den Schulen bringt man ihnen Philosophie bei anstatt gute Sitten! Mich läßt er stehen, wo wir eigens für ihn ein Lamm geschlachtet haben, und das räudige alte Weib hört er an! Dem mächtigen Muhtar gibt er keine Antwort, aber für die Vettel hat er Zeit! Und was für eine Antwort: «Ja, Mutter, das ist ein ganz schlimmer Vorfall! Du mußt Zeugen beibringen und sofort zum Gericht gehen! Darauf steht schwere Strafe. Geh sofort zum Staatsanwalt . . .!»

Daß ich nicht lache! Die gewaltige Regierung wird sich um den Bastard vom Schwarzen Bayram kümmern! Schwere Strafe! Wenn das wahr wäre, dann stünde es allerdings schlimm um Haceli. Wir müssen die Sache hier bei uns geradebiegen, sonst wird er mit seinen blöden Augen die Gefängnismauern von innen betrachten können. Er wird ohnehin genug zu schlucken haben. Noch mindestens vier Jahre im Unterdorf im Sumpf . . . Oder er muß sich an eines von den eingestürzten Häusern heranmachen, wenn er das fertigbringt . . . Heute oder morgen kommt der Gendarm mit dem Befehl vom Kaymakam und läßt uns unsere Unterschrift daruntersetzen. Wenn die Unterschrift erst darauf ist, dann gibt es kein Zuwiderhandeln mehr. Dann ist alles aus . . .)

Dem Tollen Hüseyin gefiel das dumpfe Vorsichhinbrüten des Dorfältesten nicht:

«Du nimmst das viel zu schwer, Bruder. Man spuckt doch nicht auf die Welt, bloß weil der Kaymakam unser Essen verschmäht hat! Was soll das Grübeln? Der Mann war vielleicht in

Eile. Außerdem ist er jung verheiratet. Er kann sich nicht auf den Dörfern verlustieren und seine Frau allein lassen. Die hohen Tiere sind ja auch alle eifersüchtig. Stell dir vor, du wärst Kaymakam. Du wärst auf den Richter eifersüchtig, auf den Staatsanwalt, auf den Chef vom Bezirkskommando ... Denn bei denen geht es doch verzwickt zu. Ihre Weiber sind fast alle hübsch, und weil es ihnen gut geht, können sie nicht allein bleiben, wenn ihre Männer weg sind. Ja, manche gehen sogar dann ihre eigenen Wege, wenn die Männer da sind. Wie sagt unser Herr Ebubekir? ‹Beim Weibervolk darf man die Leine nicht zu locker lassen!› Jeder weiß, wie wahr diese Worte sind! Deshalb darf man dem Kaymakam sein Verhalten nicht übelnehmen. Wer kann wissen, was im Inneren eines Menschen vorgeht? Wer weiß, vielleicht hat ihn ein Argwohn geplagt? Also gräme dich nicht so, laß es dir wohl sein ...»

Der Muhtar holte tief Atem:

«Ich mich grämen? Ich? Nein, mein Lieber, ich bin der Letzte, der sich über so etwas grämt. Unsere Tür steht immer offen. Wer eintritt, ist willkommen, wer nicht eintreten will, der bleibt eben weg. Zu essen haben wir gottlob immer genug. Mir ist es nicht um mich zu tun. Um diesen Haceli mache ich mir Sorgen. Der Kerl hat aber auch nicht für einen Pfifferling Verstand! Man geht doch nicht am hellichten Tag mit einer Ladung Steine auf das Haus seines Feindes los! Und man vergreift sich auch nicht an Weibern, auf keinen Fall. Da braucht eine nur schwanger zu sein, und wie schnell ist etwas passiert! Ja, bei Nacht, das ist etwas anderes ... Wenn man Rache zu nehmen hat, dann muß man es nachts tun. Und man muß die Hand vom Feuer lassen. Dazu ist die Feuerzange da! Dieser Haceli hat mit der Hand hineingefaßt, und nun brennt es lichterloh. Es wird noch schlimmer brennen. Wenn wir die Irazca, diese Plage Gottes, nicht von ihrer Klage abbringen, dann ist er erledigt. Das ist jetzt unsere Sorge, Toller Hüseyin. Deshalb mache ich mir Gedanken, nicht, weil der Kaymakam nicht geblieben ist. Mit der jungen Frau soll es schlecht stehen. Habt ihr etwas gehört?»

«Nur, daß es ihr jetzt noch schlechter geht», sagte der Wächter Mustafa.

«Wirklich?»

«Ja.»

Der Muhtar schlug sich zornig auf die Knie:

«Ein Bandit ist dieser Haceli! Und ein Schwachkopf dazu! Als hätte er am hellichten Tag auf Raub ausziehen wollen! Was kann die arme Frau dafür? Wenn die nun stirbt, dann werden dir die Augen aufgehen, du Trottel!»

Hacelis Stimme war kaum zu vernehmen:

«Konnte ich wissen, daß sie schwanger war? Ich habe vor lauter Wut nichts mehr gesehen!»

«Schwatze kein dummes Zeug, Dreckskerl! Glaubst du, wir seien alle so dumm wie du? Die Männer von Karataş sind wie die Hunde. Das Kindermachen ist ja ihr einziges Vergnügen. Deshalb gehen sie auch so früh ins Bett. Wenn der Schwarze Bayram auch mit Mutter und Kindern in einer Stube schläft, deshalb weiß er es doch einzurichten! Wenn die anderen schlafen, dann macht er sich an seine Frau heran. Du läßt deiner Frau den Bauch leer, obwohl du ungestört bist. Er bringt es eben fertig, seiner Frau ein Kind zu machen. Genauso dumm wie du in diesem Punkt bist, bist du auch in allem anderen. Wenn die Schwiegertochter von dem elenden Weib stirbt, dann sagen alle gegen dich aus. Vertuschen läßt sich da nichts. Wir müssen uns sofort etwas überlegen. Sonst macht sich der Schwarze Bayram morgen, wenn er sich wieder hochgerappelt hat, auf den Weg . . .»

«Bei Allah, Muhtar, du wirst schon etwas wissen . . .» sagte Haceli kleinlaut. «Ich finde mich da nicht mehr zurecht. Wäre ich in diese Lage geraten, wenn ich mehr Verstand hätte? Du mußt mir heraushelfen, tu, was du kannst . . .»

«Was kann ich da tun? Die einzige Möglichkeit ist, den Kara Bayram und die elende Irazca beiseite zu nehmen und sie zu bearbeiten. Wenn die Regierung davon erfährt, dann ist keine Hoffnung mehr für dich. Was glaubst du, wenn der Staatsanwalt Wind davon bekommt! Für den zählt eine Leibesfrucht von dreieinhalb Monaten soviel wie ein strammer Kerl von fünfunddreißig Jahren. Das ist Regierungsverstand! ‹Wer weiß, was für ein großer Mann aus dem Kind geworden wäre? Auch unser erhabener Ismet Paşa war einmal ein dreieinhalb Monate altes Stück Fleisch im Leib seiner Mutter. Wäre damals ein Toller Haceli gekommen und hätte der Mutter einen Stein gegen den Leib geworfen, dann wäre unser großes Vaterland seines Vaters beraubt gewesen!›

So spricht die Regierung. Ich weiß es natürlich besser. Aus einem Kind von Kara Bayram wird nur ein Rinderhirt. Aber, wie ich dir sage, der Regierungsverstand! Für den zählt ein Rinderhirt so viel wie ein Ministerpräsident. Die Regierung weiß genau, wie viele Frauen in Stadt und Land ihre Kinder selbst abtreiben, aber wenn eine Fehlgeburt durch Gewalt zustande kommt, dann bestraft sie den Täter ... Wie heißt es doch? Auf dieser Welt gibt es drei Dinge, die der Verstand nicht begreift: Das erste ist das Wirken Gottes, das zweite ist das Tun der Regierung, das dritte ist ..., na ihr wißt schon, das ... des Bauern. Gott weiß, ob Irazcas Schwiegertochter nicht morgen wieder gesund ist und sich von Herzen freut, das Kind los zu sein! Aber das kümmert die Regierung nicht. Was hat unser Prophet gesagt — Memmet Hafız hat es erst am letzten Freitag vorgetragen: ‹Es gibt nichts Fruchtbareres auf der Welt als den Samen des Mannes. Allah, der Erhabene, hat ihn so geschaffen, daß aus einem einzigen Samenerguß selbst des kümmerlichsten Mannes eine Million Kinder entstehen können. Weil der Erhabene aber nicht wollte, daß die Welt durch Überbevölkerung zugrunde ginge, hat er es so eingerichtet, daß jedesmal nur ein Kind zustande kommt.› So spricht der Prophet. Wie kommt es dann aber, daß die Frauen der Obrigkeit immer höchstens zwei Kinder gebären? Weil sie die anderen fleißig abtreiben und sich künstliche Mittel aus Europa und Amerika besorgen. Da schluckt man einfach eine Pille, so groß wie ein Pflaumenkern, und im Nu ist alles weg. Ohne Mühe und ohne Schmerzen. Das hat aber auch sein Gutes. Wißt ihr, warum? Die Frauen haben keine Angst mehr, und es gibt nicht mehr so viel Streit in der Ehe. Also sind auch diese künstlichen Mittel zu etwas nütze. Aber das muß man natürlich alles wissen. Wenn sich unser Haceli hier besser auskennen würde, dann wäre die Sache jetzt nicht so verfahren. Nun bringe einer mal diesen Mist wieder in Ordnung . . .»

«Wenn es einer kann, dann du?» sagte Haceli.

«Ich soll es können? Was soll ich da noch können, Mensch? Wir haben dem Mann das Lamm abgestochen. Wir haben seiner Frau das Kind weggemacht. Wir haben ihn selbst ganz schön versohlt. Sollen wir jetzt einfach sagen: ‹Komm, wir wollen Frieden schließen?› Nicht einmal der Blödeste läßt sich auf so etwas ein. Der Mann muß nun seine Arbeit liegen lassen, sie muß für ihn getan werden. Das Lamm muß ihm bezahlt werden. Die Baugrube, die du vor seinem Haus gegraben hast, muß zugeworfen werden. Und für all das wirst du sofort sorgen.»

«Und unsere ganze Mühe soll umsonst gewesen sein, Muhtar?»

«Eure Mühe ist umsonst gewesen, aber deine Frau hat auch nicht ihr Kind verloren. Euer Haus ist nicht überfallen worden. Vor dem Gesetz seid ihr jetzt im Unrecht. Kara Bayram hat gewonnen . . .»

Haceli hielt seinen Kopf in beiden Händen:

«Muhtar, das ist zu viel, was du mir antust.»

«Ich tue dir nichts an . . . Mustafa! Schau mal nach, wie es der Haçça geht. Gib uns sofort Bescheid . . .»

Die bleiche Haçça

Havali wusch sich die Hände.

«Meine Arbeit ist getan, Schwester Iraz», sagte sie. «Das übrige steht bei Allah. Ruf mich, wenn es nottut . . .»

Irazca folgte Havali zur Treppe:

«Ist wirklich nichts mehr dringeblieben, Schwester Havali?»

«Allah weiß mehr. Soviel ich sagen kann, ist alles heraus. Seit dem Vormittag war ich da, und jetzt ist gleich Mitternacht. Wenn nur das Blut zum Stillstand käme! Wenn es bis zum Morgen nicht aufhört, ist es aus. Gott verhüte es. Gib nur acht, daß sie das Wasser von den Eierschalen trinkt. Und laß sie auch Stärke essen. Was können wir sonst tun, Schwester? Es ist in Allahs Hand. Wir sind machtlos . . .»

«Allah», sagte Irazca. «Ich möchte schreien wie ein Kameljunges, das geopfert wird. Jetzt könnte ich keinen Mörder mehr hassen . . . Zum Gericht kann ich auch nicht gehen, solange es so steht . . .»

«Seiner Strafe entgeht keiner, Inşallah. Wenn sie nur davonkommt, dann können wir später immer noch zum Gericht gehen.»

«Wird es dann auch nicht zu spät sein?»

«Warum sollte es zu spät sein? Du kannst sogar nach einem halben Jahr zur Obrigkeit gehen und sagen: ‹Wir konnten nicht früher kommen, Efendim, wir waren ans Haus gefesselt!› Das lassen sie gelten. Das ganze Dorf ist ja Zeuge. Sollen wir denn erst im Jenseits sagen, was die Wahrheit ist?»

«Gott segne unsere guten Nachbarn. Der Kopf schmerzt mir, Schwester. Das Leben kommt mir wie ein Kerker vor . . .»

«Auch der schwärzeste Tag vergeht», sagte Havali, als sie die Treppe hinabstieg.

Haçça lag entkräftet, mit wachsbleichem, spitzem Gesicht im Bett. Seit dem Morgen quälte sie ein Hustenreiz, der ihre Schmerzen noch steigerte. Kiefer und Zähne schmerzten von der Verkrampfung so sehr, daß sie nicht einmal zum Gähnen den Mund öffnen konnte.

Bayram hatte sich vor den Herd gebettet und mit einem Gebetsteppich zugedeckt. Er grübelte ruhelos. (Jetzt haben sie auch noch den Wächter geschickt, um zu erfahren, wie es Haçça geht! Die Schurken bekommen es mit der Angst zu tun. Sie wissen, was ihnen blühen wird. Alles, was ich habe und was ich vermag, alles will ich daran setzen, damit sie keine Ruhe mehr finden. Fünfzehn, zwanzig Lira werde ich zahlen und sofort einen Wagen anschirren lassen. Bis vor die Türschwelle der Obrigkeit werde ich fahren, mich auf die Erde werfen und meine Qual hinausschreien: Seht, wie es dem Schwarzen Bayram ergangen ist! Sie sollen sehen, wie ein Mann mißhandelt worden ist, die Gottlosen! Ich nehme auch Haçça mit. Ich schreie nach den Ärzten, damit sie ihr Medizin geben, damit sie mir nicht wegstirbt. Die Regierung soll ihre Gerechtigkeit zeigen. Die Schurken sollen ihre Strafe finden. Die Klagen der Armen sollen nicht ungehört bleiben. Wir wollen sehen, daß die Regierung unser Vater ist. Ihr Ärzte ... Haçça soll nicht sterben ... Gebt ihr Medizin, damit sie gesund wird ... Das Blut soll aufhören zu fließen ...)

«Ich verbrenne», wimmerte Haçça. Ihr Gesicht war schweißüberströmt. In ihren Ohren dröhnte das Hufgetrappel wilder Pferde, kam näher und näher, entfernte sich wieder ... Als das Geräusch verebbte, wurde ihr wohler, die Fieberglut ließ nach. Aber nun kehrten die Pferde um, rasten auf sie zu. Gleich würden ihre stählernen Beine über ihr sein. In ihrem Leib fielen Katzen mit eisernen Krallen übereinander her ... Es war März, da balgten sich die Katzen ... Nebelschwaden umgaben sie. Sie rang nach Luft. Sie hustete. Ihr Husten ließ die Katzen tollwütig werden. Das Blut floß stärker, ihr Gesicht fiel noch mehr in sich zusammen, wurde noch fahler. Sie verging ...

Fürsorge

«Schlecht also?» fragte der Muhtar.

«Schlecht», antwortete Mustafa.

«Sehr schlecht?»

«Sehr, sehr schlecht ...»

«Ob es nicht doch ein bißchen besser wird, wenn wir noch einen Tag warten?»

«Das weiß Gott allein, Aga. Ich kann nur sagen, ihr Gesicht war so weiß wie die Wand da. Von der Haçça, die wir gekannt haben, war nichts mehr übrig. Haçça war wie eine Gazelle gewesen. Wie ein Zypressenzweig ... (Sie war schön. Sie war reinlich. Sie hatte starke Hüften. Genau wie es in dem Sprichwort hieß: Die Frau muß Hüften haben, der Sohn, den sie gebiert, muß Pranken haben. Ahmet, ihr Sohn, hatte Pranken. Mit ihnen würde er zupacken. Hacelis ganze Sippschaft zu Boden schmettern. Einen solchen Sohn hatte die junge Haçça geboren. Die schöne, tapfere Haçça ... Die Hände, die sich an ihr vergriffen hatten, sollten von den Gelenken gerissen werden ...) Aber jetzt ist sie wie ausgelöscht. Ihre Augen sind tief eingesunken. Man erschrickt, wenn man sie sieht ...»

«Haceli, mein Löwe!» sagte der Muhtar, «die Suppe mußt du auslöffeln ...»

Haceli war allein beim Muhtar zurückgeblieben. Die anderen Ratsmitglieder hatten sich zurückgezogen. Seit dem Vormittag war Haceli nicht mehr nach Hause gekommen. Seine Brüder hatten gehört, Bayram habe ihn mit einem Holzscheit übel zugerichtet. Wutentbrannt waren sie vor das Haus des Muhtar gezogen. Dort hatten sie alles übrige erfahren und sich bedrückt und still in ihre Häuser verkrochen. Mochte Allah der Frau beistehen, sonst hatte ihr hitzköpfiger Bruder eine furchtbare Strafe zu erwarten ...

Haceli selbst wußte nicht, wie ihm geschah. Mit jedem Wort, das an sein Ohr drang, wurde seine Verwirrung größer.

Seine Frau Fatma raufte sich währenddessen im Unterdorf die Haare und flehte zu Allah: «Mein Gott, ich bin in ein Tollhaus geraten. Wer von Verrückten abstammt, wird auch verrückt, weil er verdorbene Milch getrunken hat! Rette Haçça, aber dann befreie auch mich. Ich will vor Bayrams Türschwelle liegen und Haçças Sklavin sein, sie soll mit mir machen, was sie will. Wenn ich nur von diesem Wahnsinngen befreit werde!»

Der Muhtar holte tief Atem:

«Mustafa!»

Der Wächter eilte herbei:

«Mach sofort mein Pferd los, Mustafa! Leg ihm den Sattel auf und reite los! Wohin? Nach Ortaköy. Zu Şakir Efendi. Bestelle ihm Grüße von mir und bringe ihn her, tot oder lebendig. Er soll seine Medizintasche gut füllen. Erkläre ihm alles genau. Daß sie das Kind verloren hat, daß das Blut nicht zum Stillstand kommt. Auch, daß man ihr einen Stein gegen den Leib geworfen hat. Er soll alles mitbringen, was er an Medizin und Spritzen hat. Sag ihm, daß es ein besonders schwieriger Fall ist. Er soll sofort kommen, auf der Stelle. Los, Mustafa, spute dich, mein Löwe! Auch du wirst deinen Lohn bekommen. Haceli bezahlt alles. Los, los . . .!»

Mustafa nahm Haltung an: «Zu Befehl, Aga. Aber dafür will ich keinen Lohn. Ich will, daß Haçça gerettet wird. Was ich tue, soll den Nachbarn zuliebe geschehen . . .»

«Recht so», sagte der Muhtar. «Also los nun, schnell!»

«Nun geh schon», sagte der Muhtar zu Haceli. «Geh schlafen. Wenn Bayrams Frau etwas zustößt, kann ich dir nicht helfen. Dann nehme ich deine Frau und übergebe sie Bayram. Und du marschierst ins Gefängnis! Der Schwarze Bayram hat mehr Verstand als du. Jetzt tut es mir leid, daß wir ihn so hergenommen haben . . .»

Haceli rappelte sich langsam hoch.

Der Muhtar betrachtete ihn. (Deinetwegen haben wir es mit dem Kaymakam verdorben. Der weiß nun, was im Dorf vorgeht, und ich habe es nicht hindern können. Er hat alles gemerkt und mich vor dem ganzen Dorf bloßgestellt ...)

Şakir Efendi kam bei Tagesanbruch in Karataş an. Mustafa brachte ihn zum Haus des Muhtar.

«Willst du erst ein bißchen frühstücken?» fragte der Muhtar. «Oder willst du gleich nach der Kranken sehen?»

«Ich überlasse es ganz dir, Aga», erwiderte Şakir Efendi.

Der Heilkundige trug eine Schirmmütze, europäische Hosen und leinene Sommerschuhe. Er mochte um die Dreißig sein. Sein freundliches Gesicht mit den grünen Augen und dem spärlichen blonden Schnurrbart schien immer zu lachen.

«Dann komm, Bruder. Ruh dich einen Augenblick aus. Ich will denen inzwischen Bescheid schicken, damit sie bereit sind, wenn wir kommen ...»

Er rief den Wächter.

Mustafa konnte sich kaum mehr auf den Beinen halten. Er taumelte vor Müdigkeit.

«Geh, sag dem Kara Bayram Bescheid, daß ich nachher mit Şakir Efendi zu ihnen komme. Sag ihnen, daß wir eigens für sie mitten in der Nacht den Doktor von Ortaköy geholt haben. Sie sollen ihre bösen Reden lassen. Nicht einmal ihr Vater, wenn er aus dem Grab herauskäme, würde soviel für sie tun. Mitten in der Nacht habe ich mein eigenes Pferd hergegeben. Und Şakir Efendi war so freundlich und ist sofort gekommen ...»

Mustafa machte sich, innerlich fluchend, wieder auf den Weg. Das einzige, was er sich wünschte, war ein Bett, mochte es gut oder schlecht sein. Nur zwei Stunden Schlaf ...

«Ich habe es ihnen ausgerichtet», meldete Mustafa dem Muhtar.

«Was haben sie gesagt?»

«Nichts.»

Es erschien ihm besser, Irazcas Worte nicht wiederzugeben, auch nicht andeutungsweise.

Bald darauf brach der Muhtar mit Şakir Efendi auf.

Das alte Haus, das er so lange nicht betreten hatte, war so verkommen wie eh und je. All das Zeug, für das man zwei oder drei Räume brauchte — Töpfe, Ackergerät, Körbe, Wäsche, Tragtaschen und Säcke, Siebe und Backtrog —, war in der einzigen Stube zusammengepfercht und machte es nahezu unmöglich, sich darin zu bewegen.

Bayram stocherte im Herdfeuer. Haççа lag erschöpft da. Ahmet war wach geworden und saß neben Bayram. Die beiden kleineren Kinder schliefen.

Şakir Efendi sagte «Selâmünaleyküm», als er die Stube betrat. Das Begrüßungswort, das der Kaymakam gebraucht hatte, bereitete dem Muhtar Qualen. (Es gehört verboten), dachte er. Er konnte ohnehin nicht über den verunglückten Empfang hinwegkommen.

Bayram erhob sich mühsam, um die beiden Männer vorbeizulassen. Er war noch immer sehr mitgenommen.

Irazca sah den Muhtar mit haßerfüllten Blicken an:

«Hast du gesehen, wie mein Sohn aufgestanden ist und dir Platz gemacht hat, Muhtar? Dir, einem Menschen, den man nicht einmal ansehen sollte! Ich stecke voll bis oben. Ich könnte gar nicht genug Worte finden für meinen Zorn. Vor dem Gast ziemt es sich nicht, mehr zu sagen als dies: Du bist kein Mensch, den man in seinem Haus haben will! Durch dich sind wir so geworden wie der Tolle Haceli. Aber wir wissen, was wir zu tun haben . . .»

«Meinetwegen tut was ihr wollt», sagte der Muhtar. «Nur laßt jetzt das Gezeter. Wir sind nicht gekommen, um uns Geschwätz anzuhören. Wenn wir das wollten, dann hätten wir den Wächter hergeschickt und dich in unser Amtszimmer rufen lassen. Ich habe mitten in der Nacht meinen Freund Şakir Efendi aus Ortaköy geholt, damit er nach dieser Rechtgläubigen hier sehen soll . . . Ich habe gehört, es gehe ihr schlecht. Da habe ich den Wächter nach Ortaköy reiten lassen, und mein Freund Şakir Efendi ist auf Vogelschwingen herbeigeeilt ... Ich wollte euch etwas Gutes tun. Erkennt es an oder nicht ... Laßt jetzt den Streit. Eure Kranke soll gesund werden, dann könnt ihr immer noch zum Gericht gehen.»

(Gemeiner Schuft), dachte Irazca, (Moskowiter Knecht).

Şakir Efendi fühlte Haçça den Puls, maß das Fieber und nahm seine Instrumente aus der Tasche. Er ließ Wasser zum Auskochen der Spritzen heißmachen.

«Wie sieht es aus?» fragte der Muhtar.

Şakir Efendi zuckte die Achseln: «Ganz gut.»

Er hatte genug Fälle dieser Art erlebt. Es war nicht schwer, die Frauen durchzubringen, wenn sie nicht eine giftige Mixtur getrunken oder einen heimlichen Eingriff vorgenommen hatten.

«Sie muß einige Tage lang Spritzen bekommen. Und sie muß sehr gut gepflegt werden ...»

«Wir kommen für alles auf», prahlte der Muhtar. «Ich bitte dich, tu was du nur kannst. Ich werde dich mit Allahs Erlaubnis schadlos halten ...»

Şakir Efendi nahm die Spritze vom Feuer:

«Wenn wir noch andere Medikamente brauchen, mußt du einen Mann zur Stadt schicken.»

«So? Meinst du, wir brauchen noch mehr?»

«Vorläufig nicht, aber später muß sich dein Schimmel vielleicht noch einmal auf den Weg machen.»

«Mach dir deswegen keine Sorgen. Gib ihr nur deine Spritze, Bruder. Aber es wäre mir schon recht, wenn du mit dem auskämst, was du da hast.»

Irazca ließ den Muhtar nicht aus den Augen. Angeekelt beobachtete sie seine Bewegungen und sein Mienenspiel.

«Wegen der Spritzen brauchst du keine Angst zu haben, Iracza. Das Geld kriegen wir von Haceli, auf Heller und Pfennig. Wir werden den Schurken schon lehren, am hellichten Tag ein Haus zu überfallen und sich an einer Frau zu vergreifen ...!»

«Gut», sagte Irazca. «Aber was wird aus unserem Kind, Muhtar?»

«Aber ich bitte dich! Wenn deine Schwiegertochter nicht in höchstens einem halben Jahr wieder schwanger ist, dann will ich kein Mann sein! Wir haben ja keinen Krieg. Wer Lust dazu hat, soll nur unverdrossen Kinder machen ... Was gibt es denn Einfacheres? Du verstehst mich doch, Irazca? Du wirst schon zu deinem Enkelkind kommen ...»

Bayram streckte die Füße gegen das Feuer:

«Und die Abreibung? Die Niedertracht, mit der du mich in dein Haus gelockt hast, um mich fesseln und schlagen zu lassen?»

«Das laß aus dem Spiel», sagte der Muhtar. (Hoffentlich war es dir eine Lehre, Schakal), dachte er dabei.

Wieder wie früher — Fatma

Es war einige Tage später. Irazca brachte Şakir Efendi das Essen: Eine Schale Suppe, drei Eier auf einer kleinen Kupferplatte.

«Nichts für ungut, mein Löwe! Seit vier Tagen machen wir dir nichts als Mühe, mit all den Spritzen ... Dank Allahs und deiner Hilfe geht es der Schwiegertochter nun schon besser. Mögen deine Feinde blind werden. Hier, iß — es ist wenig, aber es kommt von Herzen ...»

Der Heilkundige machte erst höfliche Einwände, auf Irazcas Drängen langte er aber doch ordentlich zu. Er nahm sich einen Brotfladen, teilte ihn in vier Teile und kaute mit vollen Backen.

Irazca sah ihm mit Wohlgefallen zu. (Er versteht es, Brot auf die richtige Weise zu essen. Wie schön, daß er sich nicht ziert.)

«Nichts für ungut, Şakir Efendi ... Bei uns ist es ein bißchen eng. Du siehst ja, wie es uns geht. Und dann immer neue Plagen dazu!»

«So ist es nun einmal auf der Welt, Tante Iraz», sagte Şakir Efendi. «So geht es überall auf den Dörfern zu. Einer kann den anderen nicht ausstehen. Keiner gönnt dem andern das Schwarze unter dem Nagel. Was glaubst du, was ich hier in der Erle-Ebene schon alles erlebt habe in meinem Beruf! Es gibt keine Macht, die den Schurken zwingt, ehrbar zu werden. Der Imam hat keine Gewalt mehr über die Leute. Die Armen können sich kein Gehör verschaffen. Sie werden niedergetrampelt. Den Muhtar von Karataş kenne ich — das ist ein ganz arger Schuft. Der bringt es fertig, selbst den Herrgott im Himmel einzuwickeln, nicht nur den Kaymakam. Der bringt die Zeugen und die Richter auf seine Seite. Ja, auf dem Land sieht es schlimm aus, Tante ...»

Şakir Efendi empfahl sich, nachdem er gesättigt war. Er wohnte seit vier Tagen beim Muhtar. Dort aß und trank er, dort war auch sein Pferd untergebracht. Dereimal täglich kam er, um nach Haçça zu sehen und ihr die Spritzen zu geben. Er ging aus und ein wie zu Hause, setzte sich Bayram gegenüber, fragte Haçça, wie es ihr gehe und fühlte ihr den Puls. Bei all dem redete er nicht viel. Er war selbst auf dem Dorf geboren und aufgewachsen; man brauchte ihm nichts zu erzählen. Er machte kein Hehl daraus, daß er auf der Seite der Ärmsten stand. Irazca hatte ihn ins Herz geschlossen.

Kurz nach Şakir Efendis Weggang schlich Hacelis Frau Fatma leise die Treppe herauf. Toman schlug nicht an. Nach langem Zögern trat sie ein.

Bayram wandte sich ab. Er vermied es, Fatma ins Gesicht zu sehen. Haçça hätte sonst vielleicht ihre Blicke bemerken können.

Fatma sah sich in der Stube um, blickte auf Haçça, Bayram, Irazca und die Kinder. Dann setzte sie sich ans Kopfende von Haçças Bett:

«Ich wollte dir gute Besserung wünschen, Haçça.»

In ihrer Stimme war kein Falsch. Jeder, dem nicht das Herz vom Haß verhärtet war, mußte ihre Aufrichtigkeit spüren.

Bayram würgte es in der Kehle. Er war den Tränen nahe.

«Hoşgeldin», sagte Haçça. Auch ihr klopfte dabei das Herz.

Fatma ergriff Haçças Hand: «Wie geht es dir, Schwester?»

«Mir geht es ganz gut. Ein Unglück ist uns widerfahren, das müssen wir eben tragen. Aber wie geht es dir?»

«Wie soll es mir schon gehen?» Sie seufzte und dachte an ihr Elend. Mit einem festen Druck umschloß sie Haçças Hand.

Haçça lächelte.

Irazca trug die schmutzige Wäsche zusammen und häufte sie in einer Ecke auf.

«Willst du waschen, Tante?» fragte Fatma.

«Es ist ja alles liegengeblieben, seit dem schrecklichen Tag. Ich habe Feuer unter den kleinen Kessel gemacht, will das Zeug endlich einmal durchwaschen.»

«Tantchen, wenn es dir recht ist, helfe ich dir. Haçça hat gewiß keine Ruhe, wenn du die Wäsche allein machen mußt, in deinem Alter . . .»

Bayram wandte sich um, blickte von der Seite auf Fatmas hingekauerte Gestalt, ihre Schultern. War das die «schmutzige Fatma», von der seine Mutter gesprochen hatte? Das war eine Frau wie Moschus ...

«Liebes Mädchen», sagte Irazca, «daß du hierhergekommen bist, war ein großer Fehler. Wenn du für uns wäschst, das ist nicht gut. Weder für dich, noch für uns. Ich kenne dein Herz. Du sollst meine Tochter sein, in dieser Welt und in der anderen. Genau wie Haçça. Aber dein Mann kennt in seinem Zorn keine Grenzen. Er schlägt dich, bis du so daliegst wie meine Haçça. Und du hast niemanden, der sich dann um dich kümmert. Ich weiß, was in deinem Herzen vorgeht. Aber es ist nicht leicht, das Geschick zu ändern, das Allah verhängt hat. Wenn man reich ist, kann man es versuchen. Die Armen können nicht anders, als ihr Unglück zu tragen, Mädchen ...»

Haçça drückte Fatmas Hände, sah ihr in die Augen. Fatmas grüne Augen waren von seltener Schönheit ...

Bayram warf wieder einen verstohlenen Blick herüber. (Geschick), dachte er, (so etwas gibt es nicht. Wenn ihre Mutter gewollt hätte, dann hätte sie ihre Tochter dem Kara Bayram und nicht dem Tollen Haceli gegeben. Das war kein Geschick, das war der Unverstand einer Frau. Was sollte Fatma dagegen tun? Auf dem Dorf verheiraten die Eltern ihre Töchter, ohne sie zu fragen. Das ist der Brauch. Mit Geschick hat das nichts zu tun.)

Fatma hatte Bayrams Blick gespürt. Sie wandte sich um; beide sahen sich in die Augen. Irazca beobachtete sie dabei.

«Und wie geht es dir jetzt, Bayram?» fragte Fatma.

«Mir?» (Haceli wird seiner Frau schon erzählt haben, was sie mit mir gemacht haben.) «Mir geht es gut, Fatma. Ich bin in das Haus des Muhtar gegangen. Dein Haceli Efendi war auch da. Ein paar Tage hat es ganz schön wehgetan, aber jetzt geht es etwas besser. Mit Gottes Hilfe werde ich nicht so leicht wieder in eine Falle gehen ... Und du?»

Fatma warf Bayram einen langen Blick zu:

«Man lebt halt so kläglich dahin ...» (Man verendet an deinem Weg, Bayram, du mit den feurigen Lippen, mit den eisernen Handgelenken ...)

«Hat er es endlich aufgegeben, ein Haus im Dorf bauen zu wollen?»

«Wer kann das wissen? Er treibt sich dauernd beim Muhtar herum, ich weiß nicht, was er vorhat. Er sagt mir nichts ...»

«Es heißt, der Kaymakam hätte es verboten.»

«Ja, ich habe es gehört.»

«Dann müßte er noch mutiger sein als Rüstem Zaloğlu, wenn er selbst den Kaymakam nicht fürchtet!»

«Der Esel hat keine Hufeisen, und doch geht er auf den Berg Holz holen! Er geht, wohin man ihn schickt. Daß es sein Untergang ist, das begreift er nicht ...»

Bayram mußte sich mit beiden Händen ins Bein kneifen, so sehr packte ihn der Wunsch, Fatmas Hals unter dem linken Ohr zu küssen. Mit einem Kuß, der wie eine flammende Mohnblüte zurückbleiben würde ...

«Nehmt doch eins von den eingestürzten Häusern», sagte Haçça. «Neben uns. Das ist besser, als mitten im Dorf zu bauen. Und wir wären auch so Nachbarn ...»

«Ja, tut das», sagte Bayram. «Fangt gleich an, das Fundament zu graben.»

«Damit ihr die Grube nachts wieder zuschütten könnt, ja?»

«Ihr schlaft ja auf dem Bauplatz.»

«Wir sind es nun einmal gewöhnt. So, wie ihr an das Zuschütten.»

«Wirklich, man kann es nicht mehr lassen. Ihr könnt auch auf dem Iptakmaz-Berg eine Grube ausheben — wir kommen hin und schütten sie wieder zu. Wir haben nun mal Geschmack daran gefunden!»

«Wenn man es einmal gemacht hat, kann man nicht mehr damit aufhören, wie?»

«Nein, man bekommt nie genug davon!»

«Es erfüllt einen ganz und gar, wie?»

«Ganz und gar.»

«Es ist wie eine schöne Mahlzeit, ja?»

«Wie eine schöne Mahlzeit ...»

Haçça wunderte sich über das seltsame Frage- und Antwortspiel. Es erinnerte an die scherzhafte Einleitung eines Märchens: «Wenn du ein Hirsekorn wärst und ich wäre eine Henne, die es aufpicken wollte, was würdest du dann sagen?»

«Wo ist deine Mutter, Bayram?» fragte sie.

«Sie hat die Wäsche hinuntergebracht.»

«Ach, wenn ich nur aufstehen könnte . . .»

«Ruhe dich nur noch ein paar Tage aus. Mutter muß eben waschen, so gut sie es kann . . .»

«Ich gehe, Schwester Haçça», sagte Fatma. «Alles Gute, und tröste dich. Jedem Menschen kann etwas zustoßen. Allah verhängt es, aber er gibt auch die Geduld, es zu tragen.»

«Alles Gute», erwiderten Haçça und Bayram.

Fatma wandte sich noch einmal um:

«Bayram! Wenn ihr wollt, dann heben wir sofort wieder eine Grube aus, an einem schönen Platz. Wir geben euch Bescheid, dann könnt ihr kommen und sie wieder auffüllen!»

«Gut, Fatma», lachte Bayram. «Und wann soll es sein?»

«Ich sage ja, wir geben euch Bescheid. Abgemacht, Bayram?»

«Abgemacht.»

Fatma ging.

Bayram schluckte. (Abgemacht), dachte er. (Abgemacht . . .)

«Diese Fatma hat ein Kindergemüt, Bayram», sagte Haçça.

«Woher weißt du das?»

«Was braucht man da zu wissen? Wenn sie nicht ganz arglos wäre, hätte sie dann solche Scherze mit dir gemacht? Gestern waren wir Feinde bis aufs Blut. Heute kommt sie in unser Haus und veralbert dich auch noch!»

Bayram lachte: «Ach, das darfst du nicht ernst nehmen! So ein junges Ding schwätzt eben so daher . . . Schlecht ist sie gewiß nicht.»

«Ich sage ja nicht, daß sie schlecht ist. Aber wer euch hätte reden hören, der hätte sich wer weiß was gedacht . . .»

«Aber, aber! Ich verstehe gar nicht, was dir da in den Sinn kommt. Oder hast du etwas gegen Fatma?»

«Ich? Warum soll ich etwas gegen sie haben? Fatma ist mir einerlei. Von mir aus kannst du sie ins Haus nehmen. Vielleicht wäre es sogar gut für mich. Schau mich nur an! An mir hast du nicht mehr viel. Es wird eine ganze Weile dauern, bis ich wieder soweit beisammen bin . . . Ich wollte sowieso schon deiner Mutter sagen, sie sollte dir noch eine Frau nehmen. Das wäre das beste . . .»

Bayram wandte sich wieder dem Herd zu:

«Ich bin schließlich kein Mädchenhändler. Ich habe kein Verlangen, noch einmal zu heiraten.» (Aber . . .)

«Das sagst du. Aber an mir wirst du wohl nicht mehr viel Freude haben.»

Wieder wie früher — ein Freitagsgebet

Es war Freitag.

Bayram war seit Tagen nicht mehr draußen gewesen. Er hockte vor dem Herd wie eine Katze. Draußen häufte sich die Arbeit. Die Balken für die Treppe waren liegengeblieben. Die Feldarbeit blieb ungetan. Die Zeit verstrich nutzlos.

Irazca war unten mit der Wäsche beschäftigt. Beim Hantieren grübelte sie vor sich hin: (Wenn ich nur wüßte, wie es ausgeht! Wir brauchen nur zur Gendarmeriestation zu gehen, den Korporal das Protokoll machen zu lassen und die Sache ist erledigt. Weniger als sieben Jahre kriegt er nicht. Dann verlöscht dem Schurken das Herdfeuer. Aber wenn der Korporal sich vom Muhtar einwickeln läßt? Wenn er das Protokoll so schreibt, wie der es will? Die Gendarmeriestation ist das Tor zur Regierung. Was ist, wenn wir gleich zum Gericht gehen? Ein Haufen Zeugen marschiert auf. Wenn sie einen herumkriegen, fünf lassen sich nicht herumkriegen.

Und unser Kaymakam ist auch noch da. Wie ein Falke. Inşallah, solange dieser Falke das Regiment führt, bleibt unser Wehklagen nicht ungehört! Wie hat er den Schuften die Suppe versalzen! Jetzt drängen sie sich vor unserer Tür. Die mit der silbernen Schwelle erniedrigen sich vor denen mit der kupfernen Schwelle. Und wie sie sich erniedrigen . . .)

Die Männer aus den kleinen Bergdörfern kamen zu Pferde, auf ihren Eseln und zu Fuß. Sie versammelten sich in kleinen Gruppen auf dem Hof der Moschee, zum Freitagsgebet. Sie holten Wasser aus dem Ziehbrunnen herauf, verrichteten die Waschung und führten ihre Gespräche.

Beytullah Hoca saß unter einem der frisch grünenden jungen Aprikosenbäume und erging sich vor einem halben Dutzend ehrfürchtiger Zuhörer in tiefgründigen Ausführungen über Glaubensfragen. Sein weißer Bart zitterte dabei.

(Wenn Bayram nur auch zum Gebet gehen würde), dachte Irazca. (Es kommt ihm nicht in den Sinn. Er scheut sich davor, auch nur an der Moschee vorbeizugehen, genau wie sein Vater. Auf dem Dorf wird einem das übelgenommen. Warum gehen die Leute zur Moschee? Das weiß keiner. Der eine sagt sich: ‹Wenn die andern gehen, dann will ich es auch tun.› Er will nicht abseits stehen. Der andere sagt sich: ‹Wer die Gebete und die Waschungen einhält, wird für einen guten Menschen angesehen.› Also geht er auch, damit man ihn für einen rechten Muslim halten soll. Wir sind nun schon so lange auf dieser Welt. Unser Prophet ist mit dreiundsechzig Jahren gestorben, daran fehlt auch uns nicht mehr viel. Wenn mein Bayram nicht den Weg geht, den alle Welt geht, dann geht er den Weg der Ungläubigen. Wenn alle Welt zum Gebet geht, dann hat auch er sich danach zu richten! Als ob es seine Stirn abnutzen würde, wenn er einmal in der Woche am Freitag das Gebet verrichtete!)

Immer mehr Männer kamen. Die Luft war um die Mittagsstunde schon sommerlich warm, obwohl es erst Frühling war. Viele hatten ihre abgetragenen Jacken beiseite geworfen.

Irazca ließ ihre Wäsche liegen. Sie mußte ihrem Sohn ins Gewissen reden.

«Bayraam!»

Bayram fuhr aus seinen Träumen hoch. Er hatte an Fatma gedacht. Und an Onkel Ağalis Worte: (Das Herz ist wie ein junges Kalb. Es treibt sich herum. Es geht sogar auf Wanderschaft . . .)

«Ja, Mutter?»

«Sag mal, Sohn, willst du nicht langsam wieder mal nach draußen? Wie wäre es, wenn du zum Freitagsgebet gehen würdest, wenigstens einmal in tausend Jahren . . . Alle Männer sind schon versammelt. Hock nicht immer hier herum, als wäre es zu Ende mit dir. Die Leute werden sich noch darüber aufhalten. Das schickt sich nicht für einen richtigen Mann, werden sie sagen. Hier, ich habe dir warmes Wasser heraufgebracht. Steh auf, verrichte die Waschung, und dann geh . . .»

«Es ist recht», sagte Bayram. «Ich gehe.»

Irazca stieg wieder in den Hof hinab.

Bayram krempelte sich die Ärmel hoch.

Haçça erhob sich, nahm die Waschschüssel und stellte sie ihrem Mann hin:

«Warte, ich will dir das Wasser übergießen.» Beim Niederhokken wurde es ihr schwarz vor den Augen.

Bayram sah seiner Frau ins Gesicht. Er würde ungereinigt zum Freitagsgebet gehen müssen.

Die Wände waren kalkweiß getüncht. Darüber waren grüne, gelbe und rote Blumen auf tiefblauem Grund gemalt. Arabische Schriftzeichen krümmten und verknoteten sich wie Schlangen. Der Boden war verschwenderisch mit Webteppichen ausgelegt. Zu beiden Seiten des Mihrab prangten Schrifttafeln in Steindruck, Geschenke, die reiche Pilger der Bergdörfer aus Arabien mitgebracht hatten. Die hohe Decke ... Mehmet Hafız rezitierte mit weinerlicher Stimme Abschnitte aus dem Koran. Die in den vorderen Reihen schaukelten rhythmisch mit den Oberkörpern hin und her. Die Moschee war bis zur Tür gedrängt voll. Alle hatten die Schirme ihrer Kappen nach rückwärts gedreht. Sie knieten. Riesige nackte, schwielige Fußsohlen waren in endloser Reihe nebeneinander ausgestreckt. Die schaukelnde Bewegung der vorderen Reihen teilte sich nach und nach der ganzen Menge mit. Sie wogte wie ein Weizenfeld im Wind. Die Männer hockten wie Schafe aneinandergedrängt und lauschten in frommer Einfalt den Worten, die sie nicht verstanden. Viele waren mit ihren Gedanken anderswo. Mehmet Hafız' weinerliche Stimme ließ Bayram an den Tod seines Vaters denken. Wie sie ihn im Hof auf das Leichenbrett gelegt und gewaschen hatten, wie sie dann das Wasser der rituellen Waschung über den Leichnam gegossen hatten. Tante Sultans Totenklage hatte noch schmerzlicher geklungen als die seiner Mutter. Später war auch Tante Sultans Mann gestorben, aber Bayrams Mutter hatte nicht so herzzerreißend geweint wie ihre Schwester.

(Wenn ich jeden Tag zur Moschee ginge, dann würde mich Mehmet Hafız jedesmal an Vaters Tod erinnern. Einige kommen zu allen fünf Gebetszeiten des Tages hierher. Die anderen finden sich einmal in der Woche ein. Ich selbst komme vielleicht alle paar Monate, manchmal auch nur einmal im Jahr. Von einem Fest zum andern ... In der Mitte der vordersten Reihe, gleich hinter dem Imam, kniet der Muhtar, neben ihm Şakir Efendi. Der Muhtar hat Raki aus Ortaköy holen lassen, für den Kaymakam. Er hat das Lämmchen schlachten lassen. Schließlich hat er sich hingesetzt und sich das alles selbst einverleibt. Sah er das nicht, der gewaltige Allah? Jetzt müßte man den Schurken ins Gesicht schlagen, solange er sich nicht bewegen darf! Wer auch immer diese Haltung in der Moschee erfunden hat — er hat einen guten Einfall gehabt. Und wenn es zehn Jahre dauert, bis es «Rührt euch!» heißt, solange hat keiner mit der Wimper zu zucken. Sicher haben sie die Grundstellung beim Militär von der Moschee übernommen. Der Feldwebel Ismail hatte immer wieder gesagt: «Alles, was beim Militär gemacht wird, hat große Ähnlichkeit mit dem Moscheegebet.» So ist es wirklich ... Haceli kniet dicht beim Muhtar, seine Brüder sind hinter ihm. Die beiden Lumpen geben sich so fromm, als hätten sie ihr ganzes Leben in der Moschee verbracht. Haceli schaukelt, als sei er nicht mehr bei sich.)

Bayram stellte sich vor, er zöge Fatma und diesem da die Kleider vom Leib und jagte sie beide unter die Militärdusche. Ein Anblick zum Totlachen! (O Allah, der du Himmel und Erde geschaffen hast! Ist deine Gerechtigkeit wirklich nicht größer als das Auge eines Sperlings? Wie hast du die besten Felder, die besten Gärten, die besten Frauen verteilt? Wenn ich zu klagen anfinge, dann müßten sich die Berge dort drüben spalten!) Er dachte an Fatma, an ihre Glut, ihre breiten Hüften, ihre Schenkel, deren warmes Fleisch so bereitwillig war wie das Ackerland ... Es gab eine köstliche Birnenart, die «Mädchenschenkel» hieß. Man konnte sich keinen besseren Namen denken ...

«Sadaka Allah ül-asîm! Möge Gott der Erhabene unser Gebet annehmen!» rief Mehmet Hafız. Alle Gläubigen hatten sich jetzt zu erheben und sich viermal niederzuwerfen. Als es vorüber war, ließen Bayrams Kopfschmerzen nach, seine Müdigkeit verflog. Auch in die Menge schien etwas mehr Leben zu kommen. Nun kniete die Gemeinde wieder. Mehmet Hafız schickte sich an, die Kanzel zu besteigen. Auf der ersten Treppenstufe blieb er stehen, breitete die Arme aus und betete leise. Ab und zu schrie er dabei auf wie ein Straßenverkäufer, während er die Stufen hinaufstieg und an seinen Platz ging.

«Gläubige Gemeinde der Muslime, ihr Brüder im Glauben!» begann er. «Ich werde über das Gottvertrauen predigen.» Das tat er ohnehin immer. Wußte er nichts anderes, oder hatte die Regierung es befohlen? Seit man ihn zum Kanzelredner gemacht hatte, weil der zahnlose Beytullah Hoca nicht mehr predigen konnte, sprach er nur vom Gottvertrauen. «Wenn euch etwas Böses angetan wird, dann trachtet nicht nach Vergeltung! Vergeßt nicht: Der gewaltige Gott, der Himmel und Erde, Berge und Felsen, Meere und Flüsse, Pflanzen und Tiere aus dem Nichts erschaffen hat, er kann, wenn es ihm gefällt, mit der Spitze seines kleinen Fingers, im Bruchteil eines Augenblickes, die ganze Schöpfung wieder zu Nichts werden lassen! Wenn er solche Dinge vermag, sollte er es da nicht fertigbringen, die kleinen Ungerechtigkeiten auf dieser Welt zu beseitigen? Wenn er sich da nicht einmischt, so hat er seine ganz besonderen Gründe dafür. Die wohldurchdachten Ziele, die er damit verfolgt, können wir Vergänglichen natürlich nicht begreifen. Aber seien wir nur sicher, daß keine Tat auf ewig ungestraft bleiben wird. Auf jede Schuld folgt die Strafe, entweder in dieser Welt oder in der anderen! Heute oder morgen, vielleicht noch früher als morgen, wer kann es wissen? Geduld und Mäßigung sind gute menschliche Eigenschaften, aber Allah kennt sie nicht. Unser erhabener Prophet geruht zu sagen . . .»

Die gläubige Gemeinde der Muslime gähnte. Die Luft im Raum wurde schwer. (Ich will meine Rache auf dieser Welt nehmen, heute und hier, angesichts von Freund und Feind), dachte

Bayram. (Wenn ich die Gerechtigkeit nicht heute erlebe, dann hat sie für mich keinen Wert. So denken wir mit unserem beschränkten Verstand, begreifst du das nicht, Mehmet, der du die Frömmigkeit gepachtet hast? Du stehst da oben, wir hocken auf der Erde! Du hast eine Garantie für das Jenseits, du birgst dich in Allahs Schutz. Im August hast du es im Schatten des Propheten schön kühl, aber wir müssen unseren armseligen Ochsen und unsere elende Kuh anschirren und auf den staubigen Wegen im Schweiße unseres Angesichts Stroh fahren . . .!)

«Allah ist groß, unser Prophet ist großmütig!» rief Mehmet Hafız aus, «seine Fürbitte wird uns alle vor dem Feuer der Hölle bewahren!» (Das ist ja alles ganz schön), dachte Bayram, (aber wir wollen etwas von heute hören. Komm herunter! Sprich hier bei uns, nicht von da oben!) Es schwindelte ihn, als habe man ihm einen Schlag mit dem Vorhammer auf den Kopf versetzt. Es wurde ihm furchtbar übel. Vorsichtig stand er auf und ging.

«Warum bist du vor der Zeit gegangen?» fragte seine Mutter.

«Ich konnte nicht mehr. Es wurde mir schwindlig. Da mußte ich ganz schnell hinaus . . .»

Kurz nach dem Freitagsgebet bestieg Şakir Efendi sein Pferd und ritt durch das Dorf. Er hatte sich darauf gefreut, endlich wieder im eigenen Bett zu schlafen und die Seinen wiederzusehen. Statt dessen ging es nun nach Düzmeşe. Aber er mußte doch noch einmal bei Tante Irazca vorbeischauen. Er wandte sein unansehnliches Pferd. Wieder mal zu Hause sein . . . Aber in dieser Erle-Ebene könnte man ein großes Krankenhaus aufmachen, und die Arbeit würde nicht abreißen.

Irazca kam auf seinen Ruf sofort zur Treppe gelaufen.

«Bleib nur oben, Tante!» rief der Heilkundige. «Ich bin auf dem Weg nach Düzmeşe. Papur Ahmet ist krank. Ich wollte deiner Schwiegertochter heute abend noch eine Spritze geben. Ich will zusehen, daß ich bis dahin zurück bin. Wenn nicht, dann komme ich morgen früh von Ortaköy herüber.»

«Dann geh nur, mein Löwe, und Glück auf den Weg», sagte Irazca. «Wenn du heute abend kommst, dann mußt du mit uns essen. In all der Aufregung haben wir uns gar nicht erkenntlich zeigen können, nimm's nicht übel, mein Braver. Nicht wahr, du siehst zu, daß du heute abend kommst, wegen der Spritze?»

«Ich werde tun, was ich kann. Wenn ich komme, dann esse ich bei euch. Aber macht nur keine Umstände! Trocken Brot und Zwiebeln, das ist genug ...»

Er trieb sein Pferd an. Der Weg nach Düzmeşe lief den Bach entlang, der im Sommer austrocknete, im Winter spärlich zu fließen begann und im Frühjahr mit den Regengüssen anschwoll, wobei er dann und wann die Häuser und Ställe von Karataş unter Wasser setzte. Der Weg war voll von den Steinen, die der Gießbach angeschwemmt hatte.

Die Sonne trat den Weg nach Westen an.

Şakir Efendi ließ sein Pferd galoppieren. «So, mein Löwe! Tante Iraz sagt immer ‹mein Löwe ...›»

Die Felder lagen einsam da. Die Herbstsaat grünte. Der Weizen steckte schon seine Spitzen aus der Erde; die Gerste war gerade durch das Erdreich gebrochen. Die Felder waren klein, aber das Land dehnte sich endlos, mit seinen Tälern und Hügeln, mit den zwergwüchsigen Bäumen, den Sträuchern und Steinen, mit dem gelben Meer der Ehrenpreis-Blüten ...

Wieder wie früher — das Dorf

Mustafa, der Wächter, wiederholte sich seine Namensliste noch einmal aus dem Gedächtnis. Dann ging er sinnierend auf das Unterdorf zu.

Es hatte geregnet, aber das Wasser war wieder versickert. Der Kaymakam war dagewesen, es hatte eine Menge Aufregung gegeben, der Muhtar hatte unruhige Stunden gehabt, aber jetzt war alles wieder beim alten. Es gab keine Rettung. Erst das Leichenbrett würde die Befreiung bringen.

Die Rauchfahne aus dem Kamin auf Hacelis windschiefem Haus verbreitete den Geruch von Weizensuppe.

«Haceli Efendi!» rief Mustafa. Fatma erschien an der Tür:

«Komm nur herein! Es ist niemand da, er sitzt allein am Herd.»

«Nein, er soll einen Augenblick herauskommen. Ich habe es eilig.»

Haceli kam von selbst. Er hatte Mustafas Rufen gehört.

«Na, was gibt's, Wächter?»

(Wächter, Wächter ... Er glaubt immer noch, er sei wer weiß wieviel mehr, weil er im Gemeinderat sitzt ...) Mustafa konnte das Wort «Wächter» nicht mehr hören. (Aber der Kerl hat ja recht. Der Geringste im Dorf wird Wächter ...)

«Du sollst die Baugrube vor Kara Bayrams Haus zuschütten, oder dir einen Mann suchen, der das für dich macht. Das hat der Muhtar befohlen!»

«Was ...?» Haceli war sprachlos. «Ist das dein Ernst?»

«So hat er es gesagt.»

«Also zieht dieser Muhtar die Hand von mir ab?»

«Ich weiß nur, daß du die Grube sofort einebnen und am Abend in das Amtszimmer kommen sollst. Der Muhtar hat dir etwas zu sagen.» (So, da hast du deinen «Wächter»!)

«Haben wir denn noch nicht genug Schaden? Sollen wir uns auch noch um das Zuschütten kümmern?»

«Der Muhtar sagt: ‹Er soll nur keine Dummheiten machen. Er soll tun, was ich sage!› »

«Ich habe immer getan, was er gesagt hat. Und das ist dabei herausgekommen ... Gut, Befehl ist Befehl. Ich habe den Befehl entgegengenommen ...»

«Und vergiß nicht, heute abend ...»

«Zu Befehl, Mustafa Efendi!»

«Dann also, Eyvallah, Haceli Efendi ...» (Schurke!)

Mustafa ging ein paar Häuser weiter, zu Ibrahim. Das erste Ratsmitglied war nicht zu Hause. Mustafa hinterließ der Frau die Botschaft, daß Ibrahim Aga sich am Abend unbedingt im Amtszimmer des Muhtar einfinden solle.

Nun kam Kosa an die Reihe. Kosas ältester, seit zwei Jahren verheirateter Sohn striegelte in der Nachmittagssonne die Pferde. Die wohlgenährten Tiere stampften und wieherten unter dem Striegel, der ihnen wohltat. Sie wurden gut gepflegt.

Mustafa trat in den Hof:

«Ist dein Vater oben, Hasan?»

«Ja, er sitzt mit einem Gast aus Yellikaya zusammen.»

«Sag ihm, er möchte einen Augenblick herauskommen.»

Hasan rief seinen Vater. Kosa trat heraus, eine Zigarette im Mund: «Komm doch herauf, Mustafa. Was gibt es denn, etwas Wichtiges?»

«Der Muhtar sagt, du sollst heute abend unbedingt zu ihm ins Amtszimmer kommen.»

«Gut, wenn es sein muß ... Wir haben zwar einen Gast im Haus, aber den kann ich ja mitnehmen.»

Nachdem er das dritte und vierte Ratsmitglied benachrichtigt hatte, machte Mustafa sich zu Kara Bayrams Haus auf. Haceli und Fatma waren schon am Bauplatz. Haceli schaufelte, keuchend vor Anstrengung und Wut. Fatma wagte vor Scham nicht den Kopf zu heben.

Mustafa fühlte sich versucht, den beiden «viel Spaß!» zuzurufen, aber er widerstand der Versuchung. Auf einem Vernichteten durfte man nicht noch herumtrampeln. (Ja, Bayram ist Sieger geblieben. Aber sein Sieg ist zu teuer erkauft. Auch die Meisterringer kämpfen von unten. Der Kampf von unten gehört zu den Künsten dieser argen Welt . . .)

«He, Bayram!»

Mustafa stieg die Treppe hinauf. Am obersten Treppenabsatz warf er noch einen Blick auf Haceli. Dann rief er noch einmal.

«Komm herein, Mustafa Aga», sagte Bayram in der Tür.

Mustafa drehte sich um: «Nein, komm du mal hierher und schau dir das an!»

Bayram blickte hinab.

Bayram lächelte: «Ja, so kann es ausgehen. Aber nun komm mit herein.»

«Nein. Wer ist denn bei euch?»

«Niemand weiter. Nur Tante Sultan.»

«Wie geht es Haçça?»

«Ganz gut. Sie kann schon aufstehen.»

«Şakir Efendi sagt, sie muß noch eine Spritze bekommen. Er ist nach Düzmeşe geritten. Aber heute abend wollte er zurück sein.»

«Ja. Er hat noch bei uns hereingeschaut.»

«Na, was sagst du jetzt, Bayram?»

«Du, das muß Tante Iraz auch sehen, damit sie ihre Freude hat.»

Mustafa rief sie: «Hier, Tante, schau dir das bloß an!»

Irazca lachte.

«Na, wie gefällt dir das?»

«Sehr gut! Da muß ich sofort meine Schwester rufen.»

Sultanca kam mit Ahmet. Haçça stand auf. Auch die beiden Kleinen wollten sich das Schauspiel nicht entgehen lassen. Die Bewohner der Nachbarhäuser traten vor die Türen. Die ganze Umgebung genoß den Anblick wie ein kleines Volksfest.

«Das ist genug, Tante Iraz», sagte Mustafa. «Soviel Ehre genügt dem Menschen auf dieser Welt.»

Wie sich der arme Teufel freut, dachte Irazca.

«Nun gib acht, Bayram Efendi. Sofort nach dem Abendbrot sollst du zum Muhtar kommen!»

«Was soll er da?» fragte Irazca argwöhnisch.

«Ich weiß nicht. Der Gemeinderat kommt zusammen. Aber er hat auch Kosa bestellt. Und Haceli. Wahrscheinlich gibt es eine Friedenskonferenz.»

«Das Haus von diesem Dreckskerl betreten wir nicht mehr!» sagte Irazca. «Das kannst du ihm Wort für Wort ausrichten, diesem Dieb, diesem Hund!»

«Macht, was ihr wollt. Ich habe jedenfalls meine Pflicht getan. Er ist nun mal der Muhtar. Wenn er ruft, dann muß man kommen. Laßt mich nicht noch einmal umsonst hierherjagen. Ihr könnt auch auf mich einmal Rücksicht nehmen, Tante Iraz.»

«Den Weg kannst du dir sparen. Mit diesem Schurken, der sich Muhtar nennt, haben wir nichts mehr zu schaffen. Für uns gibt es nur noch das Gericht. Geh nur und sag ihm das.»

Mustafa ging achselzuckend. (Ihr übertreibt es. Mir hätte das da schon genügt.)

Haceli verteilte keuchend den Rest des Erdhaufens auf dem eingeebneten Platz. Fatma trocknete sich mit dem Kopftuch den Schweiß. Als sie sich umblickte, starrten ihr die schadenfrohen Gesichter entgegen. Sie ließ den Kopf sinken und trottete hinter Haceli her. In Scham und Zorn fühlte sie die ganze Welt über sich zusammenstürzen.

Der Fremde

Kosa pochte vergeblich an das Hoftor des Muhtar. Sein Gast aus Yellikaya rauchte eine Zigarette. Kosa trat ein. Der weiße Hund erhob sich bellend. Kosa suchte ihn zu beruhigen.

«He, Muhtar! Schläfst du etwa schon? Los, komm raus, oder willst du uns in Stücke reißen lassen?»

Oben ging die Tür auf. Mustafa trat heraus.

«Akış!» rief er. Der Hund gab sofort Ruhe. Die beiden Männer stiegen nach oben.

«Bitte, tretet ein», sagte Mustafa.

«Sind viele da?» fragte Kosa.

«Nur ein paar Mann.» (Haceli ist noch nicht da. Bayram ist auch weggeblieben.)

Der Muhtar erhob sich sofort, nahm den Gast in Empfang und nötigte ihn an den Platz rechts vor dem Herd. Kosa sollte sich auf die andere Seite setzen.

«Geh du nur selbst dorthin», sagte Kosa, «ich bleibe hier, bei meinem Gast. Du, wenn unser Mustafa nicht gewesen wäre, dann hätte dein Hund uns ganz schön zugerichtet . . .»

«Vor die Tür des Muhtar gehört ein scharfer Hund, Kosa. Für alle Fälle. Ist es nicht so, Bruder?»

Die Frage war an Kosas Gast gerichtet.

«Freilich», erwiderte dieser, «auf dem Dorf muß vor jeder Tür ein Hund wachen . . .»

Auch die Ratsmitglieder drückten dem Gast die Hand. Dann ging der Muhtar auf die linke Herdseite und alle setzten sich.

«In den Städten sind die Straßen voll von Polizisten», fuhr der Besucher fort. «Die wachen über die Ehre der Städter. Aber wenn die Regierung anfangen wollte, in jedem Dorf einen Polizisten zu postieren, dann würde sie bankrott machen. Maşallah, die Türkei hat so viele Dörfer wie der Himmel Sterne! Deshalb tut der Hund uns gute Dienste. Der vor der Tür des Muhtar muß besonders scharf sein. Der Muhtar steht schließlich an der Spitze eines großen Dorfes. Er sollte fünf Hunde halten, nicht nur einen . . .»

«Ja, er hat ganz recht. Der Muhtar ist das Oberhaupt des Dorfes. Ihr alle wißt es. Um es genau zu sagen: Uns obliegt es, seine Exzellenz den Herrn Präsidenten der Republik hier offiziell zu vertreten. Aber ich lege nun mal keinen Wert auf Pomp und Aufwand, deshalb begnüge ich mich mit einem Hund. Wenn wir auch den Präsidenten zu vertreten haben, so ist unsere Fußsohle doch bäuerlich. Zuviel Aufwand auf dem Dorf, das wäre nicht richtig.»

(Du hast schon genug Hunde), dachte Kosa grimmig. (Sie reichen aus, um einen armen Teufel in deinem Haus zusammenzuschlagen.)

Der Muhtar hatte an dem Mann aus Yellikaya Gefallen gefunden:

«Der Tolle Ahmet von eurem Dorf ist mein Freund. Auch euren Muhtar mag ich sehr gut leiden. Wie geht es denn so bei euch? Was macht mein Freund?»

«Dem Tollen Ahmet geht es gut. Sein Geschäft hat sich schön entwickelt. Durch den Handel hat er alle Bauern an sich gebunden. Nur über die Kreditgeschäfte hat er ein bißchen zu klagen.»

«Ja, die Kreditgeschäfte sind für den Kaufmann eine große Last. Aber was hilft es? Die Bauern haben sich nun mal daran gewöhnt ... Ihr Geld ist jedesmal im Nu verschwunden. Also bleibt nur der Tauschhandel mit Gerste, Weizen, Butter, Eiern und so weiter. Das bringt doppelten Gewinn. Wenn es im Herbst an das Eintreiben geht, dann verlangst du für die Ware, die heute vier Okka wert ist, fünf Okka. Dafür ist dein Kapital ja auch festgelegt. Wenn es zu sehr festgelegt ist, dann gehst du dabei vor die Hunde. Das Kapital ist immer das Wichtigste. Wer ein großes Kapital hat, der kann sich ein ganzes Dorf untertan machen. Wer ein großer Händler ist, dem küßt sogar die Regierung die Hand ...»

«Unser Toller Ahmet versteht sein Geschäft», sagte der Gast. «Sein Kopf arbeitet gut ...»

«Dein Toller Ahmet wird sich in ein paar Jahren in die Kreisstadt aufmachen», meinte Kosa. «Heutzutage sind auf den Dörfern keine Geschäfte mehr zu machen. Das Leben ist zu schwer geworden. Man kann sich nicht mehr so leicht durchbringen wie in früheren Zeiten. Die Menschen vermehren sich immer weiter. Die Felder werden knapp und der Ertrag wird von Tag zu Tag weniger. Als mein Vater noch da war, hatten wir elf Ochsenkarren Weizen von unserem Feld in der Gemarkung Yasyurdu. Jetzt hole ich nur noch fünf Karrenladungen heraus, weiß Gott, da kann ich noch so schön vorackern und pflügen. Es bringt eben nichts mehr ein, sein Land zu bebauen. Nur die Kreisstadt kann uns retten, Bruder! Man sucht sich dort an irgendeiner Ecke oder am Stadtrand ein Stückchen Boden, baut ein bescheidenes Haus und macht einen kleinen Laden auf. Die Felder verpachtet man, fertig ist die Sache. Man hat ein bequemes Leben und wird auch einmal als Mensch angesehen. Was man sagt, wird überall angehört. Sie küssen einem zu jeder Zeit die Hand, nicht nur, wenn gerade Wahlen sind. Keiner mischt sich in deine Sachen, keiner gafft und tratscht ... Ihr werdet sehen, in drei Jahren sitzt der Tolle Ahmet aus Yellikaya in der Kreisstadt ...»

«Der Tolle Ahmet versteht sein Geschäft», sagte der Muhtar.

«Ja, er hat sich das auch schon in den Kopf gesetzt», pflichtete der Gast bei. «‹Die Kinder sollen Schuhe an den Füßen haben und zur Schule gehen›, sagt er. ‹Im Dorf stirbst du so jämmerlich wie du lebst›, sagt er. ‹In der Stadt wirst du wenigstens auf einem schönen, eingezäunten Friedhof begraben›, sagt er ...»

Mustafa trat ins Zimmer, in der einen Hand das Stielgefäß mit dem Kaffee, in der anderen ein Tablett mit Tassen. Er schenkte stehend ein und bediente der Reihe nach, zuerst den Gast, dann Kosa, den Muhtar und die Ratsmitglieder.

«Unsere Bösewichte sind nicht gekommen», sagte der Muhtar.

«Aus dem Läuschen ist eine Laus geworden, aus dem Welpen ist ein Hund geworden. So sagt man. Nun, ich habe Frieden zwischen den beiden stiften wollen, aber die Herren geruhen nicht einmal zu kommen. Jetzt werden sie sich gegenseitig vors Gericht zerren. Der eine hat dem anderen die Ziegel zertrümmert. Der andere hat dem einen die Frau geschlagen und hat sie ihr Kind verlieren lassen. Und das Gericht erst! Da kommen sie nie zum Ende. Die Herbergswirte und die Gesuchschreiber in der Stadt werden an ihnen reich werden . . .»

«Sie kommen sicher noch», meinte Kosa. «Es ist doch ganz gut, daß wir erst einmal allein miteinander sprechen können.»

«Ja, ja . . .», sagte der Muhtar. Er stellte seine Tasse auf das Tablett zurück. «Mustafa, sieh rasch noch einmal nach ihnen. Wenn sie nicht kommen, dann habe ich keine große Lust mehr, mir ihretwegen Mühe zu machen . . .»

Kosa wandte die Augen nicht von dem Lammfell, das unter dem Lehnstuhl ausgebreitet war. (Ja, aus dem Läuschen ist eine Laus geworden, aus dem Welpen ein Hund), dachte er.

«Wir haben dem Haceli einen Bauplatz im Dorf gegeben. ‹Vor unserem Haus›, regen die sich auf, ‹er nimmt uns die Aussicht weg!› Als gäbe es in diesem Dorf keinen Gemeinderat und keinen Muhtar. Sie schütten Haceli die Baugrube zu, die er mit viel Arbeit ausgehoben hat, sie zerschlagen ihm seine Ziegel. Der Mann hat einen riesigen Schaden. Im ersten Zorn geht er auf Bayrams Haus los — damit hat auch er sich schuldig gemacht! Warum ist er nicht zu mir gekommen? Ich hätte schon die richtigen Maßnahmen ergriffen . . .!»

(Das hast du ja auch), dachte Kosa. (Was für «Maßnahmen» wirst du wohl noch ergreifen?)

«Er hat ein oder zwei Steine geschleudert. Die Frau war schwanger. Hat der Bayram denn keinen Verstand? Morgens und abends treibt er es mit seiner Frau. Wie ein Hund . . . Das Kind ist weggegangen. Die Blutung hat nicht aufgehört. Wenn die Frau gestorben wäre, dann wäre der Name des Dorfes zuschanden geworden. Ein Verbrechen in Karataş! Ich habe sofort das Pferd satteln und Şakir Efendi aus Ortaköy holen lassen. Mir zu Gefallen ist er gekommen und hat die Mittel mitgebracht, die das Blut zum Stillstand bringen. Ich habe ihn das alles spritzen lassen. Und noch verschiedene Kräftigungsspritzen habe ich ihr geben lassen. Solche Spritzen hat bisher noch keiner aus Bayrams Familie bekommen. Man muß es einmal sagen, obwohl es sich nicht gehört, aber ich habe auch meinen Teil dazu beigetragen. Ich habe Şakir Efendi und sein Pferd die ganzen Tage über versorgt. Şakir Efendi ist ein vornehmer Mann, der bedankt sich nicht einmal fürs Essen. Ja, so stellen wir die Ehre dieses großen Dorfes wieder her. Es sieht ganz leicht aus, aber so leicht ist es nicht. Nun, Kara Bayrams Frau ist gerettet. Sie ist sogar noch gesünder als zuvor. Heute oder morgen bekommt sie die letzte Spritze. Die ganzen Behandlungskosten bezahlen wir. Das heißt, wir werden sie von Haceli eintreiben. Den Hausbau hat der Herr Kaymakam auch verboten. Ich habe dem Haceli sofort den Befehl gegeben, die Grube wieder zuzuschütten.

Nun sag du, Bruder Kosa, hätte ich noch mehr tun können?»

(Und das Lamm?) dachte Kosa. (Und die Prügel, die Bayram bekommen hat?)

«Du hast es wirklich an nichts fehlen lassen», sagte der Gast. «Du bist nicht wie ein Muhtar zu ihnen, sondern wie ein Vater. Du brauchst dir nichts vorzuwerfen.»

«Und was meinst du, Bruder Kosa? Ist es nicht so, wie er sagt?»

«Bei Allah, Muhtar», erwiderte Kosa, «die ganze Schuld liegt bei dir. Du hast die Baugrube vor Bayrams Haus ausheben lassen. Ich möchte dich mal sehen, wenn sie vor deinem Haus graben würden! Der Schwarze Bayram mag ein armer Teufel sein, aber jedermann hat seine Ehre. Die Sache ist uns allen gegen den Strich gegangen . . .»

«Aber, Kosa, ich bitte dich», rief der Muhtar, «wie kannst du nur so reden, mein Löwe! Wir haben dich gerufen, damit du um Allahs willen ein paar passende Worte sagen solltest. Und nun hältst auch du dem Schwarzen Bayram die Stange. Kosa, das ist nicht recht, dem Muhtar und dem Gemeinderat gegenüber . . .»

«Was ich gesagt habe, das ist schon recht. Den Lügner soll der Teufel holen . . . Wovon sprichst du eigentlich, Muhtar? Ich habe Bayrams Haçça nach dem Zusammenstoß gesehen. Ich habe Bayram gesehen, wie er sich aus deinem Haus geschleppt hat. Du hast ihn zu dir gelockt, hast ihm Hände und Füße fesseln und ihn prügeln lassen. Das hat er mir gesagt. Das sind niederträchtige Ränke! Ein anständiger Mann tut so etwas nicht . . .»

«Das ist eine Lüge! Doppelt und dreifach gelogen ist das!»

«Bei Gott, ich habe noch nie in meinem Leben gelogen. Und ich glaube nur das, was ich mit eigenen Augen gesehen habe!»

«Und wenn du es zehnmal gesehen hast, es bleibt doch eine Lüge. Er hat mit seinem Gehinke nur Theater gespielt. Schließlich ist er Şalis Sohn, bei dem muß man auf alles gefaßt sein. Jetzt spielt er also mit unserer Ehre? Schau mal an . . . Mit dem Hinken versucht er es . . . Bei Allah, so viel Hinterhältigkeit käme nicht einmal den Engländern in den Sinn . . .!»

«Also gut, nehmen wir einmal an, Bayram treibt mit all dem nur ein Spiel, um dir zu schaden. Aber wie war es mit Haceli? Wir haben ihn zum Ratsmitglied gemacht. Wir wollten ihm helfen, nach oben zu kommen. Ich weiß nicht, ob es richtig war. Wir haben ihn übermütig werden lassen. Wer ist er denn, daß er sich anmaßt, mitten im Dorf zu bauen? Es gibt genug andere Plätze, der Kaymakam hat ganz recht. Man darf einem Esel keinen Zaum anlegen, sonst hält er sich für ein Pferd . . .»

«Ja, das stimmt. Wir haben ihn übermütig werden lassen. Ich will ja auch nicht behaupten, er sei im Recht. Aber jetzt geht es doch nur darum, daß die dumme Geschichte unter uns bleibt, damit unser Dorf nicht bei der Regierung in schlechtes Licht gerät. Du gehörst schließlich zu den Honoratioren. Es ist nicht recht von dir, die Sache nur noch mehr aufzublasen . . .»

«Ich habe dir nur klargemacht, wie es zu der Sache gekommen ist. Natürlich müssen wir uns um einen Ausweg bemühen. Aber das ist schwer . . .»

«Haceli muß die Pflegekosten bezahlen. Bayram sagen wir, er soll auf seine Klage verzichten. Die Grube haben wir schon zuschütten lassen . . .»

«Und Hacelis Ziegel? Wenn er damit keine Ruhe gibt?»

«Ich scheiße auf seine Ziegel! Hätte er Bayrams Haus in Frieden gelassen!»

Als der Wächter durch das Hoftor trat, kam Haceli schon hustend zum Vorschein.

«Sie warten auf dich», sagte Mustafa. «Beeil dich. Nun muß ich schon zum zweiten Mal kommen.» Er ging ins Dorfinnere zurück. Alle Haustüren waren geschlossen. Aus keinem Fenster drang Licht. Nur in der Schenke war noch etwas Leben. Die schmale Mondsichel verschwand immer wieder hinter den Wolken. Die Sterne waren unsichtbar. Mustafa war todmüde vom Umherlaufen; grollend dachte er an Bayrams Halsstarrigkeit. (Die alte Frau ist die Schlimmste, querköpfig wie ein Wildschwein ... Was wollen sie denn noch? Warten sie, bis der Muhtar dem «Bayram Bey» noch die Hand küssen wird?)

Wieder einmal betrat er Bayrams Hof, rief dem knurrenden Toman ein «Kusch!» zu und erklomm die Treppe. «Bayram Efendi! Bayram Bey!»

«Da ist er schon wieder», sagte Bayram, ohne sich zu rühren.

Ahmet stand auf. Auch Haçça versuchte, sich zu erheben.

«Keine Umstände, junge Frau!» sagte Mustafa. «Ich will mich nicht setzen ... Komm, Bayram Efendi! Der Muhtar und der Gemeinderat erwarten dich. Schnell, steh auf, Bayram Bey!»

«In unserer Familie gibt es keinen Bey!» schrie Irazca. «Schwätze nicht so dumm daher, Mustafa. Habe ich dir heute abend nicht schon einmal gesagt, wir gehen nicht zu dem Schurken? Warum richtest du es ihm nicht aus?»

«Tante Iraz, ich komme nicht zu meinem Vergnügen hierher. Ich bin ein Sklave des Befehls. Wenn ihr ein Einsehen hättet, dann hätte das erste Mal schon genügt. Ich bin seit dem frühen Morgen auf den Beinen! Der Islam verbietet, die Menschen zu quälen ...»

«Wir haben schon zuviel gehorcht! Sollen wir wieder einmal Prügel einstecken?»

«Wer spricht denn von Prügeln? Es sind doch eine Menge Leute da! Kosa, sein Gast, der ganze Rat. Haceli auch. Es soll nur etwas beredet werden, und du sollst dabei sein. Wenn es dir nicht recht ist, kannst du dann immer noch nein sagen. Warum laßt ihr mich denn so lange warten?»

Bayram stand auf: «Also, gehen wir!»

Irazca stieß einen Schrei aus:

«Wohin gehst du, Hohlkopf? Hast du auch überlegt, was du sagen willst? Willst du dich dem Muhtar ausliefern?»

«Keine Sorge, Mutter», antwortete Bayram. «Ich habe überlegt. Ich werde kein Wort sagen. Ich will nur zuhören.»

«Sie stellen dir wieder eine Falle . . .»

«Das wird diesmal nicht so leicht sein.»

«Sie beschwatzen dich . . .»

«Ich gebe ihnen keine Antwort . . .»

«Warum willst du überhaupt hingehen? Was hast du mit dem Muhtar und mit dem Gemeinderat noch zu schaffen? Unser Weg führt zum Gericht, alles andere geht uns nichts mehr an!»

Bayram war schon mit Mustafa gegangen.

«Bleib hier, dummer Kerl!» rief Irazca hinter ihm her. «Die sollen hierherkommen und sich dir zu Füßen werfen! Bleib, habe ich gesagt! Oh, dieser Bayram mit seinem Spatzenhirn! Er hat es in der Hand, mit den Feinden aufzuräumen, und er weiß nicht einmal diese Gelegenheit zu nutzen! Bayram, du Hasenherz . . .»

Und wieder — Schlangen

Es war Schlafenszeit. Sultanca wandte sich in die Richtung, in der die heilige Stadt Mekka lag. Sie begann zu beten. Sie dachte an die Gerechtigkeit Allahs, die so lange auf sich warten ließ. Sie betete um einen Zauber, der die Häuser ihrer herzlosen Söhne zusammenschrumpfen und ihre eigene elende Behausung in die Höhe wachsen lassen sollte. Die Schlangen würden dann nicht mehr bis zu ihr gelangen; statt dessen würden sie da oben in den Stuben ihrer Söhne herumkriechen und sie im Schlaf überfallen. Sie mußte sich schämen, als Mutter so etwas zu wünschen, aber warum hatten sie sie auch dem Elend preisgegeben? Ibrahim hatte sie «mein Herzensmütterlein» genannt, als er noch nicht verheiratet gewesen war. Şükrü hatte ihr immer wieder versprochen, er werde gut für sie sorgen. Dann hatten sie nur noch Augen für ihre Frauen gehabt und sich von ihnen gegen ihre Mutter einnehmen lassen. Statt sie für ihre Sünden zu strafen, schickte Allah ihr die Schlangen. Was war das nur für ein Gott ...

Nun war ihr Gebet wirkungslos geworden. Sie begann von neuem, zitternd vor Angst, eine Schlange würde auf sie zukriechen und sich um ihren Hals knoten. Sie fühlte sich von den bösen Geistern bedrängt. Sie verhaspelte sich beim Beten. Es war wieder umsonst. Mochte Allah ihr vergeben. Sie hatte es nicht mit Absicht getan. Die Schlangen waren schuld daran ... Als sie ihr mit Verwünschungen gemischtes Gebet recht und schlecht beendet hatte und die ausgebreiteten Hände sinken ließ, klang von draußen der Ruf zum Nachtgebet. Sie erschrak. Unter all den Anfechtungen hatte sie ihr Gebet so oft unterbrechen müssen, daß sie nun die Zeit nicht eingehalten hatte. Wenn nur die Gebetsrichtung nicht auch noch falsch war ... Ob Allah ihr Gebet annehmen würde? Wenn nicht, dann sollte er es eben lassen! Was hatte sie nicht alles erdulden müssen — unter tausend Qualen hatte sie die Kinder geboren, unter tausend Qualen hatte sie sie großgezogen, und nun sperrten sie sie hier in ein Loch zu ebener Erde!

Sie steckte die Gebetskette in die Rocktasche, rollte den Gebetsteppich zusammen und nahm ihr Bettzeug aus dem Fach an der Wand. Als sie die Matratze und die Decke auf dem Boden ausbreitete, klopfte ihr das Herz bis zum Hals. Sie blies die Kerze aus und legte sich nieder, dabei murmelte sie ein Basmala nach dem andern. Sie dachte nicht mehr an ihre Worte von vorhin; sie sprach das längste Nachtgebet, das sie sich ausdenken konnte:

«Allah, dir vertraue ich mich an. Die Engel sollen bezeugen, daß ich an dich glaube und deine Gebote halte. Ich habe mich zur Ruhe gelegt. Allah, wenn du willst, werde ich morgen wieder aufstehen. Du bist der wahre, der eine, der allmächtige Gott, und Muhammed ist dein Prophet. Schütze uns vor den bösen Frauen, vor den mißratenen Kindern und vor den Nachstellungen der bösen Nachbarn, o Herr. Bewahre uns vor dem Übel, das uns Beys und Padişahs antun. Nimm uns auch in Schutz gegen die Glaubenslosen, gegen die Unbarmherzigen, gegen die, denen die Pilgerfahrt nach Mekka nichts bedeutet, gegen die, die des Hocas Wort nicht hören, gegen die, die kein Gewissen haben, gegen die, die dem Befehl nicht gehorchen, gegen die, die das Eigentum nicht achten und gegen die, die keine Scham kennen. Laß es uns erleben, daß die Guten siegen, die Bösen besiegt werden und die Schuld Vergebung findet, o Herr! Gib dem Herzen Frieden, o Herr! Laß mich am Ende meines Lebens noch gute Tage, gute Gesichter und gute Augen sehen, o Herr! Barmherzigkeit, o Herr, Barmherzigkeit . . .»

Sie zog sich die Decke über den Kopf.

«Schau mal, Bayram», sagte der Muhtar, «du bist doch ein ganz vernünftiger Mann. Da brauche ich nicht erst lange zu reden. Ihr müßt euch versöhnen, gleich jetzt und hier. Wenn ihr zum Gericht geht, glaubt ihr, die könnten das besser machen als wir? Also kommt her, wir wollen die Sache unter uns ins Reine bringen. Ich selbst habe ja keine zehn Para davon,mir ist es nur um ein gutes Werk zu tun. Ihr alle wißt, wie gern ich gute Werke vollbringe. Ganz Karataş weiß, daß ich zu jedem Fest eineinhalb

Kilo Bonbons an die Kleinen verteile. Also, Schluß mit der Halsstarrigkeit! Die Pflege deiner Frau kostet dich keine fünf Kuruş; das Geld wird Haceli aufbringen. Und Haceli wird seine Ziegel vergessen. Nicht wahr, Haceli?»

Haceli schnappte nach Luft:

«Willst du uns zugrunde richten, Muhtar? Warum redest du jetzt auf einmal so? Ich dachte, du meintest es gut mit uns?»

Der Muhtar gab sich verwundert:

«Was soll das heißen, dummer Kerl? Wie rede ich denn?»

«Mann, ich bin meine zweitausend guten Ziegel los! Weißt du, was das heißt? Das sind mindestens zweihundertfünfzig Lira! Habe ich das Geld vielleicht im Bach gefunden? Und all die Kosten für das Ausschachten! Erst haben die es wieder zugeschüttet, dann wir selbst, auf deinen Befehl. Ich habe doch auch nichts! Oder glaubst du, seit ich zum Gemeinderat von Karataş gehöre, habe ich Karawanen von Aleppo unterwegs? Und das Geld für die Spritzen! Wer so viele Spritzen geben läßt, der soll sie auch bezahlen! Wenn meine Frau morgen eine Fehlgeburt hätte, meinst du, Kara Bayram würde sich dann um die Spritzen kümmern?»

Bayram biß die Zähne zusammen. (O ja, mein Lieber, um die Spritzen für deine Frau haben wir uns bereits gekümmert! Und es werden nicht die letzten gewesen sein . . .)

«Allah verleihe uns Geduld», seufzte der Muhtar. «Jeder von euch zieht nach der andern Seite. Aber ich bin auch noch da, Haceli, und ich traue mir zu, einen Mann wachsweich zu kriegen! Du gehst langsam zu weit, Schurke! Du hast kein Recht, noch große Reden zu halten. Denkst du, du könntest mir nichts, dir nichts ein Haus überfallen? Du wolltest dich wohl vor den Leuten als der große Köroğlu aufführen, was? Statt dich an den Mann zu halten, hast du dich an der Frau vergriffen. ‹Wer sich mit dem Zorn erhebt, bleibt mit dem Schaden sitzen›, heißt es. Hast du das noch nie gehört? Auf das, was du getan hast, stehen jetzt besonders schwere Strafen. In unserem Land ist jetzt Demokratie, und unsere Regierung mißt jedem Kind, auch dem ungeborenen, einen ganz hohen Wert bei! Aber das war auch früher schon so. Unser erhabener Prophet hat gesagt: ‹Wer sich gegen das Kind im Mutterleib vergeht, der ist vor dem Angesicht Gottes und in meinen Augen eines schweren Verbrechens schuldig!› Ibrahim Hafız aus Karaman hat neulich gesagt, daß es so vom ehrwürdigen Bilâli Habeşî überliefert worden ist, der es mit eigenen Ohren gehört hat. Und als der erhabene Prophet diese Worte gesprochen hat, war auch unser Herr Ali dabei. Nun, du hast den Stein im Zorn geworfen, wir wollen dir daher zugutehalten, daß du nicht gewußt hast, was du tust. Kein Sterblicher ist ohne Fehl. Wir wollen die Sache hier unter uns wieder in Ordnung bringen. Bayrams Frau war dem Tode nahe, das weißt du. Wir haben sie kurieren lassen. Es ist nur recht und billig, daß du die Kosten trägst. Und Bayram muß auf seine Klage verzichten. Was kann er anders tun, nachdem wir ihn darum gebeten haben? Er hat es natürlich auch nicht leicht. Seine Frau ist mindestens sechs Monate für keine Arbeit zu brauchen. Was fängt so ein blutjunger Mann überhaupt ohne Frau an? Und die Erntearbeit steht vor der Tür. Wer soll dem Mann die Arbeit machen? Man muß auch an die andern denken, nicht nur an sich selbst. Also, denke gut darüber nach, bevor du mir antwortest. Wenn dieser Mann Klage erhebt, dann hast du mit mindestens sieben Jahren zu rechnen, und die Pflegekosten mußt du obendrein bezahlen. Das Schwurgericht wird dich in das Zuchthaus von Burdur werfen. Weißt du, was das bedeutet? Allah möge meinen ärgsten Feind nicht da hineingeraten lassen!»

«Wir haben doch keine drei Kuruş mehr, Muhtar!» jammerte Haceli. «Wir haben alles ausgegeben! Ist es denn nicht genug, daß wir im Unterdorf im Morast sitzenbleiben? Jetzt wollt ihr uns auch noch bis aufs Hemd ausplündern! Das ist schlecht von dir, sehr schlecht ...»

«Du mußt in Ruhe nachdenken, Haceli, Bruder», sagte der Muhtar mit väterlicher Geduld. «Sei nicht dumm, du bist im Unrecht. Du hast nun mal den kürzeren gezogen. Überlege es dir gut ...»

Die Ratsmitglieder, Kosa und der Gast schwiegen.

«Seid nicht so still, Freunde!» sagte der Muhtar. «Helft mir, die beiden zur Vernunft zu bringen. Wenn sie vor Gericht müssen, haben sie beide nichts zu lachen. Redet ihnen doch auch ein bißchen zu . . .»

Die Ratsmitglieder schwiegen mit verdrossenen Mienen. Auch Kosa sprach kein Wort. (Vorher hast du uns auch nicht gefragt), dachte er schadenfroh. (Nun sieh zu, wie du fertig wirst . . .)

Plötzlich unterbrach Bayram das peinliche Schweigen:

«Ich hätte etwas zu sagen, Muhtar.»

Der Muhtar sah ihn erleichtert an: «Sprich nur, Bayram, sprich!»

«Gib mir erst einmal das Messer zurück.»

Der Muhtar zog ein Gesicht, als hätte er in eine Zitrone gebissen:

«Was für ein Messer, Bayram?»

«Das du damals von mir geborgt hast. Du hast es wohl gebraucht . . .»

«Was meinst du, Mann? Wann denn?»

«Nun, an dem Tag, als der Streit war, hast du mich doch hierherrufen lassen. Erinnerst du dich nicht mehr?»

«Ach ja, richtig . . . Jetzt fällt es mir ein . . . Ihr habt mir aber auch meinen ganzen Verstand durcheinandergebracht! Warte, ich lasse es gleich holen . . .»

Er gab dem Wächter ein Zeichen: «Los, geht zur Base. Es ist im Wandschrank, unter den Betten . . .»

Mustafa ging ins andere Zimmer. Gleich darauf kam er mit dem Messer zurück. Der Muhtar reichte es Bayram.

«Jetzt habe ich eine Frage an dich», sagte Bayram. «Du brauchst sie natürlich nicht zu beantworten. Als ich an jenem Tag hier hereinkam, fielen zwei Männer von hinten über mich her, verbanden mir die Augen und fesselten mich an Händen und Füßen. Dann warfen sie mich auf den Boden und schlugen mich. Du warst nebenan und hast alles mitangesehen. Kannst du mir vielleicht den Grund dafür erklären?»

(Nun antworte), dachte Kosa. (Eben, als ich dich danach fragte, hast du noch geleugnet . . .)

«Von so einer schmutzigen Geschichte weiß ich nichts, Bayram», sagte der Muhtar. «In meinem Haus ist nie jemand geschlagen worden. Weder gestern, noch heute oder morgen . . . Ausgeschlossen! Du mußt dich geirrt haben . . .»

«Aber nein, mein Lieber, wie kann ich mich denn geirrt haben? Ich bin es ja, der die Prügel bekommen hat. Ich habe gefesselt, mit dem Gesicht nach unten, am Boden gelegen, und du kamst dazu. Du hast mir das Messer unter dem Gürtel hervorgezogen und meine Fesseln gelöst. Hast du es vergessen? Und wenn ich mich geirrt habe, wo kommt dann das Messer her? Was macht mein Messer in deinem Haus?»

«Du verleumdest mich, Bayram! Von all dem ist kein Wort wahr!»

«So? Dann ist also auch meine Frau nicht mißhandelt worden? Sie hat keine Fehlgeburt gehabt? Also sind auch das alles Lügen?»

«Nein, das ist wahr. Das streite ich auch nicht ab. Aber was du da erzählt hast, das sind alles Hirngespinste. Ich sehe schon, es genügt dir nicht, dich an Haceli schadlos zu halten. Du willst auch an mich heran. Aber da hast du Pech gehabt, mein Lieber. So dumm bin ich nicht. Mir stellst du kein Bein. Ich habe gleich gemerkt, worauf du hinauswillst. Du willst mich hier vor dem Rat und den Honoratioren erledigen. Aber gib nur acht, daß du nicht selbst erledigt wirst! Wenn du glaubst, daß du das mit mir machen kannst, dann kennst du mich noch nicht . . .»

«Gut», sagte Bayram. «Deine Antwort genügt mir. Diese Sache ist damit erledigt. Aber wie steht es mit dem Lamm?»

Kosa triumphierte innerlich.

«Was für ein Lamm?» stammelte der Muhtar.

«Was für ein Lamm wohl? Nun, unser neugeborenes Lamm natürlich!»

«Ach so . . . ja, da ist uns ein Fehler unterlaufen. Für den Kaymakam brauchten wir ja ein junges Lamm. Ich habe Haceli hinausgeschickt, er sollte eins von unseren Lämmern bringen. Das hat er dem Hirten auch gesagt. Aber ihr kennt ja den Hirten Hacı. Er ist eben ein bißchen einfältig. Er hat das falsche Lamm erwischt. Wie konnte Haceli das wissen? Hättest du Hacelis Lamm erkannt? Da trifft niemanden eine Schuld. Damit können wir diese Sache abschließen. Das ist eine Sache für sich. Sie hat nichts mit der Angelegenheit zu tun, die wir hier bereden. Darüber sprechen wir später. Du bekommst dein Lamm natürlich bezahlt . . .»

«Was nützt uns das Geld? Jetzt im Sommer fehlt uns das Lamm.»

«Na schön, dann kaufst du dir eben ein trächtiges Mutterschaf.»

«Aber du willst mir das Geld für das Lamm geben. Kann man damit ein trächtiges Mutterschaf kaufen?»

«Nun, mein Lieber, dann kaufst du eben ein verwaistes Lamm und siehst zu, daß dein Schaf es annimmt! Muß ich dir das alles beibringen, Mann? Das gefällt mir, von nichts eine Ahnung haben und sich aufblasen wie sonstwer!»

«Lauter Geschwätz! Als ob es eine Kleinigkeit wäre, ein Schaf an ein fremdes Lamm zu gewöhnen! Darüber machst du dir keine Gedanken. ‹Ein Fehler›, sagst du, damit ist es für dich abgetan. Ein Fehler, und der trifft ausgerechnet eins von unseren beiden Lämmern! Und warum geht Haceli ein Lamm aus der Herde holen? Wozu hat das Dorf einen Wächter?»

«Sag mal, bin ich dir Rechenschaft schuldig, Kara Bayram? Ich gebe dir den guten Rat, treib es nicht zu weit. Der Wächter hatte anderes zu tun. Wir haben Haceli geschickt, weil er Ratsmitglied ist . . .»

«Sehr schön, aber ich habe den Hirten selbst gefragt. Haceli hat ihm gesagt: ‹Gib mir eins von Bayrams Lämmern, der Muhtar hat es gekauft.› Nun, was sagst du dazu?»

Der Muhtar verlor die Beherrschung:

«Bist du von Sinnen, Bayram? Was führst du für unverschämte Reden?»

«Kommen sie dir ungelegen?»

«Haben wir hier zu bereden, was mir gelegen kommt? Hier geht es um die Sache des Dorfes! Ich lasse nicht zu, daß der Name des Dorfes deinetwegen vor der Regierung mit Schande bedeckt wird! Und vergiß nicht: Du bist in einem Amtsraum. Laß dein Ohr hören, was aus deinem Mund herauskommt! Rede mit Bedacht. Nun antworte auf meine Frage: Läßt du von deiner Klage ab, wenn Haceli dir die Pflegekosten bezahlt?»

Bayram richtete sich auf: «Nein.»

«Warum nicht?»

«Was ist mit dem Lamm?»

«Wir bezahlen es dir ja!»

«Was soll ich mit dem Geld? Das Schaf ist ohne das Lamm nichts mehr wert. Ich verlange ein trächtiges Mutterschaf. Genauso ein Schaf wie meines.»

«Also gut. Du gibst uns dein Schaf, und wir kaufen dir ein trächtiges Mutterschaf. Einverstanden?»

«Was ist mit den Schlägen?»

«So etwas hat es nie gegeben!»

«Doch!»

«Ich habe gesagt, so etwas hat es nie gegeben! Warum fängst du immer wieder davon an? Du bist ein übler Quertreiber, Kara Bayram. Laß dir das gesagt sein: Wenn eine Regierung, ein Kaymakam, ein Muhtar sagen, daß etwas nicht gewesen ist, dann ist es nicht gewesen!»

«Gut, so etwas hat es nie gegeben. Was ist mit meiner Frau?»

«Die haben wir gesundpflegen lassen.»

«Und die Arbeit, die liegenbleibt?»

«Da finden wir auch einen Weg. Haceli kann euch helfen, auch Fatma . . .»

«Das geht nicht . . .»

«Dann mache einen anderen Vorschlag. Wir werden alles tun, damit du zurechtkommst, Kara Bayram . . .»

«Ich spreche lieber mit der Regierung! Die werden auch ein Wort dabei mitreden. Ich will mich gern dem Gesetz beugen . . .»

«Mein Gott, mein Gott!» stöhnte der Muhtar. «Was soll ich denn noch alles tun, um euch Schurken zur Vernunft zu bringen? Seit dem Morgen quäle ich mich mit euch ab! Ihr habt ja beide keinen Funken von Menschlichkeit gezeigt . . .»

Seine Stimme schlug über. Er wischte sich mit dem Handrükken den Schweiß von der Stirn. «Bring mir Wasser», befahl er dem Wächter.

Draußen begann der Hund so laut zu bellen, als wären die Räuber vor dem Haus. Mustafa lief hinaus und kam mit der Meldung zurück, Şakir Efendi sei da.

«Schnell!» sagte der Muhtar aufatmend, «nimm ihm das Pferd ab und bitte ihn nach oben!»

«Du kommst gerade zur rechten Zeit, Bruder», begrüßte er den Heilkundigen, «wir haben eine Konferenz und sind in eine Sackgasse geraten. Der Russe zerrt nach einer Seite, der Engländer nach der andern, und ich bin in der Mitte, wie der Schweizer. Setz dich nur gleich hierher. Vielleicht weißt du einen Ausweg, wie wir die beiden da wieder zusammenbringen können. Aber erst laß mich fragen, ob du hungrig bist . . .»

«Ich habe in Düzmeşe gegessen. Aber Bayrams Frau muß noch ihre letzte Spritze bekommen. Das hätte ich gern heute noch erledigt. Im übrigen weiß ich nicht, woher ich eine Patentidee für eure Not nehmen soll . . .»

«Laß nur, Bruder. Du wirst schon Rat wissen. Wir wollen uns erst noch einmal richtig mit der Sache befassen, dann kannst du immer noch deine Spritze machen. Und du, Bayram, strapaziere unsere Geduld nicht zu sehr! Wir haben schon viel zuviel Worte verloren.»

Sultanca war über dem Beten eingeschlafen. Im Traum stand sie in der Astgabel eines riesigen Baumes, in Höhe der Wolken, und hielt sich an einem Ast. Der Ast gab nach. Im selben Augenblick schrumpfte der Baum immer mehr zusammen. Als Sultancas Füße den Boden berührten, brach der Ast krachend ab und fiel unter die großblättrigen Krautpflanzen. Ein Schwarm grünköpfiger Enten bedeckte die grüne Ebene. Die Bäume wuchsen in die Höhe, bis ihre ragenden Äste den Blicken entschwunden waren. Jetzt erschienen die Schlangen. Grün, braun, metallisch glänzend, schwarz und gesprenkelt, in allen Farben kreisten sie die Ebene ein. Sie hatten Sultanca gleich entdeckt und krochen von allen Seiten auf sie zu. Aber der Baum kam ihr zu Hilfe. Er kehrte auf die Erde zurück und streckte ihr seine starken Äste entgegen. Sie klammerte sich fest, und der Baum trug sie empor in eine leuchtende Höhe, in der ihr die Schlangen nichts mehr anhaben konnten. Zu einem wütenden Knäuel zusammengedrängt, züngelten sie vergeblich nach ihr, versuchten hochzuspringen und fielen wieder auf die Erde ... Der mächtige Baum hatte sie vor den Schlangen und vor der Dunkelheit ihrer ebenerdigen Behausung gerettet ...

Das dumpfe Gelaß war stockfinster. Eine Schlange, so groß wie Beytullah Hocas Stock, kroch neben dem Wäschekorb, hob witternd den Kopf mit den stumpfen, linsengroßen Augen. Sie war blind. Sie suchte Wärme, denn die Schlupfwinkel des Raumes waren eisig kalt. Sie glitt nach links, dann nach rechts, bis sie Sultancas warmen Atem spürte.

Sultancas Baum wurde immer kleiner.

«Du sagst also endgültig nein, Kara Bayram?» fragte der Muhtar.

«Du schweigst. Das heißt also nein. Sag es nur offen! Ich bin doch nicht begriffsstutzig! Du mußt wissen, was du tust. Du bist frei. Du kannst Klage erheben, gegen Haceli, gegen mich, gegen den Rat, gegen die Honoratioren, gegen das ganze Dorf Karataş. Du kannst uns alle nach Kurdistan verbannen lassen ...»

Bayram stand auf: «Ich weiß schon, was ich kann. Sieh dich in Zukunft nur vor! — Kommst du gleich mit, Şakir Efendi? Oder bist du zu müde, dann warten wir mit der Spritze bis morgen ...»

Auch Şakir Efendi erhob sich: «Nein, wir wollen das erledigen. Morgen früh will ich mich zeitig auf den Weg machen. Nach Ortaköy, nach Hause . . .»

(Deinetwegen hat der Kerl seit einer Woche getrennt von seiner Frau geschlafen), murmelte der Muhtar in sich hinein.

«So, das war die letzte», sagte Şakir Efendi zu Haçça, «mögest du es bald vergessen haben.»

«Tausend Dank für alles», sagte Irazca gerührt. «Mögest du von allem Leid verschont bleiben, mein Falke . . .»

«Was soll nun werden, Şakir Efendi?» fragte Bayram. «Was meinst du? War es falsch von mir, daß ich mich auf nichts eingelassen habe? Bitte, sag es ehrlich!»

«Ja, das müßt ihr selbst am besten wissen, Wenn du zum Gericht gehst, bekommt Haceli seine Strafe. Auch dem Muhtar würde es recht geschehen, wegen dem Lamm und weil er dich hat verprügeln lassen. Aber die sind mit allen Hunden gehetzt, Bayram. Die sind längst keine Anfänger mehr. Sie sind auf die Maultiertreiberschule gegangen. Solche Schurken fallen immer wieder auf die Hinterbeine. Ich glaube nicht, daß du mit dem Muhtar fertig wirst. Aber nehmen wir einmal an, du brächtest wenigstens Haceli hinter Schloß und Riegel. Was hast du davon? Es kostet dich endlose Wege und viel Geld, bis du dein Recht bekommst. Die Gerichtskosten muß Haceli zahlen. Aber wer zahlt dir die Übernachtungen in der Herberge? Und wenn er dann entlassen wird, hast du in ihm einen Todfeind, solange du lebst. Der Muhtar wird dir auch ohne ihn das Leben schwer genug machen. Einschüchtern ist immer besser als töten. Ihr solltet die Sache wirklich hier unter euch beilegen. Ihr bekommt ja das Geld für die Medikamente. Von euch hätte ich ohnehin nichts genommen. Der Muhtar hat mich geholt, an ihn hätte ich mich auch gehalten. Wenn ihr euch versöhnt, dann ist es an dir, mich zu bezahlen. Das Geld für dein Lamm kannst du ja davon abziehen. Aber die Prügel? Da weiß ich keinen Rat. Wer hat es gesehen? Niemand. Wie willst du es dann vor Gericht beweisen?»

«Die Ratsmitglieder haben gesehen, daß ich an Händen und Füßen gefesselt war.»

«Und du glaubst, die Ratsmitglieder werden gegen den Muhtar aussagen?»

«Dann ist also alles aussichtslos?»

«Es gehört sehr viel dazu, mit so einer Sache Aussicht auf Erfolg zu haben. Zuerst einmal viel Geld. Dann müssen die Zeugen die Wahrheit sagen. Das bedeutet, auch die Zeugen müssen reich genug sein, um die Wahrheit sagen zu können. In deiner Lage kann man es sich nicht leisten, die Gerichte zu belagern. Das einzig Vernünftige ist, du nimmst das Geld an und verlangst, daß Hacelis Frau euch bei der Ernte hilft.»

(Ja, das würde immer noch das beste sein), dachte Bayram. Seiner Mutter wegen traute er sich nicht, es laut zu sagen.

Irazca saß schweigend vor dem Herd und stocherte in der Asche. Sie grübelte. Wenn Bayram das Geld für die Pflege annehmen würde, was hätte er selbst davon? Nichts. Das Geld mußte Şakir Efendi bekommen. Vielleicht würden sie ihm wirklich auch das Geld für das Lamm geben. Kam das Geld aus der Luft? Das Lamm war aufgegessen. Nach drei Monaten würden alle Spuren verwischt sein, dann würden sie zu neuen Schlägen ausholen, ohne die gleichen Fehler noch einmal zu machen. Dann würde es noch schlimmer kommen: Sie würden dem Ochsen die Kehle durchschneiden, die Ernte anzünden, das Mädchen entführen, noch bevor es das Alter hatte ... Bayram würde vor allen Dörflern der Umgegend erniedrigt sein ... Schließlich würden sie über ihn herfallen wie tollwütige Hunde und ihn in Stücke reißen. Drei Männer von der Regierung würden kommen, seinen Leichnam auseinanderschneiden und in seinen Leib hineinschauen, was er gegessen und getrunken hätte. Sie würden alles aufschreiben und wieder gehen. Dann würde es zu spät sein, er würde nichts mehr daran ändern können. (Bayram! Toter Bayram! Furchtsamer Bayram ...)

«Im Dorf muß man allein mit seinen Angelegenheiten fertig werden», sagte Şakir Efendi. «Man muß sich eine Pistole in den

Gürtel stecken und die Geldtasche gut füllen. Dann kann einem keiner etwas anhaben. Wenn du ihnen einmal richtig Respekt beigebracht hast, dann hast du Ruhe, und auch deine Nachkommenschaft kann für Generationen in Frieden leben ...»

(Das klingt wenigstens vernünftiger als die Predigt von Mehmet Hafız), dachte Bayram.

«... Du mußt die richtige Gelegenheit abwarten, aber du darfst dem Feind keine Gelegenheit bieten ...»

«Jede Nacht im Maulbeerbaum hocken, weil vielleicht der Fuchs kommt ...», meinte Irazca.

«Ja, Tante Iraz, man muß im Maulbeerbaum hocken. Anders geht es nicht ...»

«Man muß die richtige Gelegenheit abwarten, aber man darf auch die Gelegenheit, die schon da ist, nicht vorübergehen lassen. Sonst kommt vielleicht keine mehr ...»

Plötzlich hörten sie es draußen rufen:

«Tante ...! Tante Iraz ...! Onkel Bayram ...!» Die Stimme klang aufgeregt. Bayram vergewisserte sich, daß sein Messer an seinem Platz im Gürtel steckte. Dann ging er hinaus ...

Unten stand Sultancas Sohn Şükrü:

«Hilfe, Onkel Bayram! Mutter ist von einer Schlange gebissen!»

«Bayram rannte in die Stube: «Şakir Efendi, du mußt helfen! Eine Schlange hat meine Tante gebissen! Komm, schnell!»

Irazca zitterte am ganzen Leib: «Mein Gott ... Eine Schlange, mitten in der Nacht!»

Şakir Efendi erhob sich müde. (Wieder eine Nacht ohne Schlaf...) Er schien an dieses verfluchte Karataş gefesselt zu sein.

Die beiden Männer brachen eilig auf.

Haçça brachte ihrer Schwiegermutter eine Schale Wasser.

«Ich gehe auch», sagte Irazca. Ihr Gesicht war kreideweiß.

«Wozu denn? Die beiden tun schon, was sie können. Willst du mich hier allein lassen?»

«Dummes Ding! Du wirst dich doch in deinem eigenen Haus nicht fürchten! Aber du kannst ja mitkommen. Meinst du, du schaffst es schon?»

Haçça stand schwerfällig auf. Die beiden Frauen gingen zusammen durch die undurchdringliche, lautlose Finsternis. Nicht einmal das Bellen eines Hundes war zu hören. Irazca fühlte sich nicht besser als Haçça. Es dröhnte ihr in den Ohren.

In Sultancas ebenerdiger Stube drängten sich die notdürftig gekleideten Nachbarn. Männer in weißen Unterhosen standen herum, Mädchen mit zerwühlten Haaren kratzten sich schlaftrunken. Es war ein Wehklagen wie an einer Totenbahre.

Sie hoben die Decke auf, streckten Sultanca der Länge nach aus. Einige Männer begannen zu erörtern, auf welchem Weg die Schlange entwichen sein könnte.

Şakir Efendi war unterdessen, über das Bett gebeugt, an der Arbeit.

«Nun hört mal mit dem Lärm auf!» rief er. «Und verschwindet langsam!»

Er gab Sultanca eine Spritze, dann preßte er ihre Wade zusammen und machte einen Einschnitt. «Schnell Feuer in den Herd! Eine Feuerzange hinein, bis sie glüht . . .»

Sultancas Baum war immer mehr zusammengesunken, schließlich war er verschwunden, und sie war wieder auf der Erde, in ihrer winzigen Stube.

Es mußte ein schrecklicher Traum sein: Sie brannte im Fieber, der Schweiß drang ihr aus allen Poren, ihre Arme und Beine waren wie abgestorben. In ihren Fingern fühlte sie einen stechenden Schmerz und ihr Kopf schien zu zerspringen . . .

Irazcas mahnender Finger

Als sie von Sultancas Haus zurückkehrten, krähten die ersten Hähne. Haçça war so erschöpft, daß sie sofort einschlief. Bayram und Irazca saßen sich schweigend gegenüber. Sie hatten das Petroleum in der kleinen Öllampe erneuert.

Irazca erhob sich und streckte sich neben dem Herd aus. In ihrem Inneren herrschte völlige Verwirrung. Sie wähnte sich in dem gläsernen Schloß des Märchens: draußen versammelte sich eine Schar fremder Menschen, die sie beschimpften und ihr drohten. Sie wollte etwas sagen, aber sie brachte kein Wort heraus. Dann hörte sie die Klänge der großen Trommel und der Zurna. Der tolle Hüseyin blies schlecht; seine Musik war ein mißtönendes Lallen. Bei Irazcas Hochzeit hatte noch sein Vater aufgespielt. Aus tiefer Vergangenheit drang die Algier-Weise an ihr Ohr: «Der Bey kommt!» schrien sie. «Es lebe der Bey!» Die Leute waren hinter der Musik nach Çildede gezogen; das Dorf Karataş begrüßte den Bey. Necib Bey kam in einem offenen Zweispänner. Ziynet Hanım begleitete ihn . . .

«Bayram, Necib Bey kommt! Dieses Volk von Karataş hat aber auch keinen Funken Verstand! Alle lassen ihre Arbeit liegen und gehen ihm mit Trommel und Zurna entgegen! Auf dem Feld hängen die Ähren schon herunter, die Roggenkörner fallen von selbst heraus, und die feiern ein Fest für den Bey! Den Bey soll Allah heimsuchen, wir gehen aufs Feld, Bayram. Die arme Haçça soll zu Hause bleiben, sie ist krank. Der Tolle Haceli hat ihr einen Stein an den Leib geworfen. Aber die Fatma, Hacelis Frau, ja, die hat Feuer im Blut. Sie brennt lichterloh. Ihr Feuer wird noch einen Brand in deinem Haus entfachen, mein Löwe. Gib gut acht auf Fatmas Feuer. Ja, Fatma, Fatma ist gut . . .»

Bayram erschrak. «Was redest du da, Mutter?»

Irazca hörte ihn nicht.

«Mein Löwe ist genauso dumm wie die andern. Schau, er geht auch hin, den Bey zu empfangen! Allah soll dich strafen, Dummkopf, bleib, wo du bist! Was hast du denn vom Bey? Ah, sie haben Kelims im Schatten unter dem Baum ausgebreitet und den Bey sich dort setzen lassen. Sie haben ein Feuer gemacht. Ah ... Ah ... Şali! Wo kommt der auf einmal her? Ist er nicht tot? Er spielt auf seiner Saz! Er schlägt seine Lieblingsweise an:

‹Ihr Beys vom Stamme der Afşar, deren schwarze Augen ich liebe,
die Würde eines Vezirs stünde euch allen an ...›

(Seine Stimme klingt wie die des Rebhuhns. Seine Finger hüpfen über die Saiten wie ein Schwarm Rebhühner ...)

‹Raffe den Zügel und zeige dich,
drüben stehen die Feinde mit grimmem Blick ...›

Oh, die Feinde, Bayram! Die Feinde stehen dir gegenüber und drohen dir! Ja, das ist Şali, der tapfere Şali! Wenn Şali die Saz spielt, dann können sieben Dörfer weiter die Frauen nicht mehr stillsitzen — sie müssen aufspringen und tanzen. Schau, Bayram, auch der Bey ist aufgestanden und tanzt. Auch Ziynet Hanım. Das ganze Dorf tanzt den Hora! Jetzt bringen sie das Lamm. Steh auf, Bayram, du Taugenichts! Das ist dein Lamm! Jetzt haben sie ihm den Hals durchgeschnitten! Genau wie beim ersten. Du hast nicht einmal den Mund aufgemacht! Morgen essen die Leute Milch und Joghurt, und deine drei Kinder können zuschauen und schlucken ... Schau nur, Fatma tanzt nicht, sie wartet auf dich. Steh auf, geh zu ihr, frage sie, wie es ihr geht, du tust ein gutes Werk. Steh auf ...»

Bayram fürchtete, seine Mutter habe den Verstand verloren. Er weckte Haçça:

«Steh auf, Mädel! Mutter muß etwas zugestoßen sein ... Schau mal nach ihr ...!»

Haçça stand auf, rieb sich das blasse Gesicht und die glanzlosen, eingesunkenen Augen.

Irazca sprach immer weiter. Ihre Stimme wurde so laut, daß Toman draußen zu bellen anfing.

«Steh auf, Bayram! Steh auf, Hacelis Brüder schlachten den Ochsen ab. Steh auf, nichtsnutziger Esel! Siehst du nicht, daß sie die Ernte anzünden? Ein Jahr Arbeit zerfällt zu Asche, das Stroh für das Vieh, das Mehl und die Weizengrütze für uns und die Kinder ... Oh, Bayram! Wo kommen auf einmal die Waldhüter her? Haçça, lauf schnell, sag Bayram, er soll das Holz unterwegs beiseite schaffen! Die Waldhüter sind im Dorf! Lauf, Haçça! Er soll das Beil verstecken! Ach Gott, mit der Treppe wird es nie etwas ... Bayram! Ich habe es alles kommen sehen ...»

Zu Irazcas Schreien heulte Toman mit.

Bayram schüttelte seine Mutter heftig und richtete sie auf. Haçça brachte ihr noch eine Schale Wasser. Sie legten sie ins Bett, aber sie richtete sich sofort wieder auf, sprang hoch:

«Die Schlangen nehmen Rache!» schrie sie. «Seht nur! Die Schlangen lassen sich von euch nichts gefallen! Ihr seid Menschen — wie kommt es, daß ihr euch so viele Beleidigungen, so viel Schmach und Drangsal gefallen laßt, wie, Bayram?»

Sie streckte den Zeigefinger gegen Bayrams Gesicht: «Antworte, du Hohlkopf! Du läufst herum und fühlst dich als Mensch — und was bringst du fertig?»

Wütend packte sie Bayram und Haçça an den Schultern und schüttelte sie. Selbst Ahmet, der schweißüberströmt im Bett schlief, versetzte sie einen Stoß: «Antwortet, antwortet! Ist das alles, was ihr fertigbringt?»

Dann stellte sie sich vor Bayram hin, zielte mit dem Zeigefinger auf seine schlaftrunkenen Augen. Bayram sah den Finger näherkommen und dabei immer größer werden, bis er ihm wie eine Pflugdeichsel erschien.

«Sei nicht wie ein Weib, Bayram! Sei nicht so feige!»

Bayram wich zurück. Die Augen seiner Mutter sprühten Funken. Er fürchtete sich vor ihr.

«Gut, gut, Mutter», sagte er. «Was sollen wir jetzt tun, mitten in der Nacht? Laß es erst Morgen sein, dann wollen wir uns auf den Weg machen ...»

«Und wenn es Nacht ist», rief Irazca. «Auf den Weg! Auf den Weg ...»

WEITERE BÄNDE DER ROMANTRILOGIE : Band II

Umschläge: Erkal Yavi

WEITERE BÄNDE DER ROMANTRILOGIE : Band III

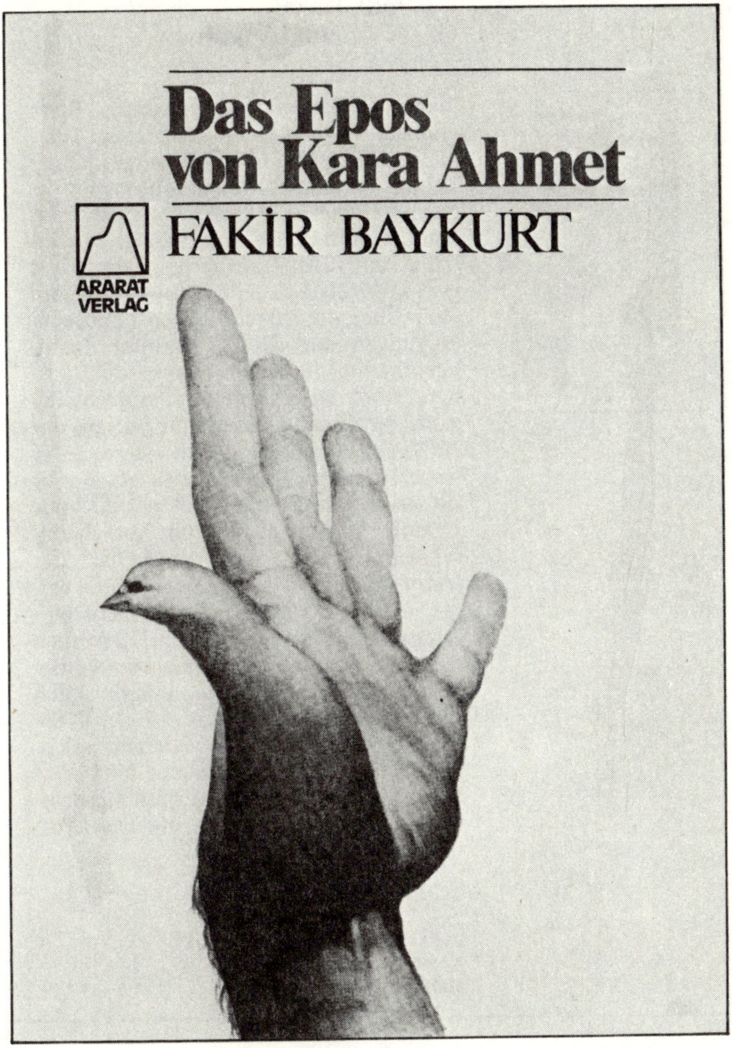